LES MONTAGNES HALLUCINÉES

Du même auteur
aux Éditions J'ai lu

L'affaire Charles Dexter Ward, *J'ai lu* 410
Dagon, *J'ai lu* 459
Night Ocean et autres nouvelles, *J'ai lu* 2519
Le cauchemar d'Innsmouth, *J'ai lu* 4094
Le mythe de Cthulhu, *J'ai lu* 4176
La quête onirique de Kadath l'inconnue, *J'ai lu* 4256
Les montagnes hallucinées, *J'ai lu* 4326
L'abomination de Dunwich, *J'ai lu* 4402
Les autres Dieux, *Librio* 68

HOWARD P. LOVECRAFT

LES MONTAGNES HALLUCINÉES

SUIVI DE

DANS L'ABÎME DU TEMPS

Traduit de l'américain
par Jacques Papy et Simone Lamblin

J'AI LU

Titres originaux :

AT THE FOUNTAINS OF MADNESS, 1932
paru pour la première fois en revue dans *Weird Tales*,
juillet 1933. Traduction par Simone Lamblin

THE SHADOW OUT OF TIME, 1935
paru pour la première fois en revue dans *Astounding Stories*,
juin 1936. Traduction par Jacques Papy et Simone Lamblin

LES MONTAGNES HALLUCINÉES

1

Je suis obligé d'intervenir parce que les hommes de science ont refusé de suivre mes avis sans en connaître les motifs. C'est tout à fait contre mon gré que j'expose mes raisons de combattre le projet d'invasion de l'Antarctique – vaste chasse aux fossiles avec forages sur une grande échelle et fusion de l'ancienne calotte glaciaire – et je suis d'autant plus réticent que ma mise en garde risque d'être vaine. Devant des faits réels tels que je dois les révéler, l'incrédulité est inévitable ; pourtant, si je supprimais ce qui me semblera inconcevable et extravagant, il ne resterait plus rien. Les photographies que j'ai conservées jusqu'ici, à la fois banales et irréelles, témoigneront en ma faveur, car elles sont diablement précises et frappantes. On doutera néanmoins, à cause des dimensions anormales qu'on peut attribuer à un truquage habile. Quant aux dessins à la plume, on en rira bien entendu, comme d'évidentes impostures ; cependant, les experts en art devraient remarquer une bizarrerie de technique et chercher à la comprendre.

Finalement, il me faut compter sur le jugement et l'influence de quelques sommités du monde scientifique, qui aient d'une part assez d'indépendance d'esprit pour apprécier mes informations à leur propre valeur effroyablement convaincante, ou à la lumière de certains cycles mythiques primordiaux et déroutants au plus haut point, et d'autre part un prestige suffisant pour dissuader le monde de l'exploration dans son ensemble de tout programme imprudent et trop ambitieux dans la région de ces montagnes du délire. Il est regrettable que des gens relativement obscurs comme moi et mes collaborateurs, liés seulement à une petite université, aient si peu de chances de faire impression là où se posent des problèmes par trop étranges ou vivement controversés.

Ce qui joue par ailleurs contre nous, c'est que nous ne sommes pas, à proprement parler, spécialistes des domaines principalement concernés. Comme géologue, mon but en dirigeant l'expédition de l'université de Miskatonic était uniquement de me procurer à grande profondeur des spécimens de roche et de sol des différentes régions du continent antarctique, grâce au remarquable foret conçu par le professeur Frank H. Pabodie, de notre département de technologie. Je n'avais aucun désir d'innover dans quelque autre domaine ; mais j'espérais que l'emploi de ce dispositif mécanique en différents points déjà explorés conduirait à découvrir des substances d'une espèce jusqu'ici demeurée hors d'atteinte par les procédés ordinaires de collecte. Le système de forage de Pabodie, ainsi que nos rapports l'ont déjà appris au public, était absolument exceptionnel : léger, facile à porter, il combinait le principe du foret artésien courant et celui de la petite foreuse circulaire de roche, de manière à venir à bout rapidement des strates de dureté variable. Tête d'acier, bras articulés, moteur à essence, derrick en bois pliant, mécanisme de dynamitage, sonde pour le déblai des déchets, et tuyauterie par éléments pour forages de cinq pouces de large et jusqu'à mille pieds de profondeur, il ne pesait pas plus, tout monté, avec les accessoires nécessaires, que ne pouvaient porter trois traîneaux à sept chiens ; cela grâce à l'alliage d'aluminium dont étaient faites la plupart des pièces métalliques. Quatre gros avions Dornier, spécialement étudiés pour le vol à très haute altitude qui s'impose sur le plateau antarctique, et avec des appareils supplémentaires pour le réchauffement du carburant et le démarrage rapide, mis au point par Pabodie, pouvaient transporter toute notre expédition depuis une base au bord de la grande barrière de glace jusqu'en divers points choisis à l'intérieur des terres, et de là nous disposerions d'un contingent suffisant de chiens.

Nous avions prévu de couvrir un territoire aussi étendu que le permettait une saison antarctique – ou au-delà si c'était absolument nécessaire – en opérant essentiellement dans les chaînes de montagnes et sur le plateau au sud de la mer de Ross ; régions plus ou moins explorées par Shackleton, Amundsen, Scott et Byrd. Avec de fréquents changements de camps, assurés par avion et couvrant des distances assez importantes pour présenter un intérêt géologique, nous comptions mettre au jour une masse de matière tout à fait sans précédent ; spécialement dans les strates précambriennes dont un champ si étroit de spécimens antarctiques avait jusqu'alors été recueilli. Nous souhaitions aussi nous procurer la plus large variété possible des roches fossilifères supérieures, car l'histoire de la vie primitive de ce royaume de glace et de mort est de la plus haute importance pour la connaissance du passé de la Terre. Ce continent antarctique avait été tempéré et même tropical, avec une végétation luxuriante et une vie animale dont les lichens, la faune marine, les arachnides et les manchots de la côte nord sont, comme chacun sait, les seuls survivants et nous espérions élargir cette information en diversité, précision et détail. Si un simple forage révélait des traces fossilifères, nous élargirions l'ouverture à l'explosif, afin de recueillir des spécimens de taille suffisante et en bon état.

Nos forages, de profondeurs diverses selon les perspectives offertes par le sol ou la roche superficielle, devraient se limiter, ou presque, aux surfaces découvertes – qui étaient fatalement des pentes ou des arêtes, les basses terres étant recouvertes d'un mile ou deux de glace. Nous ne pouvions pas nous permettre de gaspiller les forages en profondeur sur une masse considérable de glace pure, bien que Pabodie ait élaboré un plan pour enfouir par sondages groupés des électrodes de cuivre, et fondre ainsi des zones limitées avec le courant d'une dynamo à essence. Tel est le projet – que nous ne pouvions mettre à exécution, sinon à titre expérimental, dans une entreprise comme la nôtre – que la future expédition Starkweather-Moore propose de poursuivre, malgré les avertissements que j'ai diffusés depuis notre retour de l'Antarctique.

Le public a pu suivre l'expédition Miskatonic grâce à nos fréquents communiqués par radio à l'*Arkham Advertiser* et à l'Associated Press, ainsi qu'aux récents articles de Pabodie et aux miens. Nous étions quatre de l'université – Pabodie, Lake du département de biologie, Atwood pour la physique (également météorologiste), et moi qui représentais la géologie et assurais le commandement nominal – avec en plus seize assistants ; sept étudiants diplômés de Miskatonic et neuf habiles mécaniciens. De ces seize hommes, douze étaient pilotes qualifiés, tous sauf deux opérateurs radio compétents. Huit d'entre eux connaissaient la navigation au compas et au sextant, comme aussi Pabodie,

Atwood et moi. En outre, bien sûr, nos deux bateaux – d'anciens baleiniers de bois renforcés pour affronter les glaces et munis de vapeur auxiliaire – étaient entièrement équipés. La fondation Nathaniel Derby Pickman, assistée de quelques contributions particulières, finança l'expédition ; nos préparatifs purent être ainsi extrêmement minutieux, malgré l'absence d'une large publicité. Chiens, traîneaux, machines, matériel de campement et pièces détachées de nos cinq avions furent livrés à Boston, où l'on chargea nos bateaux. Nous étions admirablement outillés pour nos objectifs spécifiques, et dans toutes les matières relatives à l'approvisionnement, au régime, aux transports et à la construction du camp, nous avions profité de l'excellent exemple de nos récents prédécesseurs, exceptionnellement brillants. Le nombre et la renommée de ces devanciers firent que notre expédition, si importante qu'elle fût, eut peu d'échos dans le grand public.

Comme l'annonça la presse, nous embarquâmes au port de Boston le 2 septembre 1930 ; faisant route sans nous presser le long de la côte et par le canal de Panamá, nous nous arrêtâmes à Samoa puis à Hobart en Tasmanie, pour y charger nos derniers approvisionnements. Personne dans notre équipe d'exploration n'étant encore allé jusqu'aux régions polaires, nous comptions beaucoup sur nos capitaines – J.B. Douglas, commandant le brick *Arkham* et assurant la direction du personnel marin, et Georg Thorfinnssen, commandant le trois-mâts *Miskatonic* –, tous deux vétérans de la chasse à la baleine dans les eaux antarctiques. Tandis que nous laissions derrière nous le monde habité, le soleil descendait de plus en plus bas vers le nord, et restait chaque jour de plus en plus longtemps au-dessus de l'horizon. Vers le 62e degré de latitude sud, nous vîmes nos premiers icebergs – en forme de plateaux

aux parois verticales – et juste avant d'atteindre le cercle polaire antarctique, que nous franchîmes le 20 octobre avec les pittoresques cérémonies traditionnelles, nous fûmes considérablement gênés par la banquise. J'avais beaucoup souffert de la baisse de la température après notre long passage des tropiques, mais j'essayais de m'endurcir pour les pires rigueurs à venir. À plusieurs reprises d'étranges phénomènes atmosphériques m'enchantèrent ; notamment un mirage d'un éclat saisissant – le premier que j'aie jamais vu – où les lointains icebergs devenaient les remparts de fantastiques châteaux.

Nous frayant un chemin à travers les glaces, qui n'étaient heureusement ni trop étendues ni trop denses, nous retrouvâmes la mer libre par 67° de latitude sud et 175° de longitude est. Le matin du 26 octobre, un net aperçu de la terre surgit au sud, et avant midi nous éprouvâmes tous un frisson d'excitation au spectacle d'une chaîne montagneuse vaste, haute et enneigée, qui se déployait à perte de vue. Nous avions enfin rencontré un avant-poste du grand continent inconnu et son monde occulte de mort glacée. Ces sommets étaient évidemment la chaîne de l'Amirauté, découverte par Ross, et il nous faudrait maintenant contourner le cap Adare et suivre la côte est de la terre de Victoria jusqu'à notre base, prévue sur le rivage du détroit de McMurdo, au pied du volcan Erebus par 77° 9' de latitude sud.

La dernière partie du voyage fut colorée et stimulante pour l'imagination, les hauts pics stériles du mystère se profilant constamment sur l'ouest, alors que les rayons obliques du soleil septentrional de midi ou ceux plus bas encore sur l'horizon du soleil austral de minuit répandaient leurs brumes rougeoyantes sur la neige blanche, la glace, les ruissellements bleuâtres, et les taches noires des flancs granitiques mis à nu. Entre les cimes désolées soufflaient par intermittence les bourrasques furieuses du terrible vent antarctique, dont les modulations évoquaient vaguement parfois le son musical d'une flûte sauvage, à peine sensible, avec des notes d'une tessiture très étendue, et qui par on ne sait quel rapprochement mnémonique inconscient me semblaient inquiétantes et même effroyables, obscurément. Quelque chose dans ce décor me rappela les étranges et troublantes peintures asiatiques de Nicholas Roerich[1], et les descriptions plus étranges encore et plus inquiétantes du légendaire plateau maléfique de Leng, qui apparaît dans le redoutable *Necronomicon* d'Abdul Alhazred, l'Arabe fou. Je regrettai assez, par la suite, de m'être un jour penché sur ce livre abominable à la bibliothèque du collège.

Le 7 novembre, ayant momentanément perdu de vue la chaîne de l'ouest, nous passâmes au large de l'île Franklin ; et le lendemain nous aperçûmes les cônes des monts Erebus et Terror sur l'île de Ross, avec au-delà la longue chaîne des montagnes de Parry. De là s'étendait vers l'est la ligne blanche, basse, de la grande barrière de glace, s'élevant perpendiculairement sur une hauteur de deux cents pieds, comme les falaises rocheuses de Québec, et marquant la limite de la navigation vers le sud. Dans l'après-midi, nous pénétrâmes dans le détroit de McMurdo, filant au large de la côte sous le mont Erebus fumant. Le pic de scories se dressait à douze mille sept cents pieds sur le ciel oriental, comme une estampe japonaise du mont sacré Fuji-Yama ; tandis que plus loin s'élevait le sommet blanc et spectral du mont Terror, volcan de dix mille neuf cents pieds,

1. Nikolaï Konstantinovich Roerich (1874-1947), peintre et archéologue russe. Il collabora aux Ballets russes de Diaghilev, notamment en 1913 pour les décors du *Sacre du printemps*. (*N.d.T.*)

aujourd'hui éteint. Des bouffées de fumée s'échappaient parfois de l'Erebus, et l'un des assistants diplômés – un brillant jeune homme nommé Danforth – désigna sur la pente neigeuse ce qui semblait de la lave ; faisant remarquer que cette montagne, découverte en 1840, avait certainement inspiré l'image de Poe quand il écrivit sept ans plus tard :

« *... Les laves qui sans cesse dévalent*
Leur flot sulfureux du haut du Yaanek
Dans les contrées lointaines du pôle...
Qui grondent en roulant au bas du mont Yaanek
Au royaume du pôle boréal. »

Danforth était grand lecteur de documents bizarres, et avait beaucoup parlé de Poe. Je m'intéressais moi-même, à cause du décor antarctique, au seul long récit de Poe – l'inquiétant et énigmatique *Arthur Gordon Pym*. Sur le rivage nu et sur la haute barrière de glace à l'arrière-plan, des foules de manchots grotesques piaillaient en agitant leurs ailerons, alors qu'on voyait sur l'eau quantité de phoques gras, nageant ou vautrés sur de grands blocs de glace qui dérivaient lentement.

Utilisant de petites embarcations, nous effectuâmes un débarquement difficile sur l'île de Ross, peu après minuit, le matin du 9, tirant un câble de chacun des bateaux pour préparer le déchargement du matériel au moyen d'une bouée-culotte. Nos impressions en foulant pour la première fois le sol de l'Antarctique furent intenses et partagées, bien que, en ce même lieu, les expéditions de Scott et de Shackleton nous eussent précédés. Notre camp sur le rivage glacé, sous les pentes du volcan, n'était que provisoire, le quartier général restant à bord de l'*Arkham*. Nous débarquâmes tout notre matériel de forage, chiens, traîneaux, tentes, provisions, réservoirs d'essence, dispositif expérimental pour fondre la glace, appareils photo et de prise de vues aériennes, pièces détachées d'avion et autres accessoires, notamment trois petites radios portatives (en plus de celles des avions) qui pourraient assurer la communication avec la grande installation de l'*Arkham* à partir de n'importe quel point de l'Antarctique où nous aurions à nous rendre. Le poste du bateau, en liaison avec le monde extérieur, devait transmettre les communiqués de presse à la puissante station de l'*Arkham Advertiser* à Kingsport Head, Massachusetts. Nous espérions terminer notre travail en un seul été antarctique ; mais si cela s'avérait impossible, nous hivernerions sur l'*Arkham*, en envoyant au nord le *Miskatonic*, avant le blocage des glaces, pour assurer d'autres approvisionnements.

Je n'ai pas besoin de répéter ce que les journaux ont déjà publié de nos premiers travaux : notre ascension du mont Erebus ; les forages à la mine réussis en divers points de l'île de Ross et l'étonnante rapidité avec laquelle le dispositif de Pabodie les avait menés à bien, même dans des couches de roche dure ; notre premier essai du petit outillage pour fondre la glace ; la périlleuse progression dans la grande barrière avec traîneaux et matériel ; enfin le montage des cinq gros avions à notre campement du sommet de la barrière. La santé de notre équipe terrestre – vingt hommes et cinquante-cinq chiens de traîneau de l'Alaska – était remarquable, encore que, bien sûr, nous n'ayons pas affronté jusque-là de températures ou de tempêtes vraiment meurtrières. La plupart du temps, le thermomètre variait entre zéro et 20 ou 25° au-dessus[1], et notre expérience des hivers de Nouvelle-Angleterre nous avait habitués à

1. C'est-à-dire – 17° et – 5° à 0° centigrades. (*N.d.T.*)

de telles rigueurs. Le camp de la barrière était semi-permanent et destiné à entreposer à l'abri essence, provisions, dynamite et autres réserves. Nous n'avions besoin que de quatre avions pour transporter le matériel d'exploration proprement dit, le cinquième demeurant à l'entrepôt caché, avec un pilote et deux hommes des bateaux prêts à nous rejoindre éventuellement à partir de l'*Arkham* au cas où tous les autres appareils seraient perdus. Plus tard, quand ceux-ci ne serviraient pas au transport des instruments, nous en utiliserions un ou deux pour une navette entre cette cache et une autre base permanente sur le grand plateau, six à sept cents miles plus au sud, au-delà du glacier de Beardmore. Malgré les récits unanimes de vents et d'orages effroyables qui s'abattaient du haut du plateau, nous décidâmes de nous passer de bases intermédiaires, prenant ce risque par souci d'économie et d'efficacité.

Les comptes rendus par radio ont rapporté le vol stupéfiant de notre escadrille, quatre heures d'affilée, le 21 novembre, au-dessus du haut plateau de glace, avec les sommets immenses qui se dressaient à l'ouest et le silence insondable où se répercutait le bruit de nos moteurs. Le vent ne nous gêna pas trop et notre radiocompas nous aida à traverser le seul brouillard épais que nous rencontrâmes. Quand la masse colossale surgit devant nous entre le 83e et le 84e degré de latitude, nous comprîmes que nous avions atteint le Beardmore, le plus grand glacier de vallée du monde et que la mer glacée cédait alors la place à un littoral montagneux et sévère. Nous étions vraiment cette fois dans l'ultime Sud, ce monde blanc depuis une éternité, et au moment même où nous en prenions conscience nous vîmes au loin à l'orient la cime du mont Nansen, déployant toute sa hauteur de presque quinze mille pieds.

L'heureuse installation de la base méridionale au-dessus du glacier, par 86° 7' de latitude et 174° 23' de longitude est, les forages et minages étonnamment rapides et fructueux effectués en divers points lors d'expéditions en traîneau et de vols de courte durée sont du domaine de l'histoire ; comme l'est la difficile et triomphale ascension du mont Nansen, du 13 au 15 décembre, par Pabodie et deux des étudiants diplômés – Gedney et Carroll. Nous étions à quelque huit mille cinq cents pieds au-dessus du niveau de la mer, et quand les forages expérimentaux révélèrent ici et là le sol à douze pieds seulement sous la neige et la glace, nous fîmes grand usage du petit dispositif de fusion pour sonder et dynamiter dans beaucoup de sites où aucun explorateur avant nous n'avait jamais pensé recueillir des spécimens minéraux. Les granits précambriens et les grès ainsi obtenus confirmèrent notre conviction que ce plateau était de même nature que la majeure partie du continent occidental, mais quelque peu différent des régions de l'Est au-dessous de l'Amérique du Sud – dont nous pensions alors qu'elles formaient un continent distinct et plus petit, séparé du grand par un confluent glacé des mers de Ross et de Weddell, bien que Byrd ait depuis réfuté cette hypothèse.

Dans certains de ces grès, dynamités et détachés au ciseau après que le sondage en eut révélé la nature, nous trouvâmes quelques traces et fragments fossiles d'un grand intérêt – notamment des fougères, algues, trilobites, crinoïdes et mollusques tels que *lingula* et gastéropodes – tous bien spécifiques de l'histoire primordiale de la région. Il y avait aussi une curieuse marque triangulaire, striée, d'environ un pied de diamètre, que Lake reconstitua à partir de trois fragments d'ardoise provenant d'un trou profond d'explosif. Ces fragments découverts à l'ouest, près de la chaîne de la Reine Alexandra, intéressèrent particulièrement Lake qui, en tant que biologiste, jugeait leurs marques mystérieuses et excitantes, bien qu'à mes yeux de géologue elles ne paraissent guère différentes des effets de rides assez courants dans les roches sédimentaires. L'ardoise n'étant qu'une formation métamorphique où une couche sédimentaire se trouve pressée, et la pression elle-même produisant sur toute trace de curieux effets de distorsion, je ne voyais aucune raison de s'étonner à ce point pour une dépression striée.

Le 6 janvier 1931, Lake, Pabodie, Daniels, les dix étudiants, quatre mécaniciens et moi survolâmes directement le pôle Sud dans deux des gros appareils, obligés d'atterrir une fois par un vent brusque et violent qui heureusement ne tourna pas à la vraie tempête. C'était là, comme l'ont rapporté les journaux, l'un de nos premiers vols d'observation ; nous tentâmes, au cours des autres, de relever de nouvelles caractéristiques topographiques dans des zones qui avaient échappé aux précédents explorateurs. Nos vols du début furent décevants à cet égard, bien qu'ils nous aient offert de superbes exemples des mirages si fantastiques et trompeurs des régions polaires, dont notre voyage par mer nous avait donné quelques aperçus. Les montagnes lointaines flottaient dans le ciel comme des villes ensorcelées et tout ce monde blanc se dissolvait en l'or, l'argent et l'écarlate d'un pays de rêves dunsaniens prometteur d'aventures, sous la magie des rayons obliques du soleil de minuit. La navigation était très difficile par temps nuageux, le ciel et la terre enneigée ayant tendance à se fondre dans la fascination d'un vide opalescent, où aucun horizon visible ne marquait leurs limites.

Nous décidâmes enfin de réaliser notre premier projet d'aller cinq cents miles vers l'est avec les quatre avions de reconnaissance pour établir une nouvelle base annexe, qui se situerait probablement sur la zone continentale la plus petite, comme nous le croyions à tort. Les spécimens géologiques collectés là-bas permettraient d'intéressantes comparaisons. Notre santé jusqu'à présent restait excellente, le jus de citron vert compensant efficacement le régime constant de conserves et de salaisons, et les températures généralement modérées nous évitant les lourdes fourrures. C'était le milieu de l'été et, à force de soin et de diligence, nous pourrions terminer le travail d'ici mars, échappant à un fastidieux hivernage pendant la longue nuit antarctique. Plusieurs terribles ouragans s'étaient déchaînés sur nous, venant de l'ouest, mais les dégâts nous avaient été épargnés grâce à l'ingéniosité d'Atwood, qui avait conçu des abris rudimentaires pour les avions, des coupe-vent faits de lourds blocs de neige, et étayé de même les principales constructions du camp. Notre chance et notre efficacité avaient quelque chose de surnaturel.

Le monde extérieur était au courant, bien entendu, de notre programme ; il avait appris aussi l'étrange obstination de Lake qui réclamait un tour de prospection vers l'ouest – ou plutôt le nord-ouest – avant notre transfert à la nouvelle base. Il semblait avoir beaucoup réfléchi, et avec une audace tranchante des plus alarmantes, sur la marque triangulaire de l'ardoise, y déchiffrant certaines contradictions entre sa nature et son âge géologique, qui excitaient à l'extrême sa curiosité et le désir passionné de pousser plus loin forages et minages dans la formation occidentale, à laquelle appartenaient évidemment les fragments mis au jour. Il était bizarrement convaincu que cette marque était l'empreinte de quelque organisme volumineux, inconnu et absolument inclassable, hautement évolué, bien que la roche qui la portait fût d'une époque tellement ancienne – cambrienne, sinon même précambrienne – qu'elle excluait l'existence de toute vie non seulement très évoluée, mais simplement au-delà du stade des unicellulaires ou au plus des trilobites. Ces fragments, ainsi que leur marque singulière, dataient de cinq cents millions à un milliard d'années.

2

L'imagination populaire réagit positivement, je pense, à nos communiqués par radio sur le départ de Lake vers des régions que l'homme n'avait jamais foulées ni découvertes dans ses rêves, encore que nous n'ayons rien dit de ses espoirs fous de révolutionner les sciences en biologie et en géologie. Sa première expédition de sondage en traîneau, du 11 au 18 janvier, avec Pabodie et cinq autres – gâtée par la perte de deux chiens dans un accident au passage d'une des grandes arêtes de glace – avait exhumé plus encore d'ardoise archéenne ; et je fus frappé de l'étonnante profusion de marques fossiles évidentes dans cette strate incroyablement ancienne. Elles venaient de formes de vie très primitives qui n'impliquaient d'autre paradoxe que la présence impossible d'aucune forme de vie dans une roche aussi indiscutablement précambrienne ; aussi ne voyais-je toujours pas de raison à la requête de Lake de suspendre notre programme de gain de temps – pause qui exigeait les quatre avions, beaucoup d'hommes et tout l'équipement mécanique de l'expédition. Finalement, je ne m'opposai pas au projet mais je décidai de ne pas accompagner la mission du nord-ouest, bien que Lake sollicitât mes compétences géologiques. Pendant leur absence, je resterais à la base avec Pabodie et cinq hommes pour mettre au point les plans définitifs du transfert vers l'est. En prévision de l'opération, l'un des avions avait commencé à remonter du détroit de McMurdo une importante réserve d'essence ; mais cela pouvait attendre un peu pour l'instant. Je gardai avec moi un traîneau et neuf chiens, car on ne peut s'exposer à se retrouver d'un moment à l'autre sans moyen de transport en un monde totalement inhabité, mort depuis des millénaires.

L'expédition de Lake vers l'inconnu, comme chacun se le rappelle, diffusa ses propres communiqués grâce aux émetteurs à ondes courtes des avions ; ils étaient captés simultanément par notre installation de la base méridionale et par l'*Arkham* dans le détroit de McMurdo, d'où ils étaient retransmis au monde extérieur sur grandes ondes jusqu'à cinquante mètres. Le départ avait eu lieu le 22 janvier à quatre heures du matin ; et le premier message radio que nous reçûmes arriva deux heures plus tard ; Lake y parlait d'atterrir pour entreprendre une fusion de glace à petite échelle et un forage à quelque trois cents miles de nous. Six heures après, un second appel enthousiaste racontait la fiévreuse activité de castor pour creuser et miner un puits peu profond ; l'apogée en était la découverte de fragments d'ardoise portant plusieurs marques assez semblables à celles qui avaient suscité d'abord la perplexité.

Trois heures plus tard, un bref communiqué annonçait la reprise du vol malgré un vent âpre et glacial, et quand j'expédiai un message pour m'opposer à de nouvelles imprudences, Lake répondit sèchement que ses nouveaux spécimens valaient qu'on prît tous les risques. Je compris que son exaltation le porterait à la révolte et que je ne pouvais rien pour empêcher qu'un coup de tête mette en péril tout le succès de l'expédition ; mais il était consternant de l'imaginer s'enfonçant de plus en plus dans cette immensité blanche, perfide et funeste, hantée de tempêtes et de mystères insondables, qui se déployait sur plus de quinze cents miles jusqu'au littoral mal connu et suspect de la Reine-Mary et des terres de Knox.

Puis au bout d'une heure et demie environ, vint un message plus surexcité encore, de l'appareil de Lake en vol, qui me fit changer de sentiment et souhaiter presque d'avoir accompagné l'équipe.

« *22 h 10*. En vol. Après tempête de neige, avons aperçu chaîne de montagnes la plus haute jamais vue. Peut égaler l'Himalaya, à en juger par la hauteur du plateau. Latitude probable 76° 15', longitude 113° 10' est. S'étend à perte de vue à droite et à gauche. Peut-être deux cônes fumants. Tous sommets noirs dépouillés de neige. Grand vent souffle de là-haut, entravant la navigation. »

Après cela, Pabodie, les hommes et moi restâmes pendus au récepteur. L'idée du rempart titanesque de cette montagne à sept cents miles de nous enflammait notre goût profond de l'aventure ; nous nous réjouissions que notre expédition, sinon nous-mêmes en personne, en ait fait la découverte. Une demi-heure encore, et Lake rappela.

« L'appareil de Moulton a fait un atterrissage forcé sur un plateau des contreforts, mais personne n'est blessé et c'est peut-être réparable. On transférera l'essentiel sur les trois autres si nécessaire pour le retour ou d'éventuels déplacements, mais nous n'avons plus pour l'instant l'usage d'un avion chargé. Ces montagnes dépassent l'imagination. Je vais partir en reconnaissance avec l'appareil de Carroll entièrement déchargé. Vous ne pouvez rien imaginer de pareil. Les plus hauts sommets doivent dépasser trente-cinq mille pieds. L'Everest est battu.

Atwood va mesurer l'altitude au théodolite tandis que nous volerons, Carroll et moi. Ai fait erreur sans doute à propos des cônes car ces formations semblent stratifiées. Peut-être ardoise précambrienne mêlée à autre strate. Curieux effets de silhouette sur le ciel – sections régulières de cubes accrochées aux cimes. Une merveille dans le rayonnement d'or rouge du soleil bas. Comme un pays mystérieux dans un rêve, ou la porte d'un monde interdit de prodiges inviolés. Je voudrais que vous soyez ici pour observer tout cela. »

Bien qu'il fût en principe l'heure du coucher, aucun de nous, toujours à l'écoute, ne songeait à se retirer. Il en était sûrement de même au détroit de McMurdo, où la cache aux réserves et l'*Arkham* prenaient aussi les messages car le capitaine Douglas lança un appel pour féliciter tout le monde de l'importante découverte, et Sherman, le responsable de la réserve, partageait ses sentiments. Nous étions désolés, bien sûr, des dégâts causés à l'avion, mais on espérait qu'il serait aisément remis en état. Puis à 11 heures du soir vint une nouvelle communication de Lake.

« Survolé avec Carroll les contreforts les plus élevés. N'osons pas, en raison du temps, affronter vraiment les grands pics, mais le ferons plus tard. Terribles difficultés pour grimper et se déplacer à cette altitude, mais ça vaut la peine. Grande chaîne d'un seul bloc, d'où impossible de rien voir au-delà. Sommets très étranges, dépassant l'Himalaya. Chaîne semble d'ardoise précambrienne, avec signes évidents de beaucoup d'autres strates soulevées. Fait erreur sur le volcanisme. S'étend à perte de vue des deux côtés. Plus traces de neige au-dessus de vingt et un mille pieds. Singulières formations sur les pentes des plus hautes montagnes. Grands cubes bas aux parois rigoureusement verticales, et profil rectangulaire de remparts bas, verticaux, tels les vieux châteaux d'Asie suspendus aux à-pics dans les peintures de Roerich. Impressionnant de loin. Approché certains, et Carroll pense qu'ils sont faits d'éléments distincts, plus petits, mais qu'il s'agit probablement d'érosion. La plupart des arêtes effritées et arrondies comme s'ils étaient exposés aux tempêtes et aux intempéries depuis des millions d'années. Certaines parties, les plus hautes surtout, paraissent d'une roche plus claire qu'aucune couche visible sur les versants eux-mêmes, d'où origine cristalline évidente. Vol rapproché a révélé de nombreuses entrées de cavernes, parfois d'un dessin étonnamment régulier, carrées ou semi-circulaires. Il faut venir les étudier. Figurez-vous que j'ai vu le rempart jusqu'au faîte d'un pic. Altitude estimée à trente ou trente-cinq mille pieds. Suis monté moi-même à vingt et un mille cinq cents par un froid mordant, infernal. Le vent siffle et module à travers les défilés, allant et venant dans les cavernes, mais jusqu'ici pas de danger en vol. »

Puis Lake poursuivit, une demi-heure encore, un feu roulant de commentaires, exprimant l'intention de faire à pied l'ascension d'un des pics. Je répondis que je le rejoindrais aussitôt qu'il pourrait envoyer un avion et qu'avec Pabodie nous mettrions au point le meilleur système de ravitaillement en carburant – où et comment concentrer nos réserves en fonction de l'orientation nouvelle des recherches. Évidemment les forages de Lake et ses activités aéronautiques exigeraient qu'une quantité assez importante soit acheminée jusqu'à la nouvelle base qu'il allait établir au pied des montagnes ; et peut-être le vol vers l'est ne pourrait-il être entrepris cette saison. J'appelai à ce propos le capitaine Douglas, le priant de décharger tout ce qu'il pourrait des bateaux pour le monter sur la barrière avec le seul attelage de chiens que nous avions laissé. Il nous faudrait absolument ouvrir à travers la région inconnue une route directe entre Lake et le détroit de McMurdo.

Lake m'appela plus tard pour m'annoncer sa décision d'installer le camp à l'endroit de l'atterrissage forcé de Moulton, où les réparations avaient déjà quelque peu progressé. La couche de glace était très mince, laissant voir çà et là le sol noir et il voulait y opérer certains sondages et minages avant de lancer une ascension ou une sortie en traîneau. Il parlait de l'ineffable majesté de tout le paysage, et de l'impression étrange qu'il éprouvait sous ces immenses pics silencieux dont les rangs montaient comme un mur à l'assaut du ciel, au bord du monde. Les observations d'Atwood au théodolite avaient évalué la hauteur des cinq pics les plus élevés à trente ou trente-quatre mille pieds. L'aspect du sol balayé par le vent inquiétait manifestement Lake, car il indiquait l'éventualité d'ouragans d'une violence prodigieuse qui dépassaient tout ce qu'on connaissait jusqu'alors. Son camp était situé à un peu plus de cinq miles de l'endroit où surgissaient brusquement les plus hauts contreforts. Je surpris presque dans ses propos une note d'angoisse – un éclair par-dessus ce vide glacial de sept cents miles – comme s'il nous pressait d'activer les choses pour en finir au plus vite avec cette nouvelle contrée singulière. Il allait se reposer maintenant après une journée de travail ininterrompu d'une célérité, d'un acharnement et avec des résultats quasi sans précédent.

J'eus dans la matinée un entretien à trois par radio avec Lake et le capitaine Douglas, chacun à sa base, si éloignée des autres ; il fut convenu qu'un des appareils de Lake viendrait à mon camp chercher Pabodie, les cinq hommes et moi-même, avec tout le carburant qu'il pourrait emporter. Pour le reste, le problème étant lié à notre décision quant au voyage vers l'est, cela pouvait attendre quelques jours ; Lake en avait assez dans l'immédiat pour le chauffage du camp et les forages. Éventuellement, l'ancienne base méridionale devrait être réapprovisionnée ; mais si nous remettions à plus tard le voyage vers l'est, nous n'en aurions pas besoin avant l'été suivant, et Lake devait entre-temps envoyer un appareil explorer une route directe des nouvelles montagnes au détroit de McMurdo.

Pabodie et moi nous préparâmes à fermer notre base pour un temps plus ou moins long selon le cas. Si nous hivernions dans l'Antarctique nous volerions sans doute directement du camp de Lake à l'Arkham sans y revenir. Plusieurs de nos tentes coniques étaient déjà étayées par des blocs de neige dure, et nous décidâmes alors d'achever le travail en édifiant un village esquimau permanent. Grâce à de très larges réserves de tentes, Lake disposait de tout ce qui serait nécessaire à son campement, même après notre arrivée. Je le prévins donc par radio que Pabodie et moi serions prêts pour le transfert au nord-ouest après un jour de travail et une nuit de repos.

Nos travaux, cependant, ne furent guère poursuivis après quatre heures de l'après-midi car Lake nous adressa les messages les plus exaltés et les plus surprenants. Sa journée de travail avait mal commencé ; en effet, le survol des roches à nu révélait une absence totale des strates archéennes et primitives qu'il cherchait, et qui constituaient une large part des cimes colossales situées à une distance si irritante du camp. La plupart des roches aperçues étaient apparemment des grès jurassiques et comanchiens, des schistes permiens et triasiques, avec ici et là des affleurements noirs et brillants évoquant un charbon dur et ardoisé. Lake était assez découragé, ses projets étant fondés sur l'exhumation de spécimens de plus de cinq cents millions d'années. Il lui parut évident que, pour retrouver la couche archéenne où il avait découvert les étranges marques, il devrait faire un long parcours en traîneau depuis les contreforts jusqu'aux à-pics des gigantesques montagnes elles-mêmes.

Il avait résolu, néanmoins, de procéder à quelques forages locaux, dans le cadre du programme général de l'expédition ; il installa donc la foreuse et mit cinq hommes au travail, tandis que les autres finiraient d'installer le camp et de réparer l'avion accidenté. La roche la plus tendre – un grès à un quart de mile environ du camp – avait été choisie pour le premier prélèvement ; et le foret avançait de façon très satisfaisante sans trop de minage supplémentaire. Ce fut trois heures plus tard, à la suite de la première explosion sérieuse, qu'on entendit les éclats de voix de l'équipe, et que le jeune Gedney – contremaître par intérim – se précipita au camp pour annoncer la stupéfiante nouvelle.

Ils avaient découvert une caverne. Dès le début du forage, le grès avait fait place à une veine de calcaire comanchien pleine de minuscules fossiles, céphalopodes, coraux, oursins et spirifères, avec parfois des traces d'éponges siliceuses et d'os de vertébrés marins – ces derniers sans doute de requins et de ganoïdes. C'était assez important en soi, car il s'agissait des premiers vertébrés fossiles que l'expédition ait jamais recueillis ; mais quand, peu après, la tête du foret passant au travers de la strate déboucha dans le vide, une nouvelle vague d'émotion plus intense encore se propagea parmi les fouilleurs. Une explosion assez considérable avait mis au jour le souterrain secret ; et maintenant, par une ouverture irrégulière de peut-être cinq pieds de large et trois de profondeur, bâillait là, devant les chercheurs avides, une excavation de calcaire superficiel creusée depuis plus de cinquante millions d'années par les eaux d'infiltration d'un monde tropical disparu.

La couche ainsi évidée ne faisait pas plus de sept à huit pieds de profondeur, mais elle s'étendait indéfiniment dans toutes les directions, et il y circulait un air frais qui suggérait son appartenance à un vaste réseau souterrain. Plafond et sol étaient abondamment pourvus de grandes stalactites et stalagmites dont certaines se rejoignaient en formant des colonnes ; mais plus important que tout était l'énorme dépôt de coquilles et d'os qui, par places, obstruait presque le passage. Charrié depuis les jungles inconnues de fougères arborescentes et de champignons du mésozoïque, les forêts de cycas, de palmiers-éventails et d'angiospermes primitifs du tertiaire, ce pot-pourri osseux contenait plus de spécimens du crétacé, de l'éocène, et de diverses espèces animales que le plus éminent paléontologue n'en pourrait dénombrer ou classer en un an. Mollusques, carapaces de crustacés, poissons, batraciens, reptiles, oiseaux et premiers mammifères – grands et petits, connus et inconnus. Rien d'étonnant si Gedney revint au camp en criant et si tous les autres lâchèrent leur travail pour se précipiter tête baissée dans le froid mordant à l'endroit où le grand derrick ouvrait une porte nouvelle sur les secrets de la terre profonde et les éternités disparues.

Quand Lake eut satisfait le premier élan de sa curiosité, il griffonna un message sur son bloc-notes et fit rappeler en hâte le jeune Moulton au camp pour le diffuser par radio. J'eus ainsi les premières nouvelles de la découverte ; l'identification de coquillages primitifs, d'os de ganoïdes et de placodermes, restes de labyrinthodontes, thécodontes, fragments de crâne de grand mososaure, vertèbre et cuirasse de dinosaure, dents et os d'aile de ptérodactyle, débris d'archéoptéryx, dents de requin du miocène, crânes d'oiseaux primitifs, ainsi que crânes, vertèbres et autres ossements de mammifères archaïques tels que paléothériums, xiphodons, dinocérases, eohippi, oréodons et titanothères. Il n'y avait rien d'aussi récent que le mastodonte, l'éléphant, le chameau, le daim ou le bovin ; Lake en conclut donc que les derniers dépôts dataient de l'oligocène et que la couche creusée était restée dans son état actuel, morte et impénétrable depuis au moins trente millions d'années.

D'autre part, la prédominance de formes de vie très primitives était extrêmement singulière. Bien que la formation calcaire fût, à en juger par des fossiles incrustés typiques comme des ventriculites, indéniablement et tout à fait comanchienne sans aucun élément plus ancien, les fragments isolés dans la caverne comportaient une proportion surprenante d'organismes jusqu'ici considérés comme représentatifs d'époques beaucoup plus reculées, et même des poissons rudimentaires, mollusques et coraux datant du silurien et de l'ordovicien. Conclusion inévitable : il y avait eu dans cette partie du monde une continuité unique et remarquable entre la vie telle qu'elle était trois cents millions d'années plus tôt et celle qui datait de trente millions seulement. À quand remontait cette continuité, en deçà de l'oligocène où la caverne avait été fermée, voilà qui défiait toute spéculation. En toute hypothèse, la terrible période glaciaire du pléistocène, il y a quelque cinq cent mille ans – autant dire hier, comparé à l'âge de la caverne – pouvait avoir mis fin à toutes les formes de vie primitives qui avaient réussi localement à survivre à la durée ordinaire.

Loin de s'en tenir à son premier message, Lake avait écrit un autre communiqué qu'il avait fait porter dans la neige jusqu'au camp avant que Moulton ait pu en revenir. Moulton resta ensuite près de la radio dans l'un des avions, me transmettant – ainsi qu'à l'*Arkham* pour diffusion au monde extérieur – les fréquents post-scriptum que Lake lui fit porter par une succession de messagers. Ceux qui ont suivi les journaux se rappelleront la fièvre suscitée chez les scientifiques par ces communiqués de l'après-midi – qui ont finalement conduit, après tant d'années, à l'organisation de cette expédition Starkweather-Moore que je tiens si vivement à détourner de ses projets. Je ne puis mieux faire que reproduire textuellement ces messages, tels que Lake les envoya et que notre radio McTighe les transcrivit en sténo.

« Fowler fait une découverte de la plus haute importance dans les fragments de grès et de calcaire venant des minages. Plusieurs empreintes triangulaires striées, distinctes, comme celles de l'ardoise archéenne, prouvent que l'origine en a survécu plus de six cents millions d'années jusqu'à l'époque comanchienne sans plus de changements que des modifications morphologiques peu importantes et une certaine réduction de la taille moyenne. Les empreintes comanchiennes sont apparemment plus primitives, ou décadentes peut-être, que les plus anciennes. Soulignez dans la presse l'importance de la découverte. Elle sera pour la biologie ce qu'Einstein a été pour les mathématiques et la physique. Rejoint mes travaux précédents et en prolonge les conclusions. Elle paraît indiquer, comme je le soupçonnais, que la Terre a connu un cycle entier ou plusieurs cycles de vie organique avant celui qui commence avec les cellules archéozoïques. Déjà évoluée et spécialisée voilà mille millions d'années, quand la planète était jeune et récemment encore inhabitable pour aucune forme de vie ou structure protoplasmique normale. Reste à savoir quand, où et comment cela s'est produit. »

« Plus tard. En examinant certains fragments de squelette de grands sauriens terrestres et marins et de mammifères primitifs, découvert de singulières blessures locales ou lésions de la structure osseuse non imputables à aucun prédateur animal carnivore d'aucune époque. De deux sortes : perforations directes et pénétrantes, et incisions apparemment tranchantes. Un ou deux cas d'os à cassure nette. Peu de spécimens concernés. J'envoie chercher au camp des torches électriques. Vais étudier la zone de fouilles en profondeur en abattant les stalactites. »

« Encore plus tard. Ai découvert un fragment d'une curieuse stéatite de six pouces de large et un et demi d'épaisseur, entièrement différente de toutes les formations locales visibles. Verdâtre, mais sans aucun indice qui permette la datation. Étonnamment lisse et régulière. En forme d'étoile à cinq branches aux pointes brisées, avec des traces d'autres clivages aux angles intérieurs et au centre. Petite dépression polie au milieu de la surface intacte. Suscite beaucoup de curiosité quant à l'origine et l'érosion. Probablement un caprice des effets de l'eau. Carroll croit y discerner à la loupe d'autres marques de caractère géologique. Groupes de points minuscules en motifs réguliers. Les chiens s'inquiètent tandis que nous travaillons, et semblent détester cette stéatite. Il faut voir si elle a une odeur particulière. D'autres nouvelles quand Mills reviendra avec les lampes et que nous attaquerons la zone souterraine. »

« *10 h 15 du soir.* Importante découverte. Orrendorf et Watkins, travaillant en profondeur à la lumière, ont trouvé à 21 h 45 fossile monstrueux en forme de tonneau, de nature totalement inconnue ; probablement végétale sinon spécimen géant d'un radiolaire marin inconnu. Tissu évidemment conservé par les sels minéraux. Dur comme du cuir mais étonnante souplesse par endroits. Marques de cassures aux extrémités et sur les côtés. Six pieds d'un bout à l'autre, trois pieds et demi de diamètre au milieu, s'effilant jusqu'à un pied à chaque extrémité. Rappelle un tonneau avec cinq arêtes en saillie comme des douves. Séparations latérales comme des tiges assez fines, à l'équateur, au milieu de ces saillies. Excroissances bizarres dans les sillons entre les arêtes. Crêtes ou ailes qui se replient ou se déplient comme des éventails. Tous très abîmés sauf un dont l'aile étendue a presque sept pieds d'envergure. L'aspect rappelle certains monstres du mythe primitif, spécialement les fabuleux Anciens dans le *Necronomicon.* Ces ailes semblent membraneuses, tendues sur une carcasse de tuyaux glandulaires. Très petits orifices apparents au bout des ailes dans les tubes de la charpente. Extrémités du corps racornies ne permettent aucun accès à l'intérieur ou à ce qui en aurait été détaché. Il faudra le disséquer quand nous rentrerons au camp. Impossible de décider entre végétal et animal. Beaucoup de signes manifestes d'une nature primitive presque inconcevable. Mis tout le monde à l'abattage des stalactites et à la recherche de nouveaux spécimens. Trouvé d'autres os endommagés mais ils attendront. Des ennuis avec les chiens. Ils ne supportent pas le nouveau spécimen et le mettraient en pièces si nous ne les tenions à distance. »

« *23 heures*. Attention, Dyer, Pabodie, Douglas. Événement de la plus haute – je dirai même transcendante – importance. Qu'*Arkham* transmette immédiatement à la station de Kingsport Head. L'étrange objet en forme de tonneau est la créature archéenne qui a laissé les empreintes dans la roche. Mills, Boudreau et Fowler en ont découvert sous terre un lot de treize autres à quarante pieds de l'ouverture. Mêlés à des fragments de stéatite curieusement arrondis, plus petits que les précédents – en forme d'étoile mais sans traces de cassures, sauf à certaines pointes. Sur les treize spécimens organiques, huit sont apparemment en parfait état avec tous leurs appendices. Les avons tous remontés à la surface, en tenant les chiens à l'écart. Ils ne peuvent pas les souffrir. Écoutez très attentivement la description, et répétez pour plus de sûreté. Il faut que les journaux la reproduisent sans erreur.

« L'objet a huit pieds de long en tout. Le torse en tonneau de six pieds, à cinq arêtes, fait trois pieds et demi de diamètre au centre, un pied aux extrémités. Gris foncé, élastique et d'une très grande fermeté. Les ailes membraneuses de sept pieds, même couleur, trouvées repliées, sortent des sillons entre les arêtes. Armature tubulaire ou glandulaire gris clair, avec orifices au bout des ailes. Déployées, elles ont les bords en dents de scie. Autour de la région centrale, au milieu de chacune des saillies verticales en forme de douve, on trouve cinq organes gris clair, bras ou tentacules flexibles étroitement repliés contre le torse mais qui peuvent s'étendre jusqu'à une longueur de trois pieds. Tels les bras des crinoïdes primitifs. Chaque tige de trois pouces de diamètre se ramifie au bout de six pouces en cinq sous-tiges, chacune se ramifiant au bout de huit pouces en cinq petits tentacules ou vrilles effilées, ce qui donne pour chaque tige un total de vingt-cinq tentacules.

« Au sommet du torse, un cou court et bulbeux, gris plus clair, avec des sortes de branchies, porte ce qui semble une tête jaunâtre en forme d'étoile de mer à cinq branches, couverte de cils drus de trois pouces, des diverses couleurs du prisme. Tête épaisse et gonflée d'environ deux pieds d'une pointe à l'autre, avec des tubes flexibles jaunâtres de trois pouces sortant au bout de chaque pointe. Au sommet, une fente, juste au centre, probablement un orifice respiratoire. Au bout de chaque tube, une expansion sphérique où une membrane jaunâtre se replie sous le doigt, découvrant un globe vitreux d'un rouge iridescent, un œil évidemment. Cinq tubes rougeâtres un peu plus longs partent des angles intérieurs de la tête en étoile et finissent en renflements, comme des sacs de même couleur qui, sous la pression, s'ouvrent sur des orifices en forme de calice de deux pouces de diamètre, bordés de sortes de dents blanches et aiguës. Tous ces tubes, cils et pointes de la tête en étoile de mer étroitement repliés ; tubes et pointes collés au cou bulbeux et au torse. Surprenante souplesse en dépit de l'extrême fermeté.

« Au bas du torse se trouvent des équivalents rudimentaires des dispositifs de la tête, mais aux fonctions différentes. Un pseudo-cou bulbeux gris clair, sans branchies, porte un organe verdâtre en étoile à cinq branches. Bras durs et musculeux de quatre pieds de long, s'amenuisant de sept pouces de diamètre à la base jusqu'à deux et demi environ à l'extrémité. À chaque pointe se rattache le petit côté d'un triangle membraneux verdâtre à cinq nervures de huit pouces de long et six de large au bout. C'est là la pagaie, l'aileron ou le pseudopode qui a laissé les empreintes sur les roches vieilles de mille millions à cinquante ou soixante millions d'années. Des angles intérieurs du dispositif en étoile sortent des tubes rougeâtres de deux pieds s'effilant de trois pouces de diamètre à la base jusqu'à un au bout. Orifices aux extrémités. Tous ces éléments coriaces comme du cuir mais extrêmement flexibles. Des bras de quatre pieds avec des palettes certainement utilisées pour une forme de locomotion, marine ou autre. Suggèrent, quand on les déplace, une puissance musculaire démesurée. Tous ces appendices trouvés étroitement repliés sur le pseudo-cou et à l'extrémité du torse comme ceux de l'autre bout.

« Je ne puis encore trancher entre le domaine végétal et l'animal, mais les chances maintenant sont en faveur de l'animal. Il représente sans doute une révolution incroyablement poussée de radiolaire, sans avoir perdu certains de ses caractères primitifs. Rapprochements indiscutables avec les échinodermes malgré signes locaux contradictoires. La structure des ailes laisse perplexe étant donné l'habitat probablement marin, mais elles pouvaient servir à la navigation. La symétrie est curieusement végétale, évoquant la structure de la plante selon l'axe haut-bas, plutôt que celle de l'animal dans l'axe avant-arrière. Ancienneté fabuleuse de l'évolution, avant même les protozoaires archéens les plus élémentaires connus jusqu'à présent ; défie toute hypothèse quant à son origine.

« Les spécimens complets offrent une ressemblance si troublante avec certains êtres du mythe primitif que l'idée de leur existence très ancienne hors de l'Antarctique devient inévitable. Dyer et Pabodie ont lu le *Necronomicon* et vu les peintures cauchemardesques de Clark Ashton Smith[1] inspirées du texte ; ils comprendront quand je parle de ces Anciens qui passent pour avoir créé toute vie sur terre par plaisanterie ou par erreur. Les érudits ont toujours pensé que cette idée était née d'interprétations imaginaires morbides de très anciens radiolaires tropicaux. Et aussi de créatures du folklore préhistorique dont parlait Wilmarth – prolongements du culte de Cthulhu, etc.

« Un vaste champ de recherche est ouvert. Dépôts probables du crétacé inférieur ou du début de

1. Ami personnel de Lovecraft qui a apporté sa contribution au mythe de Cthulhu. (*N.d.T.*)

l'éocène, à en juger par les spécimens qui y sont mêlés. Énormes stalagmites formées au-dessus d'eux. Dur travail pour les dégager, mais leur robustesse a évité les dégâts. État de conservation inespéré, dû évidemment à l'action du calcaire. Rien trouvé d'autre, mais reprendrons fouilles plus tard. Il faut maintenant rapporter au camp quatorze énormes spécimens sans les chiens, qui aboient furieusement et qu'on ne peut laisser approcher. Avec neuf hommes – trois pour garder les chiens – nous devrions réussir à conduire convenablement les traîneaux, malgré le vent défavorable. Il faut établir la liaison aérienne avec McMurdo et commencer à embarquer le matériel. Mais je veux disséquer un de ces monstres avant de prendre aucun repos. Dommage de n'avoir pas ici de vrai laboratoire. Dyer devrait se botter les fesses pour avoir voulu empêcher mon voyage vers l'ouest. D'abord les montagnes les plus hautes du monde, et puis ceci. Si ce n'est pas le clou de l'expédition, je me demande ce qui l'est. Scientifiquement, c'est la gloire. Compliments, Pabodie, pour la foreuse qui a ouvert la caverne. À présent, *Arkham* voudrait-il répéter la description ? »

Nos impressions, à Pabodie et à moi, au reçu de ce rapport, dépassent toute description, et nos compagnons ne furent pas en reste d'enthousiasme. McTighe, qui avait rapidement noté quelques points essentiels à travers le bourdonnement du récepteur, reprit le message complet à partir de la sténographie, dès que l'opérateur de Lake eut terminé l'émission. Tous comprenaient la portée sensationnelle de la découverte, et j'adressai nos félicitations à Lake aussitôt que l'opérateur de l'*Arkham* eut répété les passages descriptifs comme on le lui avait demandé ; mon exemple fut suivi par Sherman, de sa station à la réserve secrète du détroit de McMurdo, aussi bien que par le capitaine Douglas de l'*Arkham*. Plus tard, j'ajoutai, en tant que chef de l'expédition, quelques commentaires qui devaient être transmis par l'*Arkham* au monde extérieur. Naturellement, il n'était pas question de repos dans une pareille exaltation et mon seul désir était de rejoindre le plus vite possible le camp de Lake. Je fus déçu quand il me fit dire qu'un fort coup de vent venant de la montagne rendait pour l'instant tout transport aérien impossible.

Mais une heure et demie plus tard, la déception fit place à un nouvel intérêt. De nouveaux messages de Lake annonçaient le transport réussi des quatorze grands spécimens jusqu'au camp. L'effort avait été rude car ils étaient étonnamment pesants ; mais neuf hommes s'en étaient très bien tirés. À présent, une partie de l'équipe édifiait à la hâte un corral de neige à bonne distance de la base, où l'on mènerait les chiens pour les nourrir plus commodément. On avait déposé les spécimens sur la neige dure près du camp, sauf un dont Lake essayait tant bien que mal la dissection. La tâche se révéla plus laborieuse qu'on ne s'y attendait ; car malgré la chaleur du poêle à essence dans la tente-laboratoire récemment dressée, les tissus souples en apparence du sujet choisi – intact et vigoureux – n'avaient rien perdu de leur dureté coriace. Lake ne savait comment pratiquer les incisions nécessaires sans une brutalité qui risquait de détruire les finesses de structure qu'il cherchait à étudier. Il avait encore, c'est vrai, sept autres spécimens en parfait état mais ils étaient trop rares pour qu'on en use à la légère à moins que la caverne ne pût, par la suite, en fournir indéfiniment. Il renonça donc à celui-ci et en fit apporter un autre qui, bien que pourvu aux deux extrémités des dispositifs en étoile, était gravement endommagé et partiellement éclaté le long d'un des grands sillons du torse.

Les résultats, rapidement communiqués par radio, furent déconcertants et tout à fait passionnants. Pas question de délicatesse ou de précision avec les instruments tout juste bons à entamer le tissu inhabituel, mais le peu qui fut obtenu nous laissa tous stupéfaits et perplexes. Il allait falloir remettre à jour entièrement la biologie actuelle car ce monstre n'était le produit d'aucun développement cellulaire scientifiquement connu. Il y avait eu à peine quelques cristallisations, et en dépit de leur âge, peut-être quarante millions d'années, les organes internes étaient absolument intacts. Le caractère coriace, inaltérable et presque indestructible était inhérent à ce type d'organisme, et se rattachait à certain cycle paléogène de l'évolution des invertébrés totalement inaccessible à nos capacités spéculatives. Au début, tout ce que Lake découvrit était sec, mais à mesure que la tente chauffée produisait son effet amollissant, un suintement d'origine organique dégageant une odeur forte et repoussante apparut dans la partie indemne de l'objet. Ce n'était pas du sang mais un liquide épais, vert foncé, qui apparemment en tenait lieu. Lake en était là de son travail lorsque les trente-sept chiens avaient été conduits au corral encore inachevé ; et même à cette distance, des aboiements sauvages et des signes de nervosité répondirent aux émanations âpres et envahissantes.

Loin d'aider à situer l'étrange entité, cette dissection préliminaire ne fit qu'approfondir son mystère. Toutes les conjectures quant aux parties externes avaient été justes et, à les en croire, on ne pouvait guère hésiter à la dire animale ; mais l'observation interne fit apparaître tant de caractéristiques végétales que Lake nageait complètement. Il y avait digestion, circulation et élimination des déchets par les tubes rougeâtres de la partie inférieure en étoile.

Il semblait à première vue que le système respiratoire utilisât l'oxygène plutôt que le bioxyde de carbone ; on découvrait des signes évidents de réserves d'air et de curieux procédés pour déplacer la respiration, de l'orifice externe jusqu'à au moins deux organes respiratoires entièrement développés : branchies et pores. Manifestement, cet être était amphibie et sans doute adapté aussi aux longues hibernations à l'abri de l'air. Des organes vocaux semblaient exister en liaison avec l'appareil respiratoire, mais ils présentaient des anomalies inexplicables pour l'instant. Le langage articulé, au sens de prononciation de syllabes, paraissait difficilement concevable ; mais on pouvait imaginer des sons flûtés, couvrant une gamme étendue. Quant au système musculaire, il était prodigieusement développé.

Lake resta confondu par la complexité et l'extrême évolution du système nerveux. Étonnamment primitif et archaïque à certains égards, le monstre possédait un jeu de centres ganglionnaires et de connexions témoignant du dernier degré de spécialisation. Son cerveau à cinq lobes était impressionnant ; on constatait la présence d'un équipement sensoriel, constitué en partie par les cils drus de la tête, impliquant des facteurs étrangers à tout autre organisme terrestre. Il avait sans doute plus de cinq sens, de sorte que son comportement ne pouvait être déduit par analogie avec rien de connu. Cette créature avait dû être, se dit Lake. d'une sensibilité aiguë, aux fonctions subtilement différenciées dans son monde primitif ; très proche des abeilles et des fourmis d'aujourd'hui. Elle se reproduisait comme les plantes cryptogames, notamment les ptéridophytes ; avait des sporanges au bout des ailes, et était certainement produite par un thalle ou un prothalle.

Lui donner un nom à ce stade eût été pure folie. Cela ressemblait à un radiolaire, tout en étant évidemment bien davantage. C'était partiellement végétal, tout en possédant aux trois quarts l'essentiel de la structure animale. Que cela fût d'origine marine, sa configuration symétrique et certaines autres particularités l'indiquaient clairement ; encore qu'on ne pût préciser au juste la limite de ses toutes dernières adaptations. Les ailes, après tout, maintenaient l'évocation persistante d'une vie aérienne. Comment un tel être avait-il pu poursuivre son évolution prodigieusement complexe sur une terre nouveau-née, assez tôt pour laisser son empreinte sur des roches archéennes, c'était trop inconcevable pour ne pas rappeler à Lake, bizarrement, les mythes primitifs des Grands Anciens, qui descendirent des étoiles pour inventer la vie sur Terre par plaisanterie ou par erreur, et les contes extravagants des êtres cosmiques des collines d'Ailleurs, que racontait un collègue folkloriste du département anglais de Miskatonic.

Il envisageait, bien sûr, la possibilité que les empreintes précambriennes aient été laissées par un ancêtre moins évolué de nos spécimens ; mais il écartait vite cette théorie trop simple en considérant les qualités structurelles supérieures des fossiles plus anciens. Peut-être les dernières formes indiquaient-elles une décadence plutôt qu'un progrès de l'évolution. La taille des pseudopodes avait diminué, et la morphologie dans son ensemble paraissait plus grossière et simplifiée. Du reste, les nerfs et les organes qu'il venait d'examiner évoquaient singulièrement des régressions de formes encore plus élaborées. Les parties rudimentaires et atrophiées étaient étonnamment fréquentes. Somme toute, on n'avait guère avancé, et Lake se rabattit sur la mythologie pour une appellation provisoire – en surnommant plaisamment ses trouvailles les « Anciens ».

Vers 2 h 30 du matin, ayant décidé de remettre à plus tard son travail pour prendre un peu de repos, il couvrit d'une bâche le sujet disséqué, quitta la tente-laboratoire et considéra les spécimens intacts avec un nouvel intérêt. Le soleil perpétuel de l'Antarctique avait commencé à assouplir un peu leurs tissus, de sorte que les pointes de la tête et les tubes de deux ou trois semblaient prêts à se déployer ; il n'y avait pas lieu, pensa-t-il, de craindre pour l'instant la décomposition, la température restant presque au-dessous de zéro[1]. Il rapprocha néanmoins les uns des autres les sujets non disséqués, et jeta dessus une toile de tente pour leur éviter les rayons solaires directs. Cela pourrait contribuer aussi à empêcher leur odeur d'alerter les chiens, dont l'agitation hostile devenait un vrai problème, même à la grande distance où ils étaient tenus, derrière les murs de neige de plus en plus hauts qu'une équipe renforcée dressait en hâte autour de leurs quartiers. Il dut charger de lourds blocs de neige les coins de la toile pour la maintenir en place malgré le vent qui se levait, car les montagnes titanesques semblaient sur le point de déchaîner quelques redoutables rafales. Les premières craintes quant aux brusques coups de vent antarctiques se ravivaient et, sous la surveillance d'Atwood, les précautions furent prises pour établir autour des tentes, du nouveau corral des chiens et des hangars rudimentaires d'avions, des remblais de neige du côté de la montagne. Ces hangars, commencés avec des blocs de neige dure à leurs moments perdus, étaient loin d'être assez hauts ; et Lake finit par suspendre toutes les autres tâches pour mettre les hommes à ce travail.

1. Près de – 17° centigrade. (*N.d.T.*)

Il était quatre heures passées quand Lake se prépara enfin à terminer l'émission et nous invita tous à partager le repos qu'allait prendre son équipe quand les murs du hangar seraient un peu plus hauts. Il eut avec Pabodie un échange amical sur les ondes et lui redit ses éloges pour les foreurs vraiment sensationnels qui avaient aidé à sa découverte. Atwood lui aussi envoyait saluts et compliments. J'adressai à Lake mes félicitations chaleureuses, reconnaissant qu'il avait eu raison à propos du voyage vers l'ouest ; et nous décidâmes de reprendre contact par radio à dix heures du matin. Si le vent était tombé, Lake enverrait un appareil chercher l'équipe à ma base. Juste avant de me retirer, je lançai un dernier appel à l'*Arkham*, avec instructions d'atténuer les nouvelles du jour à l'intention de l'extérieur, car les détails au complet semblaient assez renversants pour susciter une vague d'incrédulité, tant qu'on ne les aurait pas justifiés par des preuves.

3

Aucun de nous, je pense, n'eut le sommeil très lourd ni paisible ce matin-là ; l'excitation de la découverte et la fureur croissante du vent s'y opposaient. La tempête était si violente, même chez nous, que nous ne pouvions nous empêcher de penser qu'elle devait être bien pis au camp de Lake, au pied même des montagnes inconnues qui l'engendraient et la déchaînaient. McTighe, éveillé à dix heures, tenta de joindre Lake par radio comme convenu, mais des phénomènes électriques dans l'atmosphère troublée de l'ouest semblaient empêcher toute communication. On put cependant obtenir l'*Arkham*, et

Douglas me dit qu'il avait lui aussi vainement essayé d'atteindre Lake. Il ignorait tout du vent, qui ne soufflait guère au détroit de McMurdo malgré sa violence obstinée dans notre secteur.

Nous restâmes à l'écoute toute la journée, inquiets, tâchant de temps en temps d'appeler Lake, mais toujours sans résultat. Vers midi, un vent littéralement frénétique déferla, venant de l'ouest, et nous craignîmes pour la sécurité de notre camp ; mais il finit par s'apaiser, avec seulement une petite rechute vers deux heures de l'après-midi. À partir de trois heures, par temps calme, nous redoublâmes d'efforts pour obtenir Lake. Sachant qu'il disposait de quatre avions, chacun pourvu d'un excellent poste à ondes courtes, nous ne pouvions imaginer qu'un quelconque accident ait pu endommager toute son installation radio à la fois. Pourtant le silence total persistait ; et songeant à la violence démente qu'avait pu atteindre le vent dans son secteur, nous ne pouvions nous garder des plus sinistres conjectures.

Vers six heures, nos craintes s'étant aggravées et précisées, après avoir consulté par radio Douglas et Thorfinnssen, je résolus d'entreprendre une enquête. Le cinquième appareil, qui était resté à la réserve du détroit de McMurdo, avec Sherman et deux marins, était en bon état et prêt à servir immédiatement ; et il semblait bien que le cas d'extrême urgence pour lequel nous l'avions réservé se présentait maintenant. Je joignis Sherman par radio et le priai de me rejoindre avec l'avion et les deux marins à la base sud, le plus rapidement possible, les conditions atmosphériques étant apparemment très favorables. Puis nous informâmes le personnel de la mission d'enquête en préparation, et décidâmes d'emmener tout le monde, avec le traîneau et les chiens que j'avais gardés près de moi. Si lourde que fût la charge, elle était à la portée d'un de ces gros avions construits pour nous sur commande spéciale de machines de transport lourd. J'essayai encore de temps en temps de joindre Lake, sans plus de résultat.

Sherman, accompagné des marins Gunnarsson et Larsen, décolla à 7 h 30, nous tenant au courant, pendant le voyage, d'un vol sans histoire. Ils arrivèrent à notre base à minuit et, tous ensemble, nous discutâmes aussitôt de l'opération suivante. Il était risqué de naviguer au-dessus de l'Antarctique dans un appareil isolé, sans le repère d'aucune base, mais personne ne se déroba à ce qui s'imposait comme la nécessité la plus évidente. Après avoir commencé à charger l'appareil, on alla se coucher à deux heures pour un bref repos, mais on était debout à quatre heures afin de terminer chargement et bagages.

Le 25 janvier à 7 h 15, nous décollâmes en direction du nord-ouest, McTighe étant aux commandes, avec dix hommes, sept chiens, un traîneau, une réserve de carburant et de nourriture, et diverses autres choses, y compris la radio de bord. Le temps était clair, assez calme et la température relativement clémente ; nous ne prévoyions pas de difficultés pour atteindre la latitude et la longitude indiquées par Lake pour situer son camp. Nos craintes concernaient ce que nous allions trouver, ou ne pas trouver, à la fin de notre voyage ; car la réponse à tous nos appels au camp était toujours le silence.

Chaque incident de ce vol de quatre heures et demie reste gravé dans mon souvenir à cause de sa situation cruciale dans ma vie. Il marque pour moi la perte, à l'âge de cinquante-quatre ans, de toute la paix et l'équilibre dont jouit un esprit normal, grâce à sa conception familière de la Nature autour de nous et des lois de cette Nature. Les dix hommes que nous étions – mais l'étudiant Danforth et moi plus que tous les autres – eurent dès lors à affronter un monde d'une hideur démesurée d'horreurs aux aguets, que rien ne peut effacer de nos émotions, et que nous voudrions éviter de partager, si c'est possible, avec le reste de l'humanité. Les journaux ont publié les communiqués que nous envoyions de l'avion en vol, racontant notre course non-stop, nos deux combats en altitude contre la traîtrise des coups de vent, notre aperçu de la zone défoncée où Lake, trois jours plus tôt, avait creusé son puits à mi-chemin, et notre découverte d'un groupe de ces étranges cylindres de neige duveteux qu'Amundsen et Byrd ont décrits, roulant sans fin dans le vent sur des lieues et des lieues de plateau glacé. Un moment vint pourtant où nos impressions ne pouvaient plus se traduire en aucun mot que la presse pût saisir ; et puis un autre encore où nous dûmes adopter une vraie règle de censure rigoureuse.

Le marin Larsen fut le premier à apercevoir devant nous le profil déchiqueté des cônes et des sommets ensorcelés, et ses exclamations attirèrent tout le monde aux hublots du grand avion. Malgré notre vitesse, ils furent très lents à imposer leur massive présence ; d'où nous conclûmes qu'ils devaient être à une distance considérable, et que seule leur fantastique hauteur pouvait accrocher le regard. Peu à peu cependant, ils montèrent inexorablement dans le ciel occidental, nous laissant discerner les différents sommets nus, désolés, noirâtres, et saisir le sentiment bizarre d'imaginaire qu'ils inspiraient dans la lumière rougeâtre de l'Antarctique, avec en arrière-plan le défi des nuages irisés de poussière de glace. Il y avait dans tout cela l'ombre tenace et pénétrante d'un formidable secret et d'une révélation suspendue ; comme si ces flèches de cauchemar étaient les pylônes d'une redoutable porte ouverte sur les domaines interdits du rêve, les abîmes complexes des temps lointains, de l'espace et de l'ultradimensionnel. Je ne pouvais m'empêcher de les sentir malfaisantes, ces montagnes hallucinées dont les versants plus lointains veillaient sur quelque ultime abysse maudit. L'éclat voilé de cet arrière-plan de nuages effervescents suggérait l'ineffable promesse d'un vague *outre-monde* éthéré bien au-delà de la spatialité terrestre, et rappelait effroyablement le radical isolement, la mort immémoriale de cet univers austral vierge et insondable. Ce fut le jeune Danforth qui nous fit observer les reliefs curieusement réguliers le long de la plus haute montagne – tels des fragments agglomérés de cubes parfaits que Lake avait mentionnés dans ses messages, et qui justifiaient tout à fait sa comparaison avec les évocations de rêve de temples primitifs en ruine sur les cimes nuageuses des montagnes d'Asie dans les peintures si étranges et subtiles de Roerich. Une fascination réellement roerichienne se dégageait de tout ce continent surnaturel de mystères himalayens. Je l'avais ressentie en octobre en apercevant pour la première fois la terre de Victoria, et je l'éprouvais de nouveau maintenant. Je percevais aussi le retour d'un malaise devant les ressemblances avec les mythes archéens, et des correspondances troublantes entre ce royaume fatal et le tristement célèbre plateau de Leng dans les écrits primordiaux. Les mythologues ont situé Leng en Asie centrale ; mais la mémoire de la race humaine – ou de ses prédécesseurs – est longue et il est bien possible que certains récits soient issus de contrées, de montagnes et de temples d'une horreur plus ancienne que l'Asie et qu'aucun monde humain connu. Quelques occultistes audacieux ont soupçonné une origine prépleistocène des *Manuscrits pnakotiques* fragmentaires et suggéré que les zélateurs de Tsathoggua étaient aussi étrangers à l'humanité que Tsathoggua lui-même. Leng, où qu'il ait pu nicher dans l'espace et le temps, n'était pas un lieu qui m'attirait, de près ou de loin ; pas plus que je ne goûtais le voisinage d'un monde qui avait nourri les monstres ambigus archéens dont Lake avait parlé. Sur le moment, je regrettai d'avoir lu le détestable *Necronomicon*, et d'avoir tant discuté à l'université avec Wilmarth, le folkloriste si fâcheusement érudit.

Cet état d'esprit ne fit sans doute qu'aggraver ma réaction au mirage bizarre qui surgit devant nous du zénith de plus en plus opalescent, comme nous approchions des montagnes et commencions à distinguer les contreforts aux ondulations superposées. J'avais vu les semaines précédentes des douzaines de mirages polaires dont certains étaient aussi insolites et prodigieusement frappants ; mais celui-là avait un caractère tout à fait original et obscur de symbole menaçant, et je frémis en voyant au-dessus de nos têtes le labyrinthe grouillant de murs, de tours, de minarets fabuleux surgir des vapeurs glacées.

On eût dit une cité cyclopéenne d'une architecture inconnue de l'homme et de l'imagination humaine, aux gigantesques accumulations de maçonnerie noire comme la nuit, selon de monstrueuses perversions des lois géométriques et jusqu'aux outrances les plus grotesques d'une sinistre bizarrerie. Il y avait des troncs de cône, parfois en terrasses ou cannelés, surmontés de hautes cheminées cylindriques, ici et là élargies en bulbes et souvent coiffées d'étages de disques festonnés de peu d'épaisseur ; et d'étranges constructions tabulaires en surplomb, évoquant des piles d'innombrables dalles rectangulaires ou de plateaux circulaires, ou d'étoiles à cinq branches, chacune chevauchant la précédente. Il y avait des cônes et des pyramides composites, soit seuls, soit surmontant des cylindres ou des cubes, ou des cônes et pyramides tronqués plus bas, et à l'occasion, des flèches en aiguilles bizarrement groupées par cinq. Toutes ces structures fébriles semblaient reliées par des ponts tubulaires passant de l'une à l'autre à diverses hauteurs vertigineuses, et tout cela à une échelle épouvantable et oppressante dans son gigantisme démesuré. Le caractère général de mirage ne différait guère des plus extravagants observés et dessinés en 1820 par le chasseur de baleines arctique Scoresby; mais à ce moment et en cet endroit, avec ces sombres et formidables sommets inconnus, avec à l'esprit la révélation de ce vieux monde aberrant et l'ombre du désastre probable de presque toute notre expédition, nous semblâmes y voir le signe d'une secrète malignité et un présage infiniment funeste.

Je fus heureux de voir se dissiper peu à peu le mirage, bien que, ce faisant, les tourelles et cônes de cauchemar passent par des déformations éphémères qui en aggravaient la hideur. Tandis que la trompeuse image se dissolvait tout entière entre les remous opalescents, nous commençâmes à regarder de nouveau vers la terre et nous vîmes que la fin du voyage était proche. Devant nous, les montagnes inconnues se dressaient, vertigineuses, tel un redoutable rempart de géant, leurs étranges alignements visibles avec une netteté saisissante, même sans jumelles. Nous étions maintenant au-dessus des premiers contreforts et nous distinguions, au milieu de la neige, de la glace et des zones dénudées de leur principal plateau, deux taches plus sombres que nous reconnûmes pour le camp de Lake et son chantier de forage. Les contreforts les plus hauts surgissaient cinq à six miles plus loin, formant une chaîne presque distincte du terrifiant alignement de pics plus qu'himalayens, au-delà d'eux. Enfin Ropes – l'étudiant qui avait relayé McTighe aux commandes – amorça l'atterrissage en direction de la tache sombre de gauche, qui par son étendue semblait être le camp. Pendant ce temps, McTighe envoyait le dernier message par radio non censuré que le public devait recevoir de notre expédition.

Tout le monde, bien sûr, a lu les bulletins brefs et décevants de nos derniers jours en Antarctique. Quelques heures après notre atterrissage nous lançâmes un compte rendu prudent de la tragédie que nous avions découverte, annonçant à contrecœur l'anéantissement de toute l'équipe de Lake sous l'effroyable tempête de la veille ou de la nuit précédente. Onze morts connus, et le jeune Gedney disparu. Les gens excusèrent le flou et le manque de détails, comprenant le choc qu'avait dû nous causer le triste événement, et nous crurent quand nous expliquâmes que les mutilations infligées par le vent rendaient impossible le transport des onze corps. Réellement, je me flatte que même dans notre détresse, notre désarroi total et l'horreur qui nous étreignait l'âme, nous n'ayons jamais trahi la vérité dans aucun cas précis. La réalité terrible était en ce que nous n'osions pas dire – ce que je ne dirais pas à présent s'il n'était nécessaire de mettre d'autres en garde contre des terreurs sans nom.

C'est un fait que le vent avait causé d'épouvantables ravages. Tous auraient-ils pu y survivre, même sans l'autre « chose » ? On peut sérieusement en douter. La tempête, avec son bombardement incessant de particules de glace, avait dû dépasser tout ce que notre expédition avait connu jusqu'alors. Un hangar d'avion était à peu près pulvérisé – tout, semble-t-il, avait été abandonné dans un état très précaire – et le derrick, sur le site éloigné du forage, était entièrement mis en pièces. Les parties métalliques des avions au sol et du matériel de forage étaient écrasées et comme décapées, deux des petites tentes abattues malgré leur remblai de neige. Les surfaces de bois exposées aux rafales étaient piquetées et dépouillées de toute peinture, et toute trace dans la neige totalement effacée. Il est exact aussi que nous ne trouvâmes aucun des sujets biologiques archéens en assez bon état pour être emporté tout entier. Nous ramassâmes quelques minéraux sur un monceau de débris – notamment plusieurs fragments de stéatite verdâtre dont la curieuse forme arrondie à cinq pointes et les vagues motifs de points groupés inspiraient tant de rapprochements discutables – et des fossiles parmi les plus caractéristiques des spécimens bizarrement mutilés.

Aucun des chiens n'avait survécu, leur enclos de neige hâtivement édifié près du camp ayant été presque entièrement détruit. C'était peut-être le fait de la tempête, bien que les plus gros dégâts, du côté proche du camp, qui n'était pas exposé au vent, donnent à penser que les bêtes hors d'elles avaient sauté ou forcé l'obstacle elles-mêmes. Les trois traîneaux avaient disparu, et nous tâchâmes d'expliquer que le vent les avait emportés dans l'inconnu... Les appareils de forage et de fusion de la glace sur le chantier étaient trop gravement endommagés pour justifier une récupération, et nous nous en servîmes pour obstruer la porte étrangement inquiétante que Lake avait ouverte sur le passé. Nous laissâmes de même au camp les deux avions les plus éprouvés, puisque notre équipe de survivants n'avait plus que quatre pilotes qualifiés – Sherman, Danforth, McTighe et Ropes – y compris Danforth, en piètre état nerveux pour naviguer. Nous rapportions tous les livres, matériels scientifiques et autres accessoires retrouvés, encore que beaucoup aient inexplicablement disparu. Les tentes de réserve et les fourrures restèrent introuvables ou en triste état.

Vers 4 heures de l'après-midi, après un grand vol de reconnaissance qui nous convainquit de la perte de Gedney, nous envoyâmes à l'*Arkham*, pour retransmission, notre message prudent; et nous fîmes bien, je pense, de le rédiger ainsi, calme et circonspect. Tout ce que nous dîmes de l'agitation concernait nos chiens et leur inquiétude frénétique au voisinage des spécimens biologiques, à laquelle on pouvait s'attendre après les malheureuses déclarations de Lake. Nous ne parlions pas de leurs mêmes signes de nervosité en flairant les bizarres stéatites verdâtres et certains autres objets dans le secteur perturbé; entre autres, les instruments scientifiques, les avions et des machines, au camp comme sur le chantier, dont les morceaux avaient été dispersés, déplacés et « maniés » par des vents qui se révélaient singulièrement curieux et investigateurs.

Quant aux quatorze spécimens biologiques, nous restâmes dans le vague, c'était bien pardonnable. Les seuls retrouvés, disions-nous, étaient endommagés mais il en restait assez pour établir l'entière véracité et l'impressionnante précision des descriptions de Lake. Il nous fut très difficile de faire abstraction de nos émotions personnelles – et nous tûmes le nombre de nos découvertes et la manière dont elles avaient été faites. Nous avions convenu cette fois de ne rien rapporter qui pût suggérer la folie des collaborateurs de Lake, et l'on aurait sûrement jugé délirants ces six monstres incomplets soigneusement enterrés debout dans des tombes de neige de neuf pieds, sous des tumulus à cinq pointes marqués de groupes de points identiques à ceux des étranges stéatites verdâtres arrachées aux époques mésozoïque ou tertiaire. Les huit spécimens intacts mentionnés par Lake semblaient s'être complètement volatilisés.

Soucieux de ne pas troubler la tranquillité du public, nous parlâmes à peine, Danforth et moi, de l'épouvantable voyage du lendemain au-dessus des montagnes. Un appareil allégé au maximum pouvant seul franchir une chaîne d'une telle altitude, cette mission de reconnaissance fut heureusement limitée à deux d'entre nous. Lors de notre retour, à une heure du matin, Danforth était au bord de l'hystérie mais garda admirablement son sang-froid. Il promit sans difficulté de ne montrer ni nos croquis ni rien de ce que nous rapportions dans nos poches, de ne rien dire de plus aux autres que ce que nous avions décidé de communiquer à l'extérieur, et de cacher nos films pour les développer nous-mêmes plus tard ; ainsi cette partie de mon récit sera-t-elle aussi neuve pour Pabodie, McTighe, Ropes, Sherman et les autres qu'elle le sera pour le monde en général. À la vérité, Danforth est encore plus muet que moi, car il a vu – ou croit avoir vu – une chose qu'il ne veut pas dire, même à moi.

Comme on le sait, notre rapport comportait le récit d'une dure ascension ; la confirmation de l'opinion de Lake que les grands pics sont de l'ardoise archéenne et une autre strate écrasée très primitive, intacte au moins depuis l'époque comanchienne ; un commentaire conventionnel sur la régularité des formations en cubes et remparts ; la conclusion que les entrées de cavernes correspondaient à des veines calcaires disparues ; l'hypothèse que certains versants et défilés permettraient l'escalade et la traversée de toute la chaîne par des grimpeurs expérimentés ; et l'observation que le mystérieux autre versant comportait un superplateau haut et vaste aussi ancien et immuable que les montagnes elles-mêmes – vingt mille pieds de haut, avec des formations rocheuses grotesques en saillie à travers une mince couche glaciaire, et des contreforts bas échelonnés entre la surface du plateau et les à-pics des plus hauts sommets.

Ce corps de données est vrai à tous égards dans les limites de son propos, et il donna toute satisfaction aux hommes du camp. Nous attribuâmes nos seize heures d'absence – plus qu'il n'en fallait pour le vol annoncé, l'atterrissage et le programme de collecte des roches – à une longue suite mythique de vents contraires, et racontâmes fidèlement notre atterrissage sur les contreforts plus lointains. Notre récit, heureusement, eut un accent assez réaliste et banal pour ne donner à aucun des autres l'envie de nous imiter. L'auraient-ils essayé que j'aurais usé de toute ma persuasion pour les en dissuader – et je ne sais pas ce qu'aurait fait Danforth. Pendant notre absence, Pabodie, Sherman, Ropes, McTighe et Williamson avaient travaillé d'arrache-pied sur les deux meilleurs appareils de Lake, les remettant en état de marche, malgré le sabotage absolument inexplicable de leurs pièces essentielles.

Nous décidâmes de charger tous les avions le lendemain matin et de rentrer le plus tôt possible à notre ancienne base. Bien qu'indirecte, c'était la voie la plus sûre pour rejoindre le détroit de McMurdo ; car un vol en droite ligne au-dessus des étendues les plus totalement inconnues du continent de l'éternelle mort impliquerait beaucoup de risques supplémentaires. Poursuivre l'exploration n'était guère envisageable après nos pertes tragiques et la destruction de notre matériel de forage ; et puis le doute et l'horreur autour de nous – dont nous ne dîmes rien – nous incitaient seulement à fuir le plus rapidement possible ce monde austral de désolation et de délire accablant.

Comme chacun sait, notre retour au monde connu se fit sans autres catastrophes. Tous les appareils regagnèrent l'ancienne base le lendemain soir, 27 janvier, après un bref vol sans escale ; et le 28 nous parvînmes au détroit de McMurdo en deux étapes, avec une seule pause très courte à cause d'un gouvernail défaillant, par fort vent sur le banc de glace après avoir quitté le grand plateau. Cinq jours plus tard, l'*Arkham* et le *Miskatonic*, avec tout l'équipage et le matériel à bord, se libéraient de la banquise de plus en plus dense et gagnaient la mer de Ross, les montagnes narquoises de la terre de Victoria se dressant vers l'ouest sur un ciel antarctique orageux, et mêlant aux plaintes du vent une large gamme de sons aigus qui me glacaient jusqu'à l'âme. Moins d'une quinzaine après, nous laissions derrière nous la dernière trace de terre polaire, en remerciant le ciel d'être délivrés d'un royaume hanté, maudit, où la vie et la mort, l'espace et le temps ont conclu des alliances obscures et impies aux époques inconnues où la matière frémissait et nageait sur la croûte terrestre à peine refroidie.

Depuis notre retour, nous nous sommes tous constamment efforcés de décourager l'exploration antarctique, gardant pour nous, avec une remarquable et unanime loyauté, quelques doutes et conjectures. Le jeune Danforth lui-même, malgré sa dépression nerveuse, n'a ni bronché ni bavardé devant les médecins – en réalité, comme je l'ai dit, il est une chose que seul il a cru voir et qu'il refuse de dire, même à moi ; pourtant, à mon avis, cela l'aiderait psychologiquement, s'il consentait à le faire. Cela pourrait expliquer beaucoup de choses et le soulager, même s'il ne s'agit peut-être que du contrecoup illusoire d'un premier choc. C'est l'impression que je garde de ces rares moments sans contrôle où il me murmure des choses incohérentes – des choses qu'il désavoue avec véhémence sitôt qu'il se ressaisit.

Il sera difficile de détourner les autres du grand Sud blanc, et certains de nos efforts peuvent nuire directement à notre cause en attirant une attention curieuse. Nous devions savoir dès le début que la curiosité humaine est éternelle et que les résultats que nous annoncions ne pouvaient qu'en inciter d'autres à la même poursuite séculaire de l'inconnu. Les communiqués de Lake sur ces monstres ont excité au plus haut point naturalistes et paléontologues, bien que nous ayons été assez prudents pour ne pas montrer les fragments recueillis sur les sujets à présent enterrés, ni nos photographies de ces spécimens lors de leur découverte. Nous nous sommes également interdit de montrer les plus inexplicables des os mutilés et des stéatites verdâtres, tandis que Danforth et moi gardions soigneusement les photos et les dessins que nous avions faits sur l'autre versant de la chaîne, ou les choses fripées que nous avions lissées et examinées dans la terreur, puis rapportées dans nos poches. Mais maintenant s'organise cette équipe Starkweather-Moore, et avec une ampleur qui dépasse tout ce que nous avions pu tenter. Si rien ne les arrête, ils atteindront le cœur le plus secret de l'Antarctique, fondant et forant jusqu'à ramener au jour ce qui peut mettre fin au monde que nous connaissons. Aussi dois-je enfin passer outre à toutes les réticences – même au sujet de cette ultime chose sans nom, au-delà des montagnes hallucinées.

4

C'est avec énormément d'hésitation et de répugnance que je me reporte en esprit au camp de Lake et à ce que nous y avions réellement découvert – et à cette autre chose au-delà du terrible mur montagneux. Je suis toujours tenté d'esquiver les détails, laissant les allusions remplacer les faits réels et les déductions inéluctables. J'espère en avoir déjà assez dit pour passer rapidement sur le reste, c'est-à-dire l'horreur de ce camp. J'ai parlé du sol ravagé par le vent, des hangars endommagés, des machines détraquées, des inquiétudes successives de nos chiens, des traîneaux et autres objets disparus, de la mort des hommes et des chiens, de l'absence de Gedney, et des six spécimens biologiques dans leur sépulture insensée, étrangement bien conservés malgré toutes leurs lésions, dans un monde mort depuis quarante millions d'années. Je ne me souviens pas si j'ai dit ou non qu'en examinant les chiens nous nous étions aperçus qu'il en manquait un. Nous n'y pensâmes que plus tard – à la vérité, Danforth et moi fûmes les seuls à y avoir songé.

L'essentiel de ce que j'ai omis concerne les cadavres, et certains aspects ambigus qui peuvent ou non prêter à l'apparent chaos une sorte de rationalité atroce et inimaginable. Sur le moment, je m'efforçai d'en détourner l'esprit de nos hommes ; car il était beaucoup plus simple – et tellement plus normal – de tout attribuer à une crise de folie de quelques-uns de l'équipe de Lake. De toute apparence, ce vent de montagne démoniaque aurait suffi à rendre fou n'importe qui dans ce cœur de tout le mystère et de toute la désolation terrestres.

La suprême anomalie, c'était bien sûr l'état des corps – des hommes comme des chiens. Ils avaient tous affronté quelque effroyable combat, étant déchirés et mutilés de façon abominable et tout à fait incompréhensible. La mort, autant qu'on en pouvait juger, avait été causée chaque fois par strangulation ou lacération. Les chiens, apparemment, étaient à l'origine des violences, car l'état de leur corral rudimentaire prouvait qu'il avait été défoncé de l'intérieur. À cause de l'aversion des animaux pour ces infernales créatures archéennes, on l'avait installé à quelque distance du camp, mais la précaution semblait avoir été vaine. Laissés seuls dans ce vent monstrueux derrière de fragiles clôtures d'une hauteur insuffisante, ils avaient dû se ruer dessus – soit à cause de l'ouragan, soit à cause de quelque subtile et envahissante odeur émanant des spécimens de cauchemar, on ne sait. Ces spécimens, bien sûr, avaient été recouverts d'une toile de tente ; mais le soleil oblique de l'Antarctique échauffait constamment cette toile et Lake avait signalé que la chaleur solaire tendait à détendre et à dilater les tissus singulièrement solides et coriaces desdits « objets ». Peut-être le vent avait-il emporté la toile, les malmenant au point d'exciter leurs qualités olfactives les plus agressives, en dépit de leur antiquité.

Quoi qu'il en soit, c'était bien assez hideux et révoltant. Peut-être ferais-je mieux de mettre de côté la nausée pour dire enfin le pire – mais avec l'affirmation catégorique, fondée sur des observations de première main et les plus rigoureuses déductions de Danforth et moi-même, que Gedney, alors disparu, n'était en aucune manière responsable des horreurs écœurantes que nous découvrîmes. J'ai dit que les corps étaient effroyablement mutilés. Je peux ajouter que certains étaient incisés et amputés de la manière la plus singulière, froide et inhumaine. Il en était de même pour les hommes et les chiens. Tous les corps les plus sains, les plus gras, quadrupèdes ou bipèdes, avaient été amputés de leurs plus importantes masses de chair, découpées et prélevées comme par un boucher consciencieux ; et tout autour, du sel éparpillé – pris dans les réserves pillées de nos avions – suggérait les plus horribles rapprochements. Cela s'était produit dans l'un des hangars rudimentaires dont on avait sorti l'avion, et les vents avaient ensuite effacé toutes les traces qui auraient pu étayer une hypothèse plausible. Des morceaux dispersés de vêtements brutalement tailladés sur les sujets humains de dissection ne suggéraient aucune piste. Inutile de faire état de la vague trace d'une légère empreinte neigeuse dans un coin abrité de l'enceinte détruite – car cette trace ne concernait pas du tout des empreintes humaines, mais se confondit avec tous les discours sur les empreintes fossiles, que le pauvre Lake avait prodigués au cours des semaines précédentes. Il fallait se méfier de son imagination sous le vent de ces montagnes hallucinées.

Ainsi que je l'ai dit, il s'avéra enfin que Gedney et un chien avaient disparu. Quand nous étions arrivés à ce terrible hangar, il nous manquait deux hommes et deux chiens ; mais la tente de dissection à peu près intacte, où nous entrâmes après avoir examiné les tombes monstrueuses, avait quelque chose à nous apprendre. Elle n'était plus telle que l'avait laissée Lake car les restes recouverts du sujet primitif avaient été retirés de la table improvisée. En fait, nous avions déjà compris que l'un des six spécimens endommagés et enterrés de façon aberrante que nous avions retrouvés – celui qui dégageait une odeur particulièrement détestable – représentait les morceaux regroupés de ce que Lake avait essayé d'étudier. Sur la table de laboratoire et autour, d'autres choses étaient éparpillées, et nous eûmes vite fait de deviner que c'étaient les restes d'un homme et d'un chien minutieusement disséqués mais de façon bizarre et maladroite. J'épargnerai les sentiments des survivants en taisant l'identité de l'homme. Les instruments anatomiques avaient disparu, mais certains indices prouvaient qu'ils avaient été soigneusement nettoyés. Le poêle à essence était parti lui aussi, mais nous trouvâmes alentour une étonnante jonchée d'allumettes. Nous ensevelîmes les restes humains auprès des dix autres hommes, et les restes canins avec les trente-cinq autres chiens. Quant aux traînées insolites sur la table de laboratoire et sur le fouillis de livres illustrés malmenés puis dispersés autour d'elle, nous étions trop abasourdis pour y réfléchir.

Ce fut là l'horreur suprême du camp mais il restait d'autres sujets de perplexité. La disparition de Gedney, celle du chien, des huit spécimens intacts, des trois traîneaux et de certains instruments, ouvrages techniques et scientifiques illustrés, matériel d'écriture, lampes et piles électriques, nourriture et carburant, appareils de chauffage, tentes de réserve, vêtements de fourrure, et ainsi de suite, décourageaient toute hypothèse raisonnable ; comme aussi les taches d'encre frangées d'éclaboussures sur certaines feuilles de papier, et les traces de singulières manipulations et expériences étrangères autour des avions et de tous les autres dispositifs mécaniques, au camp comme au chantier de forage. Les chiens semblaient avoir en horreur ces machines bizarrement détraquées. Il y eut encore le saccage du garde-manger, la disparition de certains produits de base, et le comique discordant d'un monceau de boîtes de conserve éventrées par les moyens les plus aberrants dans des endroits imprévisibles. La profusion d'allumettes éparpillées, intactes, brisées ou brûlées, était une autre énigme mineure ; de même les deux ou trois tentes de réserve et vêtements de fourrure qui traînaient, tailladés de façon étrange et peu orthodoxe, à la suite – on l'imagine – d'efforts maladroits pour des adaptations inconcevables. Le traitement révoltant des corps humains et canins, et la sépulture insensée des spécimens endommagés confirmaient bien ce délire destructeur. En prévision de ce qui justement se produit aujourd'hui, nous photographiâmes avec soin toutes les preuves évidentes de confusion démente dans le camp ; et nous

nous servirons des clichés pour appuyer nos arguments contre le projet de l'expédition Starkweather-Moore.

Notre premier soin après la découverte des cadavres dans le hangar fut de photographier et d'ouvrir la rangée de tombes extravagantes sous leurs tertres de neige à cinq pointes. Nous ne pûmes nous empêcher d'observer l'analogie de ces tertres monstrueux, et leurs séries de points groupés, avec les descriptions du pauvre Lake à propos des étranges stéatites verdâtres ; et quand nous tombâmes sur les stéatites elles-mêmes dans le grand tas de minéraux, la ressemblance nous parut très frappante en effet. La disposition de l'ensemble, il faut le reconnaître, évoquait abominablement la tête en forme d'étoile de mer des entités archéennes ; et nous convînmes que le rapprochement devait avoir puissamment influencé les esprits sensibilisés de l'équipe à bout de nerfs. Notre propre découverte des objets enterrés fut un moment terrible, et nous renvoya, Pabodie et moi, en imagination à quelques-uns des mythes primitifs odieux que des lectures et des propos nous avaient révélés. Nous fûmes tous d'avis que la seule vue et la présence constante de tels objets avaient pu contribuer, avec la solitude oppressante du pôle et le diabolique vent de montagne, à rendre folle l'équipe de Lake.

Car la folie – celle précisément de Gedney, seul survivant possible – fut l'explication spontanément admise à l'unanimité, du moins dans la perspective d'une déclaration orale ; car je ne serai pas assez naïf pour nier que chacun de nous puisse avoir nourri des conjectures extravagantes que la raison nous interdisait de formuler. Sherman, Pabodie et McTighe survolèrent dans l'après-midi toute la région environnante, balayant l'horizon avec les jumelles, à la recherche de Gedney et des différents matériels disparus ; mais on ne trouva rien. Ils rapportèrent au retour que la barrière titanesque de la chaîne s'étendait à perte de vue à droite et à gauche sans rien perdre de son altitude ni de sa structure typique. Sur certains pics cependant, les formations régulières de cubes et de remparts étaient plus abruptes et plus sobres, présentant des ressemblances plus fantastiques encore avec les ruines des montagnes d'Asie peintes par Roerich. La distribution des entrées de cavernes secrètes sur les sommets noirs dépouillés de neige semblait à peu près égale, pour autant qu'on pouvait suivre la chaîne.

En dépit des horreurs actuelles, il nous restait assez de ferveur scientifique et d'esprit d'aventure pour nous interroger sur l'inconnu au-delà de ces mystérieuses montagnes. Comme l'ont déclaré nos messages prudents, nous allâmes nous reposer à minuit après une journée de terreur et de désarroi ; mais non sans avoir prévu de tenter dès le lendemain matin un ou plusieurs vols en altitude au-dessus de la chaîne, dans un avion chargé au minimum, avec un appareil de prise de vues aériennes et un outillage de géologue. Il fut convenu que Danforth et moi partirions les premiers, et nous nous éveillâmes à sept heures pour une mission matinale ; mais des vents violents – mentionnés dans notre bref communiqué au monde extérieur – retardèrent notre départ jusqu'à neuf heures.

J'ai déjà parlé du récit prudent que nous fîmes aux hommes du camp – et qui fut transmis à l'extérieur – lors de notre retour seize heures plus tard. C'est maintenant mon redoutable devoir de compléter ce compte rendu en remplaçant les omissions charitables par un aperçu de ce que nous avions vu réellement dans le monde secret au-delà des montagnes – aperçu de révélations qui ont mené finalement Danforth à la crise nerveuse. Je regrette qu'il n'ait pas ajouté un mot vraiment explicite à propos de ce qu'il croit être seul à avoir vu – même s'il s'agit probablement d'une hallucination – peut-être l'ultime goutte d'eau qui l'a mis dans cet état ; mais il y est fermement opposé. Je ne puis que répéter ses derniers murmures incohérents sur ce qui l'a fait hurler quand l'avion est remonté en flèche à travers la passe montagneuse battue par le vent, après le choc réel et tangible que j'avais partagé avec lui. Ce sera mon dernier mot. Si les preuves que je divulgue de la survivance d'horreurs anciennes ne suffisent pas à dissuader les autres de toucher à l'Antarctique profond – ou au moins de trop creuser sous la surface de cet ultime désert de secrets interdits et inhumains, et de solitude à jamais maudite – je ne serai pas responsable de malheurs sans nom et peut-être incommensurables.

Danforth et moi, examinant les notes prises par Pabodie cet après-midi-là et les vérifiant au sextant, nous avions calculé que la passe la plus basse praticable dans la chaîne se situait un peu à notre droite, en vue du camp, et à environ vingt-trois ou vingt-quatre mille pieds au-dessus du niveau de la mer. C'est donc ce point que nous visions à bord de l'avion peu chargé où nous embarquâmes pour notre vol de reconnaissance. Le camp lui-même, sur les contreforts qui s'élevaient d'un haut plateau continental, était à quelque douze mille pieds d'altitude, si bien que la montée nécessaire n'était pas si considérable qu'il pouvait sembler. Nous ressentîmes vivement, cependant, la raréfaction de l'air et le froid intense, car, à cause des conditions de visibilité, nous avions dû laisser ouverts les hublots de la cabine. Nous portions, bien entendu, nos plus chaudes fourrures.

En approchant des pics interdits, sombres et sinistres au-dessus de la neige coupée de crevasses et de glaciers interstitiels, nous observâmes de plus en plus de ces curieuses formations régulières accrochées aux pentes, et nous repensâmes aux étranges peintures asiatiques de Nicholas Roerich. Les vieilles couches rocheuses érodées par le vent confirmaient pleinement tous les communiqués de Lake, démontrant que ces vénérables cimes se dressaient, exactement les mêmes, depuis une époque étonnamment ancienne de l'histoire de la Terre – peut-être plus de cinquante millions d'années. Avaient-elles été plus hautes et de combien ? Vaine question ; mais tout, autour de cette singulière région, indiquait d'obscures influences atmosphériques contraires au changement, et prévues pour retarder le processus climatique normal de désintégration des roches.

Mais ce fut, au flanc de la montagne, le fouillis de cubes réguliers, de remparts et d'entrées de cavernes qui nous fascina et nous troubla le plus. Je les observai aux jumelles et en pris des photos aériennes pendant que Danforth pilotait ; et par moments, je le relayais aux commandes – bien que mes connaissances en aéronautique fussent d'un amateur – afin de le laisser prendre les binoculaires. Nous constatâmes aisément que, pour l'essentiel, tout cela était du quartz archéen assez clair, à la différence de toutes les formations visibles sur les grandes étendues ; et que leur régularité était extrêmement singulière à un point que le malheureux Lake avait à peine suggéré.

Comme il l'avait dit, leurs bords étaient arrondis et effrités par des ères incalculables de féroces intempéries ; mais leur matière dure et leur résistance surnaturelle les avaient sauvés de l'anéantissement. Beaucoup de parties, notamment les plus proches des pentes, semblaient de même nature que la roche superficielle des alentours. L'ensemble rappelait les ruines de Machu Picchu dans les Andes, ou les fondations primitives de Kish mises au jour en 1929 par l'expédition du musée d'Oxford-Field ; Danforth et moi eûmes tous deux cette impression de *blocs cyclopéens distincts* que Lake avait attribuée à Carroll, son compagnon de vol. Comment expliquer leur présence en cet endroit, voilà qui me dépassait absolument, et le géologue en moi se sentait singulièrement humilié. Les formations ignées présentent souvent d'étranges régularités – telle la fameuse Chaussée des Géants en Irlande – mais cette chaîne prodigieuse, bien que Lake ait d'abord soupçonné des cônes fumants, était avant tout non volcanique de par sa structure même.

Les curieuses cavernes, près desquelles les formations bizarres semblaient plus nombreuses, présentaient un autre problème, bien que mineur, par la géométrie de leur contour. Elles étaient, ainsi que l'avait dit le communiqué de Lake, souvent presque carrées ou semi-circulaires ; comme si les ouvertures naturelles avaient été façonnées pour plus de symétrie par quelque main magique. Leur abondance et leur large répartition semblaient remarquables, suggérant dans toute cette zone un dédale de galeries creusées au sein de la couche calcaire. Les aperçus que nous pouvions saisir ne pénétraient guère l'intérieur des cavernes, mais nous n'y vîmes ni stalactites ni stalagmites. À l'extérieur, cette partie des versants montagneux entre les ouvertures paraissait invariablement lisse et régulière ; et Danforth pensa que les légères fissures et piqûres de l'érosion se rapprochaient de figures inhabituelles. Plein comme il l'était des horreurs et des bizarreries découvertes au camp, il imaginait que ces trous ressemblaient vaguement à ceux des groupes déconcertants de points répartis sur les stéatites verdâtres des premiers âges, si hideusement multipliés sur les tertres de neige absurdement édifiés au-dessus des six monstres enterrés.

Nous étions progressivement montés au-delà des contreforts plus élevés et dans la direction de la passe que nous avions repérée. Ce faisant, nous regardions de temps à autre en bas la neige et la glace de la route de terre, nous demandant si nous aurions pu mener à bien le voyage avec l'équipement plus rudimentaire des jours précédents. Quelque peu surpris, nous vîmes que le sol était loin d'être aussi accidenté qu'on aurait pu s'y attendre ; et en dépit des crevasses et autres passages difficiles, il n'aurait guère arrêté les traîneaux d'un Scott, d'un Shackleton ou d'un Amundsen. Certains glaciers paraissaient mener avec une exceptionnelle continuité aux passes mises à nu par le vent, et en abordant celle que nous avions choisie, nous constatâmes qu'elle n'était pas une exception.

On traduirait difficilement sur le papier nos impressions d'attente inquiète au moment de passer la crête pour découvrir un monde vierge, même si nous n'avions aucune raison de croire les contrées au-delà de la chaîne profondément différentes de celles que nous avions déjà vues et traversées. L'ambiance de mystère maléfique de ces montagnes arides, et l'appel de cette mer du ciel opalescent aperçue entre leurs sommets fut une chose si subtile et ténue qu'on ne saurait l'exprimer en mots de tous les jours. C'était plutôt du domaine d'un vague symbolisme psychologique et de rapprochements esthétiques – une chose qui aurait mêlé poésie et peintures exotiques avec les mythes archaïques dissimulés dans les livres redoutés et interdits. Même le refrain du vent prenait un accent particulier de malignité consciente ; et il sembla une seconde que le son composite contînt un bizarre sifflement musical ou flûté, couvrant une gamme aussi large que le souffle qui balayait en tous sens les omniprésentes et sonores cavernes. Il y avait dans ce son une note trouble, évocatrice d'une répugnance aussi complexe et déplaisante que les autres sombres impressions.

Nous étions à présent, après une lente ascension, à une altitude de vingt-trois mille cinq cent soixante-dix pieds, selon le baromètre anéroïde, et nous avions laissé définitivement au-dessous de nous la région des neiges persistantes. Il n'y avait plus haut que des pentes rocheuses sombres et nues, et le début de glaciers grossièrement striés – mais avec le défi de ces cubes, de ces remparts et de ces cavernes retentissantes, pour ajouter le présage du surnaturel, du fantastique et du rêve. Suivant du regard le profil des hauts pics, je crus voir celui qu'avait évoqué le pauvre Lake, avec un rempart à la cime. Il semblait à moitié perdu dans une singulière brume antarctique ; cette même brume peut-être qui avait inspiré à Lake sa première idée de volcanisme. La passe s'ouvrait juste devant nous, lisse et fouettée par le vent entre ses pylônes déchiquetés et hostiles. Au-delà, un ciel découpé en vapeurs tournoyantes, éclairé par l'oblique soleil polaire – le ciel de ce mystérieux royaume, là-bas, sur lequel nous sentions qu'aucun regard humain ne s'était jamais posé.

Quelques pieds de plus en altitude et nous allions contempler ce royaume. Danforth et moi, incapables de parler, sinon en criant dans le vent qui hurlait et flûtait en se ruant à travers la passe, ajoutant au bruit des moteurs à plein régime, nous échangeâmes des regards éloquents. Puis, ayant gagné ces quelques pieds d'altitude, nous pûmes enfin ouvrir grands les yeux, par-delà la formidable ligne de partage, sur les secrets inviolés d'une terre antique et totalement étrangère.

5

Je crois que nous poussâmes ensemble un cri de saisissement, d'émerveillement, de terreur mêlés, et d'incrédulité en nos propres sens en franchissant la passe pour découvrir ce qu'il y avait au-delà. Bien entendu, nous avons eu sur le moment l'arrière-pensée de quelque explication naturelle pour garder notre sang-froid. Nous pensions probablement aux pierres grotesquement érodées du Jardin des Dieux dans le Colorado, ou à la symétrie fantastique des rochers sculptés par le vent du désert de l'Arizona. Peut-être même avons-nous cru à moitié à un mirage comme nous en avions vu le matin avant notre première approche des montagnes hallucinées. Nous avons dû nous raccrocher à quelques notions normales lorsque nos regards ont balayé le plateau sans limites marqué par les tempêtes, et saisi le labyrinthe presque infini de masses de pierre colossales, régulières et géométriquement équilibrées, qui dressaient leurs crêtes effritées et piquetées au-dessus d'une nappe de glace de quarante à cinquante pieds d'épaisseur à sa plus grande profondeur, et par places manifestement plus mince.

L'effet de ce monstrueux spectacle était indescriptible, car quelque diabolique violation des lois naturelles semblait évidente au départ. Ici, sur un haut plateau follement ancien d'au moins vingt mille pieds d'altitude, et dans un climat radicalement inhabitable depuis une époque préhumaine remontant au moins à cinq cent mille ans, s'étendait presque à perte de vue un enchevêtrement méthodique de pierres que seule une réaction mentale désespérée d'autodéfense eût attribué à une origine autre que consciente et artificielle. Nous avions déjà écarté, du moins dans une réflexion sérieuse, toute théorie selon laquelle les cubes et les remparts ne seraient pas naturels. Comment aurait-il pu en être autrement, puisque l'homme lui-même se différenciait à peine des grands singes à l'époque où cette région succombait au règne ininterrompu jusqu'ici de la mort glaciaire.

À présent pourtant, l'empire de la raison semblait irréfutablement bouleversé car ce labyrinthe cyclopéen de blocs carrés, courbes, en angle aigu, avait des caractéristiques qui interdisaient tout possible refuge. C'était bien évidemment la cité impie du mirage dans sa puissante, objective et inéluctable réalité. Ce maudit présage avait une base matérielle après tout – il y avait eu dans les couches supérieures de l'atmosphère une formation horizontale de poussière de glace, et cette révoltante survivance de pierre avait projeté son image de l'autre côté des montagnes conformément aux lois élémentaires de la réflexion. L'apparition avait évidemment été déformée, amplifiée et contenait des éléments qui n'étaient pas dans l'original. Pourtant, devant la source réelle, nous la trouvâmes plus hideuse et plus menaçante encore que sa lointaine image.

Seule la démesure inimaginable et inhumaine de ces immenses tours et remparts avait sauvé de l'anéantissement l'effroyable chose pendant les centaines de milliers – millions peut-être – d'années qu'elle avait niché là parmi les rafales d'un haut plateau désolé. « *Corona Mundi*... Toit du Monde... » Toutes sortes de formules fantastiques nous venaient aux lèvres tandis que nous regardions au-dessous de nous, pris de vertige, l'incroyable spectacle. Je repensais aux mystérieux mythes primitifs qui m'avaient hanté si obstinément depuis ma première image de ce monde antarctique mort – celle du démoniaque plateau de Leng, des Mi-Go ou abominables hommes des neiges de l'Himalaya, des *Manuscrits pnakotiques* avec leurs implications préhumaines, du culte de Cthulhu, du *Necronomicon*, et des légendes hyperboréennes de l'informe Tsathoggua et du frai d'étoiles pire qu'informe, associé à cette semi-entité.

Sur des miles sans fin dans toutes les directions, le monstre s'étendait avec très peu de lacunes ; en fait, suivant des yeux à droite et à gauche la base des premiers contreforts en gradins qui le séparaient du vrai pied de la montagne, nous conclûmes qu'on ne distinguait aucune interruption, sauf une à gauche de la passe par laquelle nous étions venus. Nous avions simplement découvert, par hasard, une partie d'un ensemble d'une étendue incalculable. Des structures grotesques de pierre étaient plus clairsemées sur les contreforts, reliant la terrible ville aux cubes et remparts déjà familiers qui formaient évidemment ses avant-postes de montagne. Eux, comme les étranges entrées de cavernes, étaient aussi rapprochés à l'intérieur que sur les flancs des montagnes.

L'innommable labyrinthe de pierre était fait, pour l'essentiel, de murs de dix à cent cinquante pieds de haut au-dessus de la glace, et d'une épaisseur variant de cinq à dix pieds. Il se composait surtout de prodigieux blocs d'ardoise primitive noire, de schiste et de calcaire – blocs qui faisaient souvent jusqu'à 4 x 6 x 8 pieds – bien qu'en certains endroits il parût taillé dans un soubassement compact, irrégulier, d'ardoise précambrienne. Les bâtiments étaient de taille très inégale ; il y avait d'innombrables structures en nid d'abeille de dimensions énormes aussi bien que de plus petites et isolées. La forme générale en était plutôt conique, pyramidale ou en terrasse, bien qu'il existât beaucoup de cylindres parfaits, de cubes parfaits, de groupes de cubes et autres formes rectangulaires, ainsi qu'un curieux éparpillement d'édifices en angles, dont le plan au sol à cinq pointes rappelait les fortifications modernes. Les bâtisseurs avaient fait un constant et habile usage du principe de l'arc, et la ville à son âge d'or avait sans doute connu les dômes.

Tout ce fouillis était monstrueusement érodé et la nappe de glace d'où s'élevaient les tours était semée de blocs tombés et de débris immémoriaux. Là où la glace était transparente, nous pûmes voir les parties les plus basses des constructions gigantesques, et observer les ponts de pierre préservés par la glace qui reliaient les tours à différents niveaux. Sur les murs à découvert, nous pûmes repérer l'emplacement d'autres ponts plus élevés du même type. Un examen plus attentif révéla d'innombrables fenêtres de bonne taille ; certaines fermées par des volets d'une matière pétrifiée qui avait été du bois, mais la plupart béaient de façon sinistre et menaçante. Beaucoup de ruines, bien entendu, étaient sans toit, avec des bords inégaux bien qu'usés par le vent, tandis que d'autres, d'un type conique, pyramidal ou autre, plus pointu, protégées par les constructions environnantes plus hautes, gardaient intact leur profil malgré l'effritement et les trous partout visibles. À cause de la glace, nous pûmes à peine discerner ce qui semblait un décor sculpté en bandes horizontales – décor comportant de curieux groupes de points, dont la présence sur les stéatites prenait maintenant une signification infiniment plus large.

En beaucoup d'endroits les édifices étaient entièrement détruits et la nappe de glace profondément fendue par divers phénomènes géologiques. Ailleurs, la maçonnerie était rasée au niveau même de la glaciation. Une large tranchée s'étendant de l'intérieur du plateau jusqu'à une fissure dans les contreforts, à environ un mile à gauche de la passe que nous avions traversée, était entièrement libre de toute construction, et représentait probablement, conclûmes-nous, le lit d'un grand fleuve qui, à l'ère tertiaire – des millions d'années plus tôt – s'était écoulé à travers la ville jusqu'à quelque prodigieux abîme souterrain de la grande barrière montagneuse. Il y avait sans doute en amont toute une région de cavernes, de gouffres et de secrets souterrains qui échappent à l'humaine pénétration.

Revenant à nos impressions et me rappelant notre ahurissement à la vue de cette monstrueuse survivance des millénaires révolus, je ne peux que m'étonner d'avoir conservé, comme nous le fîmes, un semblant d'équilibre. Nous savions bien sûr que quelque chose – la chronologie, la théorie scientifique, et notre propre conscience – allait cruellement de travers ; pourtant nous gardâmes assez de sang-froid pour piloter l'appareil, observer beaucoup de choses dans le moindre détail, et prendre avec soin une série de photographies qui pourraient être fort utiles et à nous et au monde. Dans mon cas, un comportement scientifique bien ancré peut avoir été une aide car au-delà de mon désarroi et d'une impression de menace, brûlait une curiosité plus forte encore de sonder davantage ce secret du fond des âges – de savoir quelle sorte d'êtres avaient édifié et habité ces lieux d'un gigantisme démesuré, et quelle relation pouvait entretenir avec le monde de son temps ou d'autres temps une si extraordinaire concentration de vie.

Car cette cité ne pouvait qu'être extraordinaire. Elle avait dû constituer le noyau primitif et le centre d'un chapitre archaïque inconcevable de l'histoire de la Terre, dont les ramifications, évoquées vaguement dans les mythes les plus obscurs et les plus altérés, avaient disparu tout à fait dans les chaos des convulsions terrestres, longtemps avant qu'aucune race humaine connue se soit laborieusement tirée de la singerie. Ici s'étendait une mégalopole du paléogène, au regard de quoi les fabuleuses Atlantis et Lemuria, Commorion et Uzuldaroum, et Olathoë dans le pays de Lomar sont choses récentes d'aujourd'hui – pas même d'hier ; une mégalopole à mettre au rang de ces blasphèmes préhumains que l'on murmure, comme Volusia, R'lyeh, Ib dans la terre de Mnar, et la Cité sans Nom de l'Arabie déserte. Tandis que nous survolions ce fouillis de tours puissantes, titanesques, mon imagination échappait parfois à toute limite pour vagabonder sans but au royaume des rapprochements fantastiques – tissant même des liens entre ce monde perdu et certains de mes rêves les plus extravagants à propos de l'horreur insensée du camp.

Le réservoir de l'appareil, pour plus de légèreté, n'avait été que partiellement rempli ; aussi fallait-il maintenant être prudents dans nos explorations. Nous couvrîmes néanmoins une étendue considérable de terrain – ou plutôt d'air – après être descendus en piqué à un niveau où le vent devenait pratiquement négligeable. Il semblait n'y avoir aucune limite à la chaîne montagneuse ou à la longueur de l'effroyable cité de pierre qui bordait ses contreforts intérieurs. Cinquante miles de vol dans chaque direction ne révélèrent aucun changement majeur dans le labyrinthe de roches et de maçonnerie qui s'agrippait comme un cadavre au cœur de la glace éternelle. Il y avait cependant quelques particularités très passionnantes ; telles les sculptures dans la gorge ouverte autrefois par le fleuve à travers les contreforts jusqu'au lieu où il s'était abîmé dans la grande chaîne. Les reliefs à l'entrée du courant avaient été hardiment sculptés en pylônes cyclopéens ; et quelque chose dans les motifs striés en forme de tonneau éveilla chez Danforth et moi de vagues souvenirs, détestables et déroutants.

Nous tombâmes aussi sur plusieurs espaces ouverts en forme d'étoile – manifestement des jardins publics – et nous observâmes diverses ondulations de terrain. Là où s'élevait une colline marquée, elle était généralement creusée en une sorte d'édifice de pierre irrégulier ; mais il y avait deux exceptions. L'une était trop endommagée par les intempéries pour révéler ce qui avait couronné le tertre, tandis que l'autre portait encore un étonnant monument conique sculpté dans la roche dure et qui rappelait un peu le fameux Tombeau du Serpent dans l'antique cité de Petra.

Volant de la montagne vers l'intérieur des terres, nous découvrîmes que la ville ne s'étendait pas à l'infini, même si elle semblait longer les contreforts à perte de vue. Au bout de trente miles environ, les grotesques bâtiments de pierre commençaient à se raréfier, et dix miles plus loin nous arrivâmes à un désert ininterrompu, pratiquement sans trace appréciable d'intervention humaine. Le cours du fleuve au-delà de la ville apparaissait marqué par un large tracé en creux, tandis que le sol, prenant un caractère plus accidenté, semblait s'élever légèrement en s'estompant dans le brouillard vaporeux de l'ouest.

Nous n'avions pas encore atterri, et pourtant il eût été inconcevable de quitter le plateau sans essayer de pénétrer dans l'une des monstrueuses constructions. Nous décidâmes donc de chercher un terrain assez uni sur les contreforts, proche de notre passe praticable, pour y poser l'appareil et nous préparer à une exploration à pied. Bien que ces pentes en gradins fussent en partie couvertes de ruines éparpillées, nous découvrîmes en rase-mottes quantité de pistes d'atterrissage possibles. Choisissant la plus rapprochée de la passe puisque le vol suivant devrait nous conduire de l'autre côté de la grande chaîne pour revenir au camp, nous réussîmes vers 12 h 30 à nous poser sur un champ de neige dure entièrement libre d'obstacles et propice à un décollage ultérieur rapide et sans problème.

Il ne semblait pas nécessaire de protéger l'avion par un remblai de neige pour si peu de temps, en l'absence favorable de grands vents à ce niveau; nous veillâmes donc simplement à ce que les skis d'atterrissage fussent bien à l'abri et les parties vitales de la machine préservées du froid. Pour notre excursion à pied, nous nous débarrassâmes de nos lourdes fourrures de vol et prîmes avec nous un petit équipement comprenant compas de poche, appareil photo, ravitaillement léger, gros carnets de notes et papier, marteau et ciseau de géologue, sacs à spécimens, rouleau de corde pour l'escalade et de puissantes lampes électriques avec des piles de rechange; cet équipement avait été chargé dans l'appareil pour le cas où nous pourrions atterrir, prendre des photos au sol, faire des dessins et croquis topographiques et recueillir des échantillons de roches sur des versants dénudés, des affleurements ou des cavernes de montagne. Nous avions heureusement une réserve de papier à déchirer, dans un sac supplémentaire, pour, selon le vieux système du jeu de piste, jalonner notre parcours à l'intérieur de tout labyrinthe où nous pourrions pénétrer. Cela dans l'éventualité où nous trouverions quelque réseau de cavernes où une atmosphère assez calme permettrait une telle méthode rapide et simple, au lieu du procédé des éclats de roche, courant chez les pionniers.

Descendant prudemment la pente de neige croûtée vers le prodigieux dédale de pierre qui se dressait sur l'ouest opalescent, nous éprouvions un sentiment presque aussi aigu d'attente d'imminentes merveilles qu'en approchant quatre heures plus tôt la passe de la montagne insondable. À vrai dire, nous étions maintenant familiarisés avec l'inconcevable secret dissimulé par la barrière des pics, pourtant, la perspective de pénétrer réellement dans ces murs primitifs érigés par des êtres conscients des milliers d'années plus tôt peut-être – avant l'existence d'aucune race humaine connue – n'était pas moins impressionnante et terrible dans ce qu'ils impliquaient de monstruosité cosmique. Malgré la raréfaction de l'air à cette prodigieuse altitude qui rendait l'effort plus pénible qu'à l'ordinaire, nous nous sentions très bien, Danforth et moi, et capables d'affronter éventuellement n'importe quelle tâche. Il nous suffit de quelques pas pour atteindre une ruine informe rasée au niveau de la neige, tandis que dix ou quinze perches[1] plus loin surgissait un immense rempart sans toit, encore intact avec sa silhouette gigantesque à cinq pointes et d'une hauteur irrégulière de dix à onze pieds. Nous nous dirigeâmes vers lui, et en touchant réellement ces blocs cyclopéens dégradés par les intempéries, nous sentîmes que nous avions établi un lien sans précédent, presque sacrilège, avec les millénaires oubliés, normalement fermés à notre espèce.

Ce rempart en forme d'étoile – large au plus de trois cents pieds peut-être – était fait de blocs inégaux de calcaire jurassique mesurant en moyenne six pieds sur huit. Une rangée de meurtrières ou de fenêtres voûtées d'environ quatre pieds de large sur cinq de haut s'espaçaient symétriquement le long des pointes de l'étoile et dans ses angles intérieurs, le bas étant à environ quatre pieds de la surface gelée. En regardant à l'intérieur, nous vîmes que le mur

1. Cinquante ou soixante-quinze mètres. (*N.d.T.*)

avait au moins cinq pieds d'épaisseur, qu'il ne subsistait aucun cloisonnement intérieur, mais des traces de frises ou bas-reliefs sur les parois intérieures ; ce que nous avions déjà deviné plus tôt, en volant à basse altitude au-dessus de ce rempart et d'autres analogues. Les parties inférieures qui devaient exister primitivement étaient entièrement masquées en cet endroit par la profonde couche de glace et de neige.

Nous nous glissâmes par l'une des fenêtres, essayant en vain de déchiffrer les motifs presque effacés des murs, mais sans vouloir nous attaquer au sol glacé. Nos vols de reconnaissance nous avaient appris que nombre d'édifices de la ville elle-même étaient beaucoup moins enfouis et que nous trouverions peut-être des intérieurs entièrement libres jusqu'au sol réel si nous pouvions explorer ces bâtiments qui avaient conservé leur toit. Avant de quitter le rempart, nous le photographiâmes soigneusement, observant avec stupéfaction sa maçonnerie cyclopéenne sans mortier. Nous aurions voulu que Pabodie fût là car ses connaissances d'ingénieur nous auraient aidés à imaginer comment de pareils blocs titanesques avaient pu être mis en place aux temps incroyablement reculés où la ville et ses faubourgs avaient été construits.

La marche d'un demi-mile au bas de la montagne jusqu'à la ville proprement dite, avec le vent sauvage hurlant en vain au-dessus de nous entre les pics dressés vers le ciel à l'arrière-plan, restera toujours gravée dans ma mémoire jusqu'en ses moindres détails. Tout autre humain que nous n'aurait pu concevoir pareil spectacle qu'en de fantastiques cauchemars. Entre nous et les vapeurs bouillonnantes de l'ouest s'étendait ce monstrueux fouillis de tours noires ; leurs formes outrées et inimaginables nous impressionnaient de nouveau à chaque nouvel angle de vision. C'était un mirage taillé en pleine pierre, et n'étaient les photographies, je douterais encore de son existence. Le type général de maçonnerie était identique à celui du rempart que nous avions examiné ; mais les formes extravagantes qu'elle prenait dans ses manifestations urbaines passaient toute description.

Les photos mêmes ne représentent qu'un ou deux aspects de son infinie bizarrerie, de sa variété sans bornes, de sa surnaturelle énormité, de son exotisme radicalement étranger. Il y avait des formes géométriques auxquelles Euclide aurait à peine su donner un nom : des cônes à tous les degrés d'irrégularité et d'altération ; des terrasses de toutes sortes de disproportions provocantes ; des cheminées aux bizarres renflements bulbeux ; des colonnes brisées curieusement groupées ; et des séries à cinq pointes ou cinq arêtes d'un grotesque délirant. En approchant, nous distinguâmes sous certaines parties transparentes de la couche de glace quelques-uns des ponts de pierre tubulaires qui reliaient à diverses hauteurs les constructions absurdement éparpillées. Pas de rues bien ordonnées apparemment, la seule voie largement ouverte étant, un mile plus à gauche, celle par où le fleuve ancien s'était certainement écoulé à travers la ville jusqu'au cœur des montagnes.

Nos jumelles montraient la grande fréquence des frises sculptées et des motifs de points presque effacés, et l'on pouvait imaginer à demi l'image de la cité autrefois – même si la plupart des toits et faîtes de tours avaient fatalement été détruits. Ce devait être dans l'ensemble un enchevêtrement compliqué de ruelles et de passages ; de profondes tranchées, dont certaines se réduisaient parfois à des tunnels à cause de la maçonnerie en surplomb ou des ponts qui les enjambaient. À présent, déployé au-dessous de nous, tout cela surgissait comme un fantasme rêvé sur la brume occidentale, au nord de laquelle l'oblique, rougeâtre soleil antarctique de début d'après-midi s'efforçait de percer; et quand un instant ce soleil rencontrait un obstacle plus dense et plongeait le paysage dans une ombre momentanée, l'effet était subtilement menaçant, d'une manière que je ne saurais décrire. Même la faible plainte aiguë du vent, insensible dans les défilés de la grande montagne derrière nous, prenait une note plus farouche de malignité délibérée. La dernière étape de notre descente vers la ville fut escarpée et abrupte, et un roc affleurant à l'endroit où la pente s'accentuait nous fit supposer qu'il y avait eu là autrefois une terrasse artificielle. Il devait y avoir sous la glace, nous sembla-t-il, une volée de marches ou son équivalent.

Lorsque enfin nous plongeâmes dans le labyrinthe de la ville elle-même, escaladant les débris de maçonnerie, et oppressés par l'omniprésence des murs effrités et piquetés et leur hauteur écrasante, nos impressions encore une fois furent telles que je m'étonne du sang-froid que nous réussîmes à garder. Danforth, franchement nerveux, se lança dans des suppositions hors de propos au sujet des horreurs du camp – auxquelles je fus d'autant plus sensible que je ne pouvais m'empêcher de partager certaines conclusions que nous imposaient bien des traits de cette morbide survivance d'une antiquité de cauchemar. Ces hypothèses travaillaient aussi son imagination, car à un endroit – où une ruelle jonchée de débris faisait un angle brusque – il soutint qu'il avait vu sur le sol de légères traces d'empreintes qui ne lui plaisaient pas, alors qu'ailleurs il s'arrêtait pour prêter l'oreille à un vague son imaginaire venu d'on ne savait où – le son assourdi d'une note musicale aiguë, disait-il, analogue à celui du vent dans les cavernes des montagnes, bien qu'en différant de façon troublante. La constante structure à cinq pointes de l'architecture environnante et des quelques arabesques murales identifiables avait un pouvoir d'évocation vaguement sinistre auquel nous ne pouvions échapper, il nous communiquait une sorte de certitude inconsciente quant aux êtres primitifs qui avaient élevé et habité ces lieux profanes.

Cependant nos esprits scientifiques et aventureux n'étaient pas tout à fait morts et nous poursuivions machinalement notre programme de collecte d'échantillons de tous les types de roches représentés dans la maçonnerie. Nous souhaitions une série assez complète pour tirer de plus sûres conclusions concernant l'âge de l'ensemble. Rien dans les grandes murailles extérieures ne semblait antérieur au jurassique et au comanchien, ni aucune pierre du site postérieure au pliocène. Il était absolument certain que nous parcourions un monde où la mort régnait depuis au moins cinq cent mille ans, et même davantage selon toute probabilité.

En avançant à travers ce labyrinthe de pierre dans une ombre crépusculaire, nous nous arrêtions à toutes les ouvertures praticables pour examiner l'intérieur, à la recherche de quelque moyen d'y entrer. Certaines étaient trop hautes, tandis que d'autres ne menaient qu'à des ruines obstruées par la glace, aussi nues et dépourvues de toit que le rempart sur la hauteur. L'une, bien que spacieuse et tentante, ouvrait sur un abîme apparemment sans fond et sans perspectives visibles de descente. Ici et là, nous avions la chance de pouvoir examiner le bois pétrifié d'un volet conservé et nous étions stupéfaits de l'antiquité fabuleuse décelable dans la fibre encore reconnaissable. Cela remontait aux gymnospermes et aux conifères du mésozoïque – spécialement des cycas du crétacé – aux palmiers-éventails et aux premiers angiospermes du tertiaire. Nous ne trouvâmes rien de plus nettement récent que le pliocène. Dans la disposition des volets – dont les bords révélaient la présence autrefois de charnières bizarres et depuis longtemps disparues – l'usage semblait diversifié ; certains étaient à l'extérieur et d'autres à l'intérieur de profondes embrasures. Ils semblaient avoir été maintenus en place, comme en témoignaient les traces de rouille de leurs anciens scellements et fixations probablement métalliques.

Au bout d'un certain temps, nous nous trouvâmes devant une rangée de fenêtres – dans la partie renflée d'un colossal cône à cinq arêtes au sommet intact – qui menaient dans une salle vaste et bien conservée au dallage de pierre ; mais elles étaient trop haut dans la pièce pour nous permettre d'y descendre sans une corde. Nous en avions une, mais ne nous souciions pas de descendre ces vingt pieds à moins d'y être obligés – surtout dans l'atmosphère raréfiée du plateau, où le cœur était déjà mis à rude épreuve. Cette immense salle était probablement réservée à certaines assemblées, et nos torches électriques y révélèrent des sculptures puissantes, nettes et saisissantes, disposées autour des murs en larges frises horizontales, séparées par des bandes d'égale largeur d'arabesques conventionnelles. Nous prîmes soigneusement note de l'endroit, avec l'intention d'y pénétrer, à moins de rencontrer un intérieur plus accessible.

Nous trouvâmes enfin exactement l'ouverture souhaitée : un passage voûté d'environ six pieds de large sur dix de haut, marquant l'ancienne extrémité d'un pont aérien qui enjambait une ruelle à cinq pieds environ du niveau de glaciation. Les voûtes, naturellement, coïncidaient avec les planchers de l'étage supérieur ; et dans ce cas l'un des planchers existait encore. Le bâtiment ainsi accessible était une série de terrasses rectangulaires à notre gauche, face à l'ouest. Celui de l'autre côté du passage, où donnait l'autre voûte, était un cylindre délabré sans fenêtres, avec un curieux bulbe à quelque dix pieds au-dessus de l'ouverture. Il était totalement obscur à l'intérieur et la voûte semblait donner sur un vide sans limites.

Des débris entassés facilitaient encore l'entrée dans le vaste édifice de gauche, bien que nous hésitassions un instant à saisir la chance tant espérée. Car si nous avions pénétré ce fouillis de mystère archaïque, il fallait une nouvelle résolution pour nous transporter réellement à l'intérieur d'une des demeures restées intactes d'un monde fabuleusement ancien dont la nature nous apparaissait de plus en plus hideusement évidente. Pourtant nous franchîmes enfin le pas en escaladant les gravats jusque dans l'embrasure béante. Au-delà, le sol était fait de larges blocs d'ardoise et paraissait être le débouché d'un couloir haut et long, aux murs sculptés.

Observant les nombreux passages voûtés qui en partaient à l'intérieur, et pressentant la probable complexité des appartements qui s'y emboîtaient, nous décidâmes de mettre en pratique notre système de jeu de piste des pionniers. Jusqu'ici nos compas, joints aux fréquents aperçus sur la vaste chaîne montagneuse, entre les tours derrière nous, avaient suffi pour éviter de nous perdre ; mais désormais un procédé artificiel devenait nécessaire. Nous réduisîmes donc notre réserve de papier en morceaux de taille suffisante qui furent mis dans un sac confié à Danforth, et nous nous préparâmes à les utiliser avec autant d'économie que nous le permettait notre sécurité. Cette méthode nous éviterait sans doute de nous égarer, dès lors qu'il ne semblait pas y avoir de courants d'air violents à l'intérieur de la construction primitive. S'il s'en produisait, ou si notre réserve de papier s'épuisait, nous pourrions naturellement revenir au système plus sûr, encore que plus fastidieux et lent, des éclats de roche.

De quelle étendue était au juste le territoire que nous avions dégagé, impossible de le deviner sans l'expérience. Étant donné la proximité et les nombreuses communications entre les différents bâtiments, nous pourrions vraisemblablement passer de l'un à l'autre sur les ponts au-dessous de la glace, sauf aux endroits où feraient obstacle des affaissements locaux et des crevasses géologiques, car la glace semblait s'être rarement introduite dans les grands édifices. Presque toutes les zones de glace transparente avaient révélé des fenêtres submergées hermétiquement closes derrière leurs volets, comme si la ville avait été abandonnée dans cet état avant que la nappe de glace ne vienne ensevelir pour toujours la partie basse. En fait, on avait l'impression singulière qu'elle avait été délibérément fermée et désertée en quelque sombre époque disparue depuis une éternité, plutôt qu'engloutie par un brusque cataclysme ou même une progressive dégradation. L'arrivée de la glace avait-elle été prévue, et une population inconnue était-elle partie en masse à la recherche d'une résidence moins menacée ? Les conditions physiographiques relatives à la formation de la nappe à cet endroit devraient attendre pour être élucidées. À l'évidence, il ne s'était pas produit une poussée écrasante. Peut-être la pression des neiges accumulées était-elle responsable, ou quelque crue du fleuve, ou la rupture d'une ancienne barrière de glace dans la grande chaîne avaient-elles contribué à créer la situation qu'on observait à présent. L'imagination pouvait concevoir presque n'importe quoi au sujet de cette cité.

6

Il serait difficile de donner un compte rendu détaillé, suivi, de nos allées et venues dans ce dédale caverneux de maçonnerie primitive, mort depuis des millénaires ; ce repaire monstrueux d'antiques secrets qui résonnait maintenant, pour la première fois après des ères innombrables, au bruit de pas humains. C'est d'autant plus vrai que d'horribles drames et révélations se sont manifestés à la simple étude des motifs sculptés partout sur les murs. Nos photographies au flash de ces sculptures feront davantage pour établir la vérité de ce que nous divulguons à présent, et il est désolant que nous n'ayons pu disposer d'une réserve plus importante de films. Cela étant, nous fîmes des croquis rudimentaires de certaines particularités frappantes quand tous nos films furent épuisés.

Le bâtiment où nous étions entrés était de grande dimension, très élaboré et nous laissa une idée impressionnante de l'architecture de ce passé géologique ignoré. Les cloisons intérieures étaient moins massives que les murs extérieurs, mais parfaitement conservées aux niveaux les plus bas. Une complexité labyrinthique, comportant dans les sols de singulières différences de hauteur, caractérisait tout l'ensemble ; et nous aurions sans doute été perdus dès le début sans la piste de papiers déchirés que nous laissions derrière nous. Nous décidâmes d'explorer avant tout les parties supérieures les plus délabrées et grimpâmes donc de quelque cent pieds tout en haut du dédale, jusqu'au dernier étage de pièces béantes, enneigées et en ruine, ouvrant sur le ciel polaire. L'ascension se fit par les rampes de pierre abruptes à arêtes transversales ou les plans inclinés qui partout servaient d'escaliers. Les chambres que nous rencontrâmes étaient de toutes les formes et proportions imaginables, des étoiles à cinq branches aux triangles et aux cubes parfaits. On peut dire sans risque d'erreur que la moyenne générale était de trente pieds sur trente de surface au sol, sur vingt pieds de haut, bien qu'il existât des salles beaucoup plus grandes. Après avoir examiné à fond les niveaux supérieurs et celui de la glace, nous descendîmes étage par étage dans la partie submergée, où nous nous trouvâmes vraiment dans un labyrinthe ininterrompu de pièces communicantes et de passages conduisant sans doute à l'infini dans d'autres secteurs hors de ce bâtiment particulier. La lourdeur et le gigantisme cyclopéen de tout ce qui nous entourait devenaient étrangement oppressants ; et il y avait quelque chose de vaguement mais profondément inhumain dans tous les profils, dimensions, proportions, décorations et subtilités architecturaux de cette maçonnerie d'un archaïsme impie. Nous comprîmes bientôt, à ce que révélaient les sculptures, que la monstrueuse cité datait de millions et de millions d'années.

Nous ne pouvons expliquer encore les principes techniques mis en œuvre dans l'équilibre et l'ajustement des énormes masses rocheuses, bien que manifestement ils reposent en grande partie sur la fonction de l'arc. Les pièces que nous visitâmes étaient entièrement vides de meubles, ce qui confirma notre idée d'un abandon volontaire de la ville. Le trait essentiel de la décoration était l'utilisation quasi universelle de la sculpture murale ; elle courait en bandes horizontales continues de trois pieds de large, alternant du sol au plafond avec des frises d'égale largeur faites d'arabesques géométriques. Cette règle souffrait des exceptions, mais sa prépondérance était écrasante. Souvent, cependant, une série de cartouches lisses portant des groupes de points bizarrement disposés s'encastrait le long d'une des bandes d'arabesques.

La technique, nous le constatâmes bientôt, était élaborée, parfaite et esthétiquement évoluée au plus haut degré de maîtrisc civilisée bien que totalement étrangère dans tous ses détails à aucun art traditionnel connu de la race humaine. Je n'avais jamais rien vu qui en approche pour la finesse d'exécution ; les plus infimes détails de végétaux complexes ou de la vie animale étaient rendus avec une vérité stupéfiante malgré l'échelle audacieuse des sculptures, tandis que les motifs stylisés étaient des merveilles d'habile subtilité. Les arabesques témoignaient de connaissances approfondies des principes mathématiques et se composaient de courbes secrètement symétriques et d'angles construits sur le chiffre cinq. Les bandes illustrées suivaient une tradition extrêmement réglementée, impliquant un traitement singulier de la perspective, mais avec une puissance artistique qui nous émut profondément, en dépit de l'immensité du gouffre des périodes géologiques qui nous séparait d'elles. Leur procédé graphique se fondait sur une étonnante juxtaposition de la coupe transversale et du profil à deux dimensions, et concrétisait une psychologie analytique qui dépassait celle de toute race connue de l'Antiquité. Inutile d'essayer de comparer cet art avec aucun de ceux représentés dans nos musées. Ceux qui verront nos photographies trouveront sans doute beaucoup plus proches certaines imaginations grotesques des futuristes les plus audacieux.

Le réseau de l'arabesque consistait uniquement en lignes creuses dont la profondeur sur les murs intacts variait de un à deux pouces. Quand apparaissaient les cartouches à points groupés – manifestement des inscriptions en quelque langue et alphabet primitifs inconnus – le creux de la surface était peut-être d'un pouce et demi, et celui des points d'un demi-pouce de plus. Les bandes illustrées étaient en bas-relief encastré, l'arrière-plan étant à deux pouces à peu près de la surface du mur. Dans certains cas, on discernait les traces d'une ancienne coloration, mais dans l'ensemble, des temps incalculables avaient désagrégé et fait disparaître tous les pigments qu'on avait pu y appliquer. Plus on étudiait la merveilleuse technique, plus on admirait ces êtres. Sous leur stricte obéissance aux conventions, on saisissait l'observation minutieuse et fidèle ainsi que l'habileté graphique des artistes ; et en fait, ces conventions elles-mêmes servaient à symboliser et mettre en valeur l'essence véritable ou les particularités vitales de chacun des objets représentés. Nous sentions aussi que, à côté de ces qualités identifiables, d'autres se dissimulaient, hors d'atteinte de nos perceptions. Certaines touches ici et là évoquaient vaguement des symboles secrets et des sollicitations qui, avec un autre contexte mental et affectif, et un appareil sensoriel plus complet ou différent, auraient pu prendre pour nous une signification forte et profonde.

Les thèmes des sculptures venaient indiscutablement de la vie contemporaine de leur création et comportaient une large proportion d'histoire. C'est cette exceptionnelle préoccupation historique chez la race primitive – par chance, elle joua miraculeusement en notre faveur – qui rendit à nos yeux les sculptures si instructives, et nous incita à faire passer avant toute autre considération leurs photographies et leur transcription. Dans certaines salles, la disposition habituelle était modifiée par la présence de cartes, tracés astronomiques et autres croquis scientifiques à grande échelle – toutes choses qui apportaient une naïve et terrible confirmation de ce que nous avions recueilli à partir des frises et des lambris. En évoquant ce que révélait l'ensemble, j'espère ne pas susciter plus de curiosité que de salutaire prudence chez ceux qui me croiront. Il serait tragique que quelqu'un fût attiré vers ce royaume de mort par l'avertissement même destiné à l'en détourner. De hautes fenêtres et de massives entrées de douze pieds coupaient ces murs sculptés ; les unes et les autres gardant ici et là les panneaux de bois – minutieusement polis et gravés – des volets et portes eux-mêmes. Toutes les fixations métalliques avaient depuis longtemps disparu, mais certaines portes étant restées, il nous fallait les repousser de côté pour avancer d'une pièce à l'autre. Les châssis de fenêtres et leurs étranges carreaux transparents – pour la plupart elliptiques – survivaient par endroits, bien que peu nombreux. Beaucoup de niches aussi, de grande dimension, généralement vides, mais contenant parfois quelque bizarre objet façonné dans la stéatite verte soit cassé, soit tenu pour trop négligeable pour être déménagé. D'autres ouvertures étaient certainement liées à des commodités disparues – chauffage, éclairage, etc. – telles qu'en évoquaient beaucoup de sculptures. Les plafonds étaient plutôt nus, mais avaient été quelquefois incrustés de stéatite verte ou d'autres carreaux, en grande partie tombés à présent. Les sols étaient également pavés de ces carreaux, bien que la maçonnerie prédomine.

Comme je l'ai dit, tout mobilier et autres objets maniables étaient absents, mais les sculptures donnaient une claire idée des étranges choses qui remplissaient autrefois ces pièces sépulcrales et sonores. Au-dessus de la nappe de glace, les sols étaient généralement couverts d'une couche de détritus et de débris ; mais on en trouvait moins en descendant. Dans certaines salles et galeries, plus bas, il n'y avait guère que menu gravier et vestiges d'incrustations, alors que de rares espaces présentaient la troublante netteté d'un lieu fraîchement balayé. Naturellement, là où s'étaient produits des crevasses et des effondrements, les étages inférieurs étaient aussi jonchés de débris que ceux du haut. Une cour centrale – comme dans les autres immeubles que nous avions survolés – évitait aux régions intérieures une totale obscurité ; aussi avions-nous eu rarement à nous servir de nos torches électriques dans les pièces du haut, sauf pour examiner le détail des sculptures. Sous la calotte glaciaire cependant, la pénombre s'épaississait, et en beaucoup d'endroits, au niveau du sol encombré, on approchait du noir absolu.

Pour se faire même une vague idée de nos pensées et de nos impressions en pénétrant dans ce dédale de constructions inhumaines au silence d'éternité, il faut rapprocher un chaos déconcertant d'impressions, de souvenirs et d'émotions fugitives. L'antiquité absolument accablante et la solitude mortelle des lieux auraient suffi à abattre toute personne sensible, mais à cela s'ajoutaient tout récemment les horreurs inexpliquées du camp et les révélations des terribles sculptures murales autour de nous. Dès que nous tombâmes sur une frise intacte qui ne laissait place à aucune ambiguïté, il ne nous fallut qu'un instant d'examen pour saisir l'atroce vérité – vérité dont il eût été naïf de prétendre que Danforth et moi ne l'avions pas déjà pressentie chacun de son côté, bien que nous ayons évité d'y faire même allusion entre nous. Impossible désormais de recourir au doute quant à la nature des êtres qui avaient construit et habité cette monstrueuse cité, morte depuis des millions d'années, quand les ancêtres de l'homme étaient des mammifères primitifs archaïques et que les énormes dinosaures erraient par les steppes tropicales d'Europe et d'Asie.

Nous nous étions jusque-là raccrochés – chacun pour soi – à l'idée désespérée et insistante que l'omniprésence de ce motif à cinq pointes ne représentait que l'exaltation culturelle ou religieuse de l'objet naturel archéen qui concrétisait si clairement la qualité du « pentapunctisme » ; de même que des motifs décoratifs de la Crète minoenne exaltaient le taureau sacré, ceux de l'Égypte le scarabée, ceux de Rome la louve et l'aigle, et ceux des diverses tribus sauvages quelque animal totem élu. Mais cet ultime refuge nous était désormais refusé, et il nous fallait affronter catégoriquement la découverte, éprouvante pour la raison, que le lecteur de ces pages a sans doute prévue depuis longtemps. Même maintenant, je peux à peine supporter de l'écrire noir sur blanc, mais peut-être ne sera-ce pas nécessaire.

Les êtres qui avaient autrefois érigé et habité cet effroyable monde de pierre à l'époque des dinosaures n'étaient pas des dinosaures ; c'était bien pis. Ceux-là n'étaient que de simples créatures, récentes et presque sans cervelle – mais les bâtisseurs de la cité, savants et vieux, avaient laissé des traces sur des roches qui étaient là depuis près de mille millions d'années… Avant que la vie véritable de la Terre ait progressé au-delà d'un groupe de cellules malléables… Avant que la vie véritable ait seulement existé sur Terre. Ils furent les créateurs et les tyrans de cette vie, et sans aucun doute les modèles des vieux mythes démoniaques auxquels font allusion les *Manuscrits pnakotiques* et le *Necronomicon* dans des textes épouvantables. Ils étaient les Grands Anciens qui s'étaient infiltrés depuis les étoiles sur la Terre encore jeune – ces êtres dont une évolution extraterrestre avait façonné la substance et dont les pouvoirs étaient tels que la planète n'en avait jamais connu. Et dire que la veille seulement Danforth et moi avions réellement examiné les fragments de leur substance fossilisée depuis des millénaires... et que le pauvre Lake et son équipe les avaient vus complets...

Il m'est naturellement impossible de rapporter dans leur ordre exact les étapes selon lesquelles nous recueillîmes ce que nous savons de ce chapitre monstrueux de la vie préhumaine. Après le premier choc de la révélation indiscutable, il nous fallut faire une pause, le temps de nous remettre, et il était trois heures au moins quand nous entreprîmes notre vraie recherche méthodique. Dans le bâtiment où nous étions entrés, les sculptures étaient relativement récentes – peut-être deux millions d'années – comme le prouvaient les particularités géologiques, biologiques et astronomiques ; elles exprimaient un art qu'on aurait dû dire décadent, en comparaison des exemples découverts dans des constructions plus anciennes une fois franchis des ponts sous la nappe de glace. Un édifice taillé en pleine roche semblait remonter à quarante ou peut-être même cinquante millions d'années – au bas éocène ou haut crétacé – et contenait des bas-reliefs d'un art supérieur, à une importante exception près, à tout ce que nous avions rencontré. Ce fut, nous en convînmes plus tard, la plus ancienne structure domestique que nous visitâmes.

Sans le complément des clichés qui seront bientôt rendus publics, je me serais abstenu de raconter ce que j'ai trouvé et ce que j'en ai conclu, de peur d'être enfermé comme fou. Bien sûr, les tout premiers épisodes de ce patchwork historique – représentant la vie préterrestre des êtres à tête en étoile sur d'autres planètes, dans d'autres galaxies et d'autres univers – peuvent aisément être interprétés comme la mythologie fantastique de ces êtres eux-mêmes ; encore ces épisodes comportent-ils quelquefois des dessins et diagrammes si étrangement proches des dernières découvertes en mathématique et en astrophysique que je ne sais trop qu'en penser. Laissons les autres juger quand ils verront les photos que je publierai.

Naturellement, aucune des séries de sculptures que nous avons rencontrées ne contait plus qu'une fraction de telle ou telle histoire et nous n'avons pas trouvé les différentes étapes de cette histoire dans leur ordre correct. Certaines salles immenses constituaient des unités indépendantes dont l'illustration était cohérente, tandis que dans d'autres cas, une chronique suivie pouvait continuer le long d'une série de salles et de couloirs. Les meilleurs diagrammes et cartes se trouvaient sur les murs d'un effrayant abîme au-dessous même du sol primitif – une caverne d'environ deux cents pieds carrés et soixante pieds de haut, qui avait dû être, presque à coup sûr, une sorte de centre éducatif. Il y avait beaucoup de répétitions irritantes du même thème dans différentes pièces et constructions, certains chapitres, résumés ou phrases de l'histoire de la race ayant été privilégiés par les décorateurs ou les habitants. Quelquefois, pourtant, différentes variantes d'un même thème s'avérèrent utiles pour établir des points discutables ou combler des lacunes.

Je m'étonne encore que nous ayons déduit tant de choses dans le temps très court dont nous disposions. Certes, nous n'avions alors que le schéma le plus sommaire, et nous en apprîmes bien davantage par la suite en étudiant les photos et les croquis que nous avions pris. C'est peut-être l'effet de ces dernières observations – les souvenirs ravivés et les impressions vagues se combinant avec sa sensibilité propre et cet ultime aperçu d'horreur dont il refuse de préciser, même à moi, la nature – qui a été la source directe de l'effondrement actuel de Danforth. Mais cela devait arriver ; car nous ne pouvions publier avec pertinence notre mise en garde sans l'information la plus complète, et la diffusion de cette mise en garde est d'une importance primordiale. Certaines influences qui subsistent dans ce monde inconnu de l'Antarctique au temps déréglé et sous une loi naturelle étrangère commandent impérativement qu'on décourage toute nouvelle exploration.

7

Le récit complet, dans la mesure où il est déchiffré, paraîtra sous peu dans un bulletin officiel de l'université de Miskatonic. Je ne retracerai ici que les points les plus marquants, de façon sommaire et décousue. Mythe ou non, les sculptures racontaient l'arrivée sur la terre naissante, sans vie, de ces êtres à tête en étoile venus de l'espace cosmique – leur arrivée et celle de beaucoup d'autres entités étrangères telles qu'il s'en engage à certaines époques dans la découverte spatiale. Ils semblaient capables de traverser l'éther interstellaire sur leurs immenses ailes membraneuses – confirmant ainsi curieusement l'étrange folklore des collines, que m'avait autrefois conté un collègue archéologue. Ils avaient longtemps vécu sous la mer, édifiant des villes fantastiques et livrant d'effroyables combats à des adversaires sans nom, au moyen d'engins compliqués qui utilisaient de nouveaux principes énergétiques. Leurs connaissances scientifiques et mécaniques dépassaient évidemment celles de l'homme d'aujourd'hui, bien qu'ils ne fissent usage des formes les plus poussées et les plus étendues qu'en cas de nécessité. Certaines sculptures suggéraient qu'ils avaient connu une phase de vie mécanisée sur d'autres planètes, mais en étaient revenus, jugeant ses effets décevants au niveau affectif. L'extraordinaire fermeté de leur organisme et la simplicité de leurs besoins élémentaires les rendaient particulièrement aptes à un haut niveau de vie sans les produits spécialisés de fabrication artificielle et même sans vêtements, sinon comme protection éventuelle contre les éléments.

Ce fut sous la mer – d'abord pour se nourrir, plus tard pour d'autres besoins – qu'ils créèrent la première vie terrestre, se servant des substances disponibles selon des procédés connus de longue date. Les expériences les plus élaborées suivirent l'anéantissement de divers ennemis cosmiques. Ils en avaient fait autant sur d'autres planètes, ayant fabriqué non seulement les nourritures indispensables, mais certaines masses protoplasmiques multicellulaires susceptibles de façonner leurs tissus en toute sorte d'organes provisoires sous influence hypnotique, et obtenant ainsi des esclaves idéals pour les gros travaux de la communauté. Ces masses visqueuses étaient certainement ce qu'Abdul Alhazred appelle à mots couverts les « shoggoths » dans son effroyable *Necronomicon*, bien que même cet Arabe fou n'ait jamais évoqué leur existence sur Terre, si ce n'est dans les rêves des mâcheurs de certain alcaloïde végétal. Quand les Anciens à tête d'étoile eurent synthétisé sur cette planète leurs formes alimentaires simples, et élevé une bonne réserve de shoggoths, ils développèrent d'autres groupes cellulaires sous d'autres formes de vie animale et végétale, pour différents usages, éliminant celles dont la présence devenait encombrante.

Avec l'aide des shoggoths, qui pouvaient se développer jusqu'à porter des poids prodigieux, les petites et modestes villes sous-marines s'agrandirent en vastes et imposants labyrinthes de pierre, assez semblables à ceux qui plus tard s'élevèrent sur la terre. À la vérité, les Anciens, éminemment adaptables, avaient vécu sur Terre plus qu'en d'autres parties de l'univers et conservaient probablement beaucoup de traditions de la construction terrienne. En étudiant l'architecture de toutes ces cités paléogéennes sculptées, y compris celle dont nous parcourions actuellement les couloirs millénaires, nous fûmes frappés d'une singulière coïncidence, que nous n'avions pas encore tenté d'expliquer, même pour nous. Les sommets des immeubles, qui dans la ville actuelle, autour de nous, avaient évidemment été réduits en ruines informes par les intempéries des éternités plus tôt, figuraient clairement dans les bas-reliefs, montrant d'immenses bouquets de flèches en aiguilles, de délicats fleurons au sommet de certains cônes et pyramides, et des étages de minces disques festonnés coiffant horizontalement des cheminées cylindriques. C'était exactement ce que nous avions vu dans ce mirage monstrueux et sinistre, projeté par une cité morte d'où de tels détails de profil avaient disparu depuis des milliers et des dizaines de milliers d'années, et qui surgit à nos yeux ignorants, par-dessus les insondables montagnes du délire quand nous parvînmes la première fois au camp maudit du malheureux Lake.

Sur la vie des Anciens, sous la mer et après qu'une partie d'entre eux émigrèrent sur terre, on pourrait écrire des volumes. Ceux qui vivaient en eau peu profonde avaient gardé le plein usage de leurs yeux, au bout des cinq tentacules principaux de la tête, exerçant comme de coutume les arts de la sculpture et de l'écriture – celle-ci avec un stylet sur des tablettes de cire à l'épreuve de l'eau. D'autres, plus bas dans les profondeurs de l'océan, utilisant pour produire la lumière de curieux organes phosphorescents, complétaient leur vision par des sens spéciaux, qui agissaient mystérieusement par les cils prismatiques de leur tête – sens qui rendaient tous les Anciens partiellement indépendants de la lumière en cas de nécessité. Leurs formes de sculpture et d'écriture avaient singulièrement évolué pendant la descente, empruntant certains procédés de revêtement apparemment chimiques – sans doute pour produire la phosphorescence – mais que les bas-reliefs ne purent nous faire comprendre. Ces créatures se déplaçaient dans la mer partie en nageant – en se servant de leurs bras latéraux de crinoïdes – partie en agitant l'étage inférieur de tentacules comportant le pseudopode. Ils pouvaient éventuellement faire de longues plongées en s'aidant de deux ou plus de leurs jeux d'ailes en éventail. À terre, ils utilisaient localement le pseudopode, mais volaient parfois à de grandes hauteurs ou sur de longues distances avec leurs ailes. Les nombreux tentacules plus minces, ramifications des bras crinoïdes, étaient infiniment délicats, souples, forts et précis dans la coordination musculo-nerveuse, assurant une adresse et une dextérité extrêmes dans toutes les activités artistiques ou autres opérations manuelles.

Leur résistance était presque incroyable. Même les terrifiantes pressions des plus profonds abîmes sous-marins semblaient impuissantes à leur nuire. Apparemment très peu mouraient, sinon de mort violente, et leurs sépultures étaient très rares. Le fait qu'ils surmontaient leurs morts, inhumés verticalement, de tertres à cinq pointes gravées réveilla chez Danforth et chez moi des pensées qui rendirent nécessaire une nouvelle pause pour récupérer après cette révélation des bas-reliefs. Ils se multipliaient par des spores – comme les plantes ptéridophytes, ainsi que Lake l'avait soupçonné – mais leur prodigieuse résistance et leur longévité rendant la relève inutile, ils n'encourageaient pas le développement sur une grande échelle de nouveaux prothalles, sauf quand ils avaient de nouveaux territoires à coloniser. Les jeunes mûrissaient vite et recevaient une éducation évidemment très éloignée de toutes les normes que nous pouvons imaginer. La vie intellectuelle et esthétique, prédominante, était très évoluée et entretenait un ensemble d'usages et d'institutions extrêmement stables que je décrirai plus complètement dans une étude à venir. Ceux-ci différaient légèrement selon qu'on vivait dans la mer ou sur terre, mais gardaient pour l'essentiel mêmes bases et mêmes principes.

Capables comme les plantes de tirer leur alimentation de substances inorganiques, ils préféraient de beaucoup la nourriture organique et surtout animale. Sous la mer, ils mangeaient crues les bêtes marines mais à terre, ils faisaient cuire leurs viandes. Ils chassaient le gibier et élevaient du bétail – qu'ils abattaient avec des armes acérées dont notre expédition avait observé les traces singulières sur certains os fossiles. Ils supportaient remarquablement toutes les températures habituelles et, à l'état naturel, pouvaient vivre dans l'eau jusqu'à la congélation. Cependant, après le grand refroidissement du pléistocène – près d'un million d'années plus tôt – les habitants de la terre durent recourir à des mesures exceptionnelles, y compris au chauffage artificiel; du moins jusqu'à ce que les froids mortels les aient, semble-t-il, ramenés à la mer. La légende rapporte qu'au temps de leurs vols préhistoriques dans l'espace cosmique ils avaient absorbé certains produits chimiques qui les libéraient presque entièrement de la nourriture, de la respiration et des conditions de température; mais à l'époque glaciaire, ils avaient perdu le souvenir de leur méthode. Ils n'auraient pu de toute façon prolonger indéfiniment sans dommage cet état artificiel.

Étant par nature semi-végétaux et ignorant l'accouplement, les Anciens n'avaient pas de bases biologiques pour le stade familial de la vie des mammifères ; mais ils semblaient organiser de grandes communautés sur les principes d'une heureuse distribution de l'espace et – comme nous en jugeâmes par les images d'activités et de distractions des habitants – d'association par affinités d'esprit. Le mobilier chez eux occupait le centre des vastes salles, laissant libre pour la décoration toute la surface des murs. L'éclairage, pour les terriens, était assuré par un dispositif de nature probablement électrochimique. Sur terre comme sous les eaux, ils utilisaient d'étranges tables, sièges et lits de forme cylindrique – car ils se reposaient et dormaient debout, tentacules repliés – et des casiers pour les séries articulées de surfaces couvertes de points qui leur servaient de livres.

Le gouvernement, évidemment complexe, était sans doute socialiste, bien que nous n'ayons pu tirer des sculptures aucune conclusion probante à cet égard. Il se faisait un commerce important, localement et entre les différentes villes, certains petits jetons plats, à cinq pointes et gravés, étant utilisés comme monnaie. Les plus petites des stéatites verdâtres découvertes par notre expédition en étaient vraisemblablement. Bien que la civilisation fût essentiellement urbaine, il y avait un peu d'agriculture et beaucoup d'élevage. On exploitait des mines et quelques entreprises industrielles limitées. Les voyages étaient très fréquents, mais les migrations durables paraissaient relativement rares, sauf en de larges opérations de colonisation que justifiait le développement de la race. Pour les déplacements personnels, il n'était besoin d'aucune aide extérieure puisque à terre, dans l'air et dans l'eau, les Anciens pouvaient atteindre par eux-mêmes des vitesses fantastiques. Les charges, cependant, étaient tirées par des bêtes de somme – des shoggoths sous la mer, et une curieuse variété de vertébrés primitifs dans les dernières années de l'existence terrestre.

Ces vertébrés, comme aussi une infinité d'autres formes de vie – animales et végétales, marines, terrestres et aériennes – étaient le produit d'une évolution non dirigée agissant sur les cellules vivantes fabriquées par les Anciens mais échappant à leur rayon d'action. On les avait laissés se développer parce qu'ils ne s'étaient pas trouvés en conflit avec les créatures au pouvoir. Les formes encombrantes, bien sûr, avaient été automatiquement exterminées. Nous vîmes avec intérêt dans les sculptures les plus récentes et décadentes un mammifère primitif à l'allure maladroite dont les terriens se servaient tantôt comme nourriture tantôt comme bouffon pour s'en amuser, et dont les préfigurations vaguement simiesques et humaines étaient incontestables. Lors des constructions de villes terrestres, les énormes blocs de pierre des hautes tours étaient généralement portés par des ptérodactyles aux ailes immenses d'une espèce jusqu'à présent inconnue de la paléontologie.

L'obstination que mettaient les Anciens à survivre aux diverses évolutions géologiques et aux convulsions de la croûte terrestre tenait presque du miracle. Bien que peu ou aucune de leurs premières cités ne semble avoir subsisté après la période archéenne, il n'y eut pas de coupure dans leur civilisation ni dans la transmission de leurs chroniques. C'est dans l'océan Antarctique qu'ils apparurent d'abord sur la planète, sans doute peu après que la matière de la Lune eut été arrachée au Pacifique Sud tout proche. Selon l'une des cartes gravées, le globe entier était alors sous l'eau, les villes de pierre s'éparpillant de plus en plus loin de l'Antarctique au cours des temps immémoriaux. Une autre carte montre une masse considérable de terre sèche autour du pôle Sud, où il est évident que certains de ces êtres établissaient des colonies expérimentales, bien que leurs principaux centres aient été transférés aux fonds marins les plus proches. Les dernières cartes, où l'on voyait ces terres fissurées et dérivant, certaines parties détachées en direction du nord, confirmaient de manière frappante les théories de la dérive des continents avancées par Taylor, Wegener et Joly.

Avec le soulèvement d'une nouvelle terre dans le Pacifique Sud, des événements terribles survinrent. Plusieurs des cités marines furent irrémédiablement détruites, et ce ne fut pas le pire malheur. Une autre race – race terrestre d'êtres en forme de pieuvres, probablement la fabuleuse progéniture préhumaine de Cthulhu – commença bientôt à s'infiltrer du fond des infinis cosmiques, et déclencha une guerre monstrueuse qui, pour un temps, ramena tout à fait les Anciens à la mer – un coup terrible pour les colonies terrestres en plein développement. Plus tard on fit la paix et les nouveaux territoires furent attribués aux rejetons de Cthulhu tandis que les Anciens gardaient la mer et les anciennes terres. De nouvelles villes furent fondées à terre – la plus importante dans l'Antarctique car cette région du premier établissement était sacrée. Dès lors comme auparavant, l'Antarctique resta le centre de la civilisation des Anciens, et toutes les cités repérables qu'avaient édifiées ceux de Cthulhu furent anéanties. Puis soudain les terres du Pacifique sombrèrent de nouveau, entraînant avec elles la terrifiante ville de pierre de R'lyeh et toutes les pieuvres cosmiques, de sorte que les Anciens retrouvèrent leur suprématie sur la planète. Sauf quant à une menace obscure dont ils n'aimaient pas parler. À une époque assez récente, ils avaient construit sur toutes les terres et dans toutes les mers du globe – d'où la recommandation de ma future monographie, que quelque archéologue entreprenne des forages systématiques avec le dispositif de Pabodie dans certaines régions largement réparties.

De l'eau vers la terre, le mouvement s'affirma au cours des âges ; tendance encouragée par l'apparition de nouveaux territoires, bien que l'océan ne fût jamais complètement abandonné. Une autre cause de cette orientation fut le problème imprévu que posèrent l'élevage et la direction des shoggoths dont dépendait la prospérité de la vie marine. Avec le temps, ainsi qu'en convenaient tristement les sculptures, l'art de créer d'autres formes de vie à partir de la matière inorganique s'était perdu, si bien que les Anciens ne pouvaient que façonner ce qui existait déjà. Sur terre, les grands reptiles se montraient des plus dociles ; mais les shoggoths de la mer, se reproduisant par division et acquérant un inquiétant degré d'intelligence, soulevèrent un certain temps une formidable difficulté.

Ils avaient toujours été sous contrôle grâce à la suggestion hypnotique des Anciens, modelant provisoirement leur robuste plasticité en divers membres et organes utiles ; mais à présent leur faculté d'autofaçonnage se déclenchait parfois toute seule, et en diverses formes d'imitation inspirées de suggestions passées. Ils avaient semble-t-il développé un cerveau semi-permanent dont les actes volontaires indépendants et parfois obstinés répondaient à la volonté des Anciens sans toujours lui obéir. Les images sculptées de ces shoggoths nous remplissaient, Danforth et moi, d'horreur et de dégoût. C'étaient des êtres sans forme propre, faits d'une gelée visqueuse qui semblait une agglutination de bulles ; et chacun pouvait atteindre en moyenne quinze pieds de diamètre quand il prenait une forme sphérique. Mais ils changeaient sans cesse d'aspect et de volume, projetant des appendices provisoires ou de simili-organes de la vue, de l'ouïe et de la parole à l'imitation de leurs maîtres, soit spontanément, soit sur suggestion.

Ils étaient apparemment devenus intraitables depuis le milieu de l'époque permienne, peut-être cent cinquante millions d'années plus tôt, lorsqu'une guerre en règle avait été menée contre eux par les Anciens de la mer pour les ramener à la soumission. Les images de cette guerre et l'usage typique des shoggoths de laisser les cadavres de leurs victimes sans tête et couverts de bave gardaient un caractère extraordinairement terrifiant en dépit des abîmes de temps écoulés depuis. Les Anciens, ayant eu recours contre ces entités rebelles à des armes de désintégration moléculaire, avaient fini par remporter une victoire complète. Après quoi, les sculptures montraient une période de dressage où les shoggoths étaient matés par les Anciens armés, comme les chevaux sauvages de l'Ouest américain le furent par les cowboys. Bien qu'ils aient prouvé au cours de leur révolte qu'ils pouvaient vivre hors de l'eau, cette évolution ne fut pas encouragée, puisqu'ils n'étaient utiles à terre qu'en proportion de leur docilité.

Pendant l'époque jurassique, les Anciens rencontrèrent de nouvelles épreuves sous la forme d'une autre invasion de l'espace extérieur – cette fois de créatures mi-champignons, mi-crustacés, venant d'une planète qu'on peut identifier avec le lointain Pluton récemment découvert ; les mêmes indiscutablement que celles qu'évoquent certaines légendes confidentielles du Nord, perpétuées dans l'Himalaya sous le nom de Mi-Go ou abominables hommes des neiges. Pour les combattre, les Anciens tentèrent, pour la première fois depuis leur arrivée sur Terre, une nouvelle sortie dans l'éther planétaire ; mais en dépit de tous leurs préparatifs traditionnels, il ne leur fut plus possible de quitter l'atmosphère terrestre. Quel qu'ait été le vieux secret du voyage interplanétaire, il était maintenant perdu à jamais pour leur race. Finalement, les Mi-Go les repoussèrent de tous les territoires du Nord, sans rien pouvoir cependant contre ceux de la mer. Peu à peu commença le lent recul de l'antique race jusqu'à son habitat antarctique originel.

Chose curieuse que l'on observait dans les représentations de batailles, les rejetons de Cthulhu aussi bien que les Mi-Go semblaient faits d'une matière plus différente encore de ce que nous connaissons que celle des Anciens. Capables de métamorphoses et de réintégrations interdites à leurs adversaires, ils devaient pourtant être issus de gouffres plus lointains de l'espace cosmique. Les Anciens, n'étaient leur résistance extraordinaire et leurs qualités vitales particulières, restaient strictement matériels et devaient avoir pris naissance à l'intérieur du continuum connu de l'espace-temps, tandis qu'on ne pouvait risquer que les suppositions les plus hasardeuses sur les sources premières des autres entités. Tout cela, bien sûr, en admettant que les liens non terrestres et les anomalies attribuées aux traîtres envahisseurs ne soient pas pure mythologie. On peut imaginer que les Anciens aient inventé toute une structure cosmique pour expliquer leurs éventuelles défaites ; car la passion historique et la fierté étaient manifestement leurs moteurs psychologiques essentiels. Il est significatif que leurs annales passent sous silence beaucoup de races évoluées et puissantes, dont les cultures remarquables et les imposantes cités figurent durablement dans certaines mystérieuses légendes.

L'évolution du monde à travers les longues périodes géologiques apparaît avec une vérité frappante dans beaucoup de cartes et de scènes gravées. Dans certains cas, la science actuelle devra être révisée tandis quc dans d'autres, ses audacieuses déductions se voient magnifiquement confirmées. Comme je l'ai dit, l'hypothèse de Taylor, Wegener et Joly, selon laquelle tous les continents sont des fragments d'une terre antarctique originelle, qui se fissura sous la pression centrifuge, en s'éloignant à la dérive sur un soubassement en principe visqueux – hypothèse inspirée entre autres par les profils complémentaires de l'Afrique et de l'Amérique du Sud, et la façon dont les grandes chaînes montagneuses sont roulées et repoussées – reçoit d'une source étrange une consécration frappante.

Les cartes représentaient clairement le monde carbonifère d'il y a cent millions d'années ou davantage, mettant en évidence les crevasses et les gouffres qui sépareraient plus tard l'Afrique des territoires autrefois continus de l'Europe (alors la Valusia de la légende infernale primitive), l'Asie, les Amériques et le continent antarctique. D'autres cartes – et la plus significative concernant la fondation cinquante millions d'années plus tôt de l'immense ville morte qui nous entourait – montraient tous les continents d'alors bien distincts. Et dans le dernier exemple étudié – datant peut-être du pliocène – le monde d'aujourd'hui, de façon approximative, apparaissait nettement malgré le rapprochement de l'Alaska et de la Sibérie, de l'Amérique du Nord et de l'Europe par le Groenland, et de l'Amérique du Sud avec le continent antarctique par la terre de Graham. La carte complète du globe au carbonifère – sol océanique et masse des terres fissurées de même – portait les symboles des immenses cités de pierre des Anciens, mais dans les plus tardives le recul progressif vers l'Antarctique devenait évident. Le dernier document du pliocène ne montrait plus de cités terrestres sauf sur le continent antarctique et la pointe de l'Amérique du Sud, ni de cités océanes au nord du 51e parallèle de latitude sud. Le savoir et l'intérêt concernant le monde du Nord, à part un tracé du littoral relevé sans doute au cours de longs vols d'exploration sur ces ailes membraneuses en éventail, étaient évidemment retombés à zéro chez les Anciens.

La destruction des villes lors du soulèvement des montagnes, la déchirure des continents sous la poussée centrifuge, les convulsions sismiques de la terre ou des fonds sous-marins, et d'autres causes naturelles étaient la matière d'information courante ; et il était curieux d'observer combien se faisaient de plus en plus rares les reconstructions à mesure que le temps passait. L'immense mégalopole qui s'ouvrait autour de nous semblait avoir été le dernier grand centre de la race, édifiée au début du crétacé après qu'une secousse titanesque de la Terre eut anéanti une précédente, plus vaste encore, non loin de là. Toute cette région paraissait bien être le lieu sacré entre tous, où les premiers Anciens s'étaient installés sur un fond marin primitif. Dans la nouvelle cité – dont nous reconnûmes plus d'un trait dans les sculptures, mais qui s'étendait sur cent miles au moins le long de la chaîne dans chaque direction, au-delà des extrêmes limites de notre reconnaissance aérienne – on disait qu'étaient conservées certaines pierres sacrées ayant fait partie de la première ville au fond de la mer, et qui avaient été rejetées au jour après de longues périodes, au cours du plissement général de la strate.

8

Naturellement Danforth et moi étudiâmes avec un spécial intérêt et le sentiment d'un devoir personnel tout ce qui se rapportait à la région où nous nous trouvions. Ce matériel local était évidemment très abondant et, dans le fouillis du sol de la ville, nous eûmes la chance de découvrir une maison très récente dont les murs, bien qu'assez endommagés par une crevasse voisine, renfermaient des sculptures de style décadent qui retraçaient l'histoire de la région bien avant l'époque de la carte du pliocène où nous avions puisé notre aperçu général du monde préhumain. Ce fut le dernier site que nous étudiâmes en détail car ce que nous y trouvâmes nous donna un nouvel objectif immédiat.

Nous étions certainement dans le plus étrange, le plus mystérieux et le plus terrible de tous les recoins du globe terrestre. De toutes les terres qui existent il était le plus infiniment ancien ; et notre conviction grandit que ce hideux plateau devait être en vérité le fabuleux et cauchemardesque plateau de Leng, dont l'auteur fou du *Necronomicon* lui-même hésitait à parler. La grande chaîne montagneuse était démesurément longue – partant d'une chaîne basse de la terre de Luitpold sur la côte de la mer de Weddell et traversant pratiquement tout le continent. La partie vraiment haute s'étendait sur un arc imposant, d'environ 82° de latitude et 60° de longitude est jusqu'à 70° de latitude et 115° de longitude est, son côté concave tourné vers notre camp et son extrémité vers la mer dans la région de cette longue côte bloquée par les glaces, dont Wilkes et Mawson aperçurent les collines au cercle antarctique.

Mais des excès plus monstrueux encore de la Nature étaient dangereusement proches. J'ai dit que ces pics étaient plus hauts que l'Himalaya mais les sculptures m'interdisaient de les proclamer les plus hauts de la Terre. Ce sinistre honneur revient indubitablement à ce que la moitié des bas-reliefs n'osent même pas nommer, tandis que les autres ne l'abordent qu'avec répugnance et angoisse. Il semble que ce soit une partie de la terre antique – celle qui émergea des eaux quand la planète se fut débarrassée de la Lune et que les Anciens eurent filtré des étoiles – qu'on a fini par fuir comme vaguement et indéfinissablement néfaste. Les villes édifiées là s'étaient écroulées avant leur temps, et soudain on les avait retrouvées désertes. Puis quand la première grande secousse terrestre avait bouleversé la région à l'époque comanchienne, une terrifiante rangée de pics avait surgi brusquement dans le fracas et le chaos les plus effroyables – et la Terre avait reçu ses plus hautes et terribles montagnes.

Si l'échelle des gravures était exacte, ces monstres détestables mesuraient beaucoup plus de quarante mille pieds de haut – bien davantage que les odieuses montagnes hallucinées que nous avions rencontrées. Elles s'étendaient, semblait-il, de 77° de latitude, 70° de longitude est jusqu'à 70° de latitude, 100° de longitude est – à moins de trois cents miles de la cité morte, de sorte que nous aurions pu entrevoir leurs redoutables sommets dans le lointain indistinct de l'ouest, n'eût été la vague brume opalescente. Leur limite au nord doit être visible également depuis le long littoral du cercle antarctique, sur la terre de la Reine-Mary.

Certains Anciens, dans les temps décadents, ont adressé aux montagnes d'étranges prières ; mais aucun ne s'en est jamais approché ni n'a osé s'interroger sur ce qu'il y a derrière. Nul regard humain ne les a jamais aperçues et, voyant quelles émotions exprimaient les gravures, je priai pour que nul ne l'ait jamais pu. Il y a des collines protectrices le long de la côte au-delà – les terres de la Reine-Mary et de l'Empereur-Guillaume – et je rends grâce au ciel que personne n'ait pu aborder et gravir ces collines. Je ne suis plus aussi sceptique que je l'étais quant aux vieilles légendes et terreurs, et je ne ris plus à présent de cette idée du sculpteur préhumain : que de temps en temps un éclair s'arrête délibérément sur chacune des crêtes menaçantes et qu'une lueur inexplicable brille du haut de ces terribles cimes tout le long de la nuit polaire. Il y a peut-être une très réelle et monstrueuse signification dans les vieilles rumeurs pnakotiques à propos de Kadath dans le désert glacé.

Mais la terre toute proche n'était guère moins étrange, même si moins indéfinissablement maudite. Peu après la fondation de la ville, la grande chaîne devint le site des principaux temples, et de nombreuses gravures montrent quelles grotesques et fantastiques tours agressaient le ciel là où nous ne vîmes que cubes et remparts bizarrement suspendus. Au long des âges, les cavernes apparurent et furent aménagées en annexes des temples. Au cours des périodes suivantes, toutes les veines calcaires de la région furent creusées par les eaux souterraines, de sorte que les montagnes, les contreforts et les plaines à leur pied devinrent un véritable réseau de cavernes et de galeries communicantes. Beaucoup de sculptures pittoresques évoquaient des explorations en profondeur et la découverte enfin de la mer sans soleil, noire comme le Styx, qui se cache dans les entrailles de la Terre.

Cet immense gouffre avait sans aucun doute été creusé peu à peu par le grand fleuve qui, descendu des horribles montagnes sans nom de l'Ouest, avait jadis contourné la base de la chaîne des Anciens et coulé tout au long jusque dans l'océan Indien, entre les terres de Budd et Totten sur le littoral de Wilkes. Il avait rongé peu à peu en la contournant la base calcaire de la montagne, jusqu'à ce que, ses flots l'ayant sapée, il rejoigne la caverne des eaux souterraines pour approfondir le gouffre avec elles. Enfin sa masse entière se déversa au creux des collines, laissant à sec son ancien cours vers l'océan. Une grande partie de la ville, telle que nous l'avions découverte à présent, avait été construite ensuite sur cet ancien lit. Les Anciens, comprenant ce qui s'était passé, et exerçant comme toujours leur sens artistique si pénétrant, avaient sculpté en pylônes décorés les reliefs des contreforts où le grand courant avait commencé sa descente dans les éternelles ténèbres.

Ce fleuve, autrefois enjambé par des quantités de nobles ponts de pierre, était évidemment celui dont nous avions repéré de notre avion le cours disparu. Sa présence dans divers bas-reliefs de la ville nous aida à retrouver le décor tel qu'il avait été aux différentes phases de la longue, immémoriale histoire du pays ; de sorte que nous pûmes dessiner un plan rapide mais minutieux des traits essentiels – jardins, édifices importants, ainsi de suite – pour guider de futures explorations. Nous pûmes bientôt recréer en imagination tout cet ensemble prodigieux tel qu'il était un million ou dix ou cinquante millions d'années plus tôt, car les sculptures nous décrivaient exactement l'image de ces monuments et montagnes, faubourgs et paysages avec la végétation luxuriante du tertiaire. Elle avait dû être d'une beauté merveilleuse, magique, et tout en y songeant j'oubliais presque le lourd sentiment d'oppression sinistre dont l'inhumaine antiquité de la ville, son énormité, sa torpeur, son isolement et son crépuscule glacial avaient accablé mon esprit. Pourtant, selon certains bas-reliefs, les habitants de cette ville avaient eux-mêmes connu l'étreinte d'une terreur angoissante ; car dans certaine scène sombre, qui revenait souvent, on voyait les Anciens épouvantés reculer devant un objet – jamais représenté dans le dessin – découvert dans le grand fleuve et dont il était dit qu'il avait été charrié à travers les forêts ondoyantes de cycas, drapées de vigne, depuis ces horribles montagnes occidentales.

Ce fut seulement dans une maison récente aux sculptures décadentes que nous relevâmes les signes précurseurs de la catastrophe finale qui conduisit à l'abandon de la ville. Indubitablement, il devait y avoir eu ailleurs beaucoup d'autres sculptures contemporaines de celles-ci, compte tenu même du relâchement des énergies et des aspirations à une époque oppressante et incertaine ; en fait, la preuve de leur existence nous fut donnée peu après. Mais ce fut le premier et le seul ensemble que nous rencontrâmes directement. Nous avions l'intention de continuer les recherches mais, comme je l'ai dit, les circonstances nous imposèrent un autre objectif immédiat. Il y aurait eu, d'ailleurs, une limite, car ayant perdu tout espoir d'une durable occupation des lieux, les Anciens ne pouvaient qu'abandonner complètement les décorations murales. Le coup décisif, naturellement, fut l'arrivée du grand froid qui paralysa presque toute la Terre et n'a jamais quitté les pôles maudits – le grand froid qui, à l'autre bout du monde, anéantit les pays de Lomar et d'Hyperborea.

Quand cette évolution commença-t-elle exactement dans l'Antarctique, il serait difficile d'en préciser l'époque. Actuellement, on situe le début de la période glaciaire à environ cinq cent mille ans avant nos jours, mais aux pôles le terrible fléau dut s'annoncer beaucoup plus tôt. Toute estimation chiffrée est en partie conjecturale, et il est tout à fait plausible que les sculptures décadentes aient été exécutées voici beaucoup moins d'un million d'années, et que l'abandon effectif de la ville fût total bien avant le début du pléistocène – il y a cinq cent mille ans – tel qu'il est convenu de le fixer pour l'ensemble de la Terre.

Les sculptures décadentes donnaient des signes du dépérissement général de la végétation et du déclin de la vie paysanne chez les Anciens. Des appareils de chauffage étaient installés dans les maisons, et les voyageurs en hiver étaient représentés emmitouflés d'étoffes protectrices. Puis nous vîmes une série de cartouches (la continuité des frises étant fréquemment interrompue dans ces dernières gravures) qui décrivaient une migration croissante jusqu'aux refuges proches d'une température plus clémente – certains fuyant vers les cités marines au large des côtes lointaines, et d'autres descendant à travers le dédale des cavernes calcaires dans les collines creuses, au voisinage du ténébreux abîme des eaux souterraines.

Il semble finalement que l'abîme proche ait accueilli la colonie la plus importante. Cela en partie sans doute à cause du caractère sacré que gardait par tradition cette région particulière ; mais plus sûrement pour les possibilités qu'il offrait de continuer la fréquentation des temples dans le dédale des montagnes, et de conserver l'immense cité comme résidence d'été et base de communication avec diverses mines. Le lien avec les anciennes résidences et les nouvelles était renforcé par plusieurs plans inclinés et autres aménagements le long des voies secondaires, y compris de nombreux tunnels directs depuis l'ancienne métropole jusqu'au noir abysse – tunnels en pente raide dont nous dessinâmes soigneusement les entrées, selon les estimations les plus réfléchies, sur le plan que nous préparions. Il était évident que deux au moins se trouvaient à une distance raisonnable de l'endroit où nous étions ; tous deux à la lisière de la ville du côté de la montagne, l'un à moins d'un quart de mile de l'ancien lit du fleuve, l'autre deux fois plus loin peut-être dans la direction opposée.

Le gouffre, apparemment, avait par endroits des rives de terre sèche en pente douce ; mais les Anciens édifièrent leur nouvelle ville sous les eaux – sans doute pour la température plus clémente qu'elles leur assuraient. La mer secrète devait être très profonde, de sorte que la chaleur interne du globe la rendait habitable pour un temps illimité. Ces êtres n'eurent manifestement aucun mal à s'adapter au séjour temporaire – ou éventuellement permanent – sous les eaux car ils n'avaient jamais laissé s'atrophier leur système de branchies. Beaucoup de sculptures montraient qu'ils rendaient de fréquentes visites à leurs frères sous-marins et qu'ils se baignaient ordinairement au plus profond de leur grand fleuve. L'obscurité au cœur de la Terre ne pouvait pas non plus décourager une race habituée aux longues nuits polaires.

Bien que de style indiscutablement décadent, ces derniers bas-reliefs prenaient un ton vraiment épique pour relater la construction de la nouvelle cité dans le gouffre marin. Les Anciens l'avaient menée scientifiquement, extrayant du cœur des dédales montagneux des blocs rocheux inaltérables, et employant des ouvriers spécialisés de la ville sous-marine du proche Orient pour réaliser l'opération selon les meilleures méthodes. Ces travailleurs apportèrent avec eux tout ce qui était nécessaire à la nouvelle entreprise – tissu organique du shoggoth pour produire les porteurs de pierres et plus tard les bêtes de somme dans la cité de l'abîme, et autre matériel protoplasmique dont on façonnerait les organismes phosphorescents destinés à l'éclairage.

Une puissante métropole surgit enfin au fond de la mer stygienne ; son architecture était très proche de celle de la ville de surface et son exécution relativement peu marquée par la décadence grâce à la précision mathématique propre aux travaux du bâtiment. Les shoggoths fraîchement élevés, de taille colossale et d'une intelligence singulière, étaient représentés prenant et exécutant les ordres avec une merveilleuse célérité. Ils semblaient s'entretenir avec les Anciens en imitant leur voix – sorte de son musical aigu, d'une gamme très étendue, si la dissection du malheureux Lake avait vu juste – et travaillaient à partir d'ordres oraux plutôt que de suggestions hypnotiques comme autrefois. Ils étaient néanmoins d'une docilité admirable. Les organismes phosphorescents fournissaient la lumière avec une remarquable efficacité, compensant certainement la perte des aurores boréales, familières aux nuits du monde extérieur.

L'art et la décoration continuèrent, non, bien sûr, sans quelque décadence. Les Anciens apparemment étaient conscients de cette dégradation et dans bien des cas anticipaient la politique de Constantin le Grand en faisant venir de leur cité terrestre des pièces particulièrement belles de sculpture ancienne, tout comme l'empereur, à une époque analogue de déclin, dépouillait la Grèce et l'Asie de leur art le plus accompli pour offrir à sa nouvelle capitale byzantine plus de splendeurs que son propre peuple n'en pouvait créer. Si ce transfert resta d'importance limitée, c'est sans doute parce que la cité terrestre ne fut pas d'abord tout à fait abandonnée. Avec le temps, on la délaissa complètement – probablement avant que le pléistocène ne fût très avancé – les Anciens désormais se satisfaisant peut-être de leur art décadent, ou ayant cessé d'apprécier l'excellence des sculptures anciennes. Aussi les ruines éternellement silencieuses qui nous entouraient n'avaient-elles pas subi un dépouillement systématique bien que toutes les statues isolées de grande qualité aient été emportées.

Les cartouches et les lambris décadents relatant cette histoire furent, je l'ai dit, les derniers que nous découvrîmes dans cette enquête limitée. Ils nous laissèrent l'image des Anciens faisant la navette entre la ville terrestre en été et celle du gouffre marin l'hiver, commerçant parfois avec les cités sous-marines au large de la côte antarctique. À cette époque, la ville terrestre fut enfin considérée comme perdue, car les sculptures montraient beaucoup de signes des progrès néfastes du froid. La végétation dépérissait, et les terribles neiges de l'hiver ne fondaient plus guère, même en été. Le cheptel de sauriens était presque entièrement mort et les mammifères ne se portaient pas mieux. Pour continuer le travail en surface, il devenait nécessaire d'adapter à la vie terrestre certains des shoggoths amorphes, curieusement résistants au froid ; ce que les Anciens hésitaient à faire autrefois. Le grand fleuve, à présent, était sans vie et la mer extérieure avait perdu la plupart de ses habitants, sauf les phoques et les baleines. Tous les oiseaux avaient émigré, à part de grands manchots grotesques.

Que s'était-il passé depuis ? Nous ne pouvions que nous interroger. Combien de temps avait survécu la nouvelle ville dans la caverne marine ? Était-elle toujours là, cadavre de pierre au sein d'éternelles ténèbres ? Les eaux souterraines avaient-elles fini par geler ? Quel sort avaient connu les cités des fonds marins du monde extérieur ? Quelques Anciens étaient-ils partis vers le nord devant la progression de la calotte glaciaire ? La géologie actuelle n'indiquait aucune trace de leur présence. Les terrifiants Mi-Go étaient-ils restés une menace pour le monde extérieur du Nord ? Pouvait-on être sûr de ce qui traînait ou non même de nos jours dans les abysses aveugles et insondables des eaux les plus profondes de la Terre ? Ces monstres pouvaient apparemment supporter n'importe quelle pression – et les hommes de la mer avaient pêché parfois des choses singulières. L'hypothèse enfin du « tueur de baleines » expliquait-elle vraiment les cicatrices mystérieuses et sauvages observées une génération plus tôt par Borchgrevingk sur les phoques de l'Antarctique ?

Les spécimens trouvés par le pauvre Lake n'entraient pas dans nos conjectures, car leur environnement géologique prouvait qu'ils avaient vécu à une époque très reculée de l'histoire de la cité terrestre. Ils avaient, selon leur situation, au moins trente millions d'années ; et nous calculions que, de leur temps, la cité de la caverne marine, et en fait la caverne elle-même, n'existaient pas. Ils auraient rappelé un décor plus ancien, avec partout la folle végétation du tertiaire, une cité plus jeune autour d'eux, ses arts florissants, et un grand fleuve balayant sur son chemin vers le nord le pied des puissantes montagnes, en direction d'un océan tropical disparu.

Et pourtant, nous ne pouvions nous empêcher de penser à ces spécimens, surtout aux huit intacts qui manquaient au camp hideusement ravagé de Lake. Il y avait dans tout cela quelque chose d'anormal : ces choses étranges que nous avions si obstinément attribuées à la folie de quelqu'un, ces sépultures effroyables, l'abondance et *la nature* des objets disparus, Gedney, la résistance surnaturelle de ces êtres archaïques, et les bizarres formes de vie que les sculptures montraient maintenant chez la race… Danforth et moi en avions tant vu au cours de ces dernières heures, que nous étions prêts à croire, tout en gardant le silence, beaucoup de secrets consternants et inconcevables de la Nature primitive.

9

J'ai dit que notre étude des sculptures décadentes avait modifié notre objectif immédiat. Cela concernait, bien sûr, les chemins creusés dans le ténébreux monde intérieur dont nous ignorions auparavant l'existence, mais qu'il était désormais tentant de découvrir et de suivre. De l'échelle apparente des gravures nous conclûmes qu'une marche en pente raide d'environ un mile par l'un des tunnels voisins nous mènerait au bord des vertigineuses falaises sans soleil au-dessus du grand abîme ; de là, des chemins latéraux aménagés par les Anciens conduisaient au littoral rocheux du ténébreux et secret océan. Contempler ce gouffre fabuleux dans sa sévère réalité était une tentation irrésistible dès qu'on en connaissait l'existence – sachant toutefois qu'il nous fallait en entreprendre immédiatement la quête si nous voulions la mener au cours de notre actuelle mission.

Il était alors huit heures du soir, et nous n'avions plus assez de piles de rechange pour laisser nos lampes allumées. Nous avions tant fait d'études et de copies sous la couche de glace que notre matériel électrique avait servi presque cinq heures de suite ; et, malgré la formule spéciale de pile sèche, il ne tiendrait évidemment pas quatre heures de plus – bien qu'en faisant l'économie d'une torche, sauf dans les endroits difficiles ou d'intérêt exceptionnel, nous puissions réussir à conserver encore une marge de sécurité. Si nous ne voulions pas nous trouver sans lumière dans ces catacombes cyclopéennes, il nous fallait, pour faire l'exploration de l'abysse, renoncer à tout déchiffrage mural ultérieur. Bien sûr, nous avions l'intention de revoir les lieux pendant des jours et peut-être des semaines de recherche intensive et de photographie – la curiosité ayant depuis longtemps triomphé de l'horreur – mais dans l'immédiat, nous devions faire vite. Notre réserve de papier déchiré était loin d'être inépuisable et nous hésitions à sacrifier nos carnets de notes ou de croquis pour la compléter ; mais nous abandonnâmes un gros carnet de notes. En mettant les choses au pis, nous pourrions nous rabattre sur les éclats de roche et naturellement il serait possible, même au cas où nous nous égarerions vraiment, de remonter à la lumière du jour par un tunnel ou un autre si nous avions assez de temps pour tâtonner un peu. Nous partîmes donc avec ardeur dans la direction indiquée du tunnel le plus proche.

Selon les sculptures que nous avions suivies pour établir notre carte, l'entrée du tunnel recherché ne devait pas être à beaucoup plus d'un quart de mile ; jusque-là, des bâtiments d'aspect massif pourraient sans doute être traversés, fût-ce sous la glace. L'entrée elle-même devait être dans le sous-sol – à l'angle le plus proche des contreforts – d'un immense édifice à cinq pointes, de caractère public, évidemment, et peut-être rituel, que nous tentâmes d'identifier d'après notre aperçu aérien des ruines. Aucune structure de ce genre ne nous revint à l'esprit au souvenir de notre vol, d'où nous conclûmes que les parties supérieures avaient été gravement endommagées, ou qu'elle avait été totalement détruite dans une crevasse de glace que nous avions remarquée. Dans ce cas, le tunnel se trouverait sans doute obstrué, si bien qu'il faudrait essayer le plus proche – à moins d'un mile au nord. La rencontre du lit du fleuve nous empêcha de chercher aucun des tunnels les plus au sud et en fait, si les deux voisins étaient obstrués, il était douteux que nos piles nous permettent d'avoir recours à l'entrée suivante au nord – près d'un mile au-delà de notre second choix. Cherchant notre hasardeux chemin dans le labyrinthe à l'aide de la boussole et du compas – traversant pièces et couloirs à tous les degrés de ruine ou de conservation, escaladant des rampes, passant des étages et des ponts puis redescendant, rencontrant des portes obstruées et des piles de débris, accélérant ici et là sur des sols admirablement conservés et mystérieusement nets, faisant fausse route et revenant sur nos pas (auquel cas nous retirions la piste de papier sans issue que nous avions laissée), et découvrant de temps à autre le bas d'une cheminée ouverte qui laissait entrevoir la lumière du jour – nous étions sans cesse tentés par les murs sculptés le long de notre route. Beaucoup devaient avoir à conter des récits d'un considérable intérêt historique, et la seule perspective de visites ultérieures nous décidait à passer outre. Nous ralentîmes pourtant à l'occasion, allumant notre seconde torche. Si nous avions eu plus de films, nous nous serions probablement arrêtés un instant pour photographier certains bas-reliefs, mais prendre le temps d'en faire un croquis était évidemment hors de question.

J'arrive maintenant une fois de plus à un moment où la tentation est forte de reculer ou de ne faire qu'une allusion, au lieu d'affirmer. Il est pourtant nécessaire de révéler le reste afin de justifier ma démarche pour décourager une nouvelle exploration. Nous nous étions frayé un chemin près de l'entrée supposée du tunnel – ayant accédé par un pont au deuxième étage à ce qui semblait manifestement le faîte d'un mur en ogive – et descendions une galerie en ruine particulièrement riche en sculptures décadentes, fouillées et apparemment rituelles, d'un travail récent, quand, vers 20 h 30, le jeune et subtil odorat de Danforth nous fit soupçonner pour la première fois quelque chose d'anormal. Si nous avions eu un chien avec nous, nous aurions été alertés plus tôt. Nous ne pûmes d'abord préciser ce qui clochait dans l'air, jusqu'alors d'une pureté de cristal, mais au bout de quelques secondes, notre mémoire ne réagit que trop nettement. Essayons de dire cela sans broncher. C'était une odeur – vaguement, subtilement et indubitablement proche de celle qui nous avait écœurés à l'ouverture de l'absurde sépulture de l'horreur qu'avait disséquée le pauvre Lake.

Naturellement, elle n'apparut pas sur le moment aussi clairement qu'à présent. Il y avait plusieurs explications possibles, et nous échangeâmes beaucoup de chuchotements perplexes. L'essentiel, c'est que nous ne renonçâmes pas à chercher davantage ; étant allés si loin, nous refusions de nous dérober devant quelque apparente évocation du malheur. En tout cas, ce que nous avions soupçonné était vraiment trop insensé. Des choses pareilles n'arrivent pas dans un monde normal. Ce fut sans doute un instinct purement irrationnel qui nous fit mettre en veilleuse notre unique torche – les sculptures décadentes et sinistres qui nous lorgnaient d'un air menaçant sur les murailles écrasantes ne nous tentaient plus –, nous faisant avancer prudemment sur la pointe des pieds ou ramper sur le sol de plus en plus encombré de couches et de tas de débris.

Les yeux comme le nez de Danforth valaient mieux que les miens, car ce fut lui qui remarqua le premier l'aspect bizarre de ces débris quand nous eûmes franchi de nombreux passages voûtés menant à des chambres et des couloirs au rez-de-chaussée. Ce n'était pas ce qu'on aurait attendu après d'innombrables milliers d'années d'abandon et, donnant avec précaution un peu plus de lumière, nous vîmes qu'une sorte de traînée avait été faite récemment. La nature irrégulière de la couche excluait les marques précises, mais aux endroits les plus unis, il semblait qu'on eût traîné des objets lourds. Nous eûmes un instant l'impression de traces parallèles comme celles de patins. Ce qui nous arrêta de nouveau.

C'est pendant cette pause que nous perçûmes – en même temps cette fois – l'autre odeur devant nous. Paradoxalement, elle était à la fois moins effrayante et davantage – moins alarmante en elle-même, mais infiniment plus en cet endroit et dans ces circonstances... À moins bien sûr que Gedney... Car l'odeur était celle, évidente et familière, de l'essence.

Nos motivations après cela, je les laisse aux psychologues. Nous savions que quelque terrible prolongement des horreurs du camp devait s'être glissé dans cette sépulture ténébreuse des temps immémoriaux, nous ne pouvions donc douter plus longtemps qu'une situation abominable – actuelle ou du moins récente – ne nous attende dans l'immédiat. Pourtant nous nous laissâmes entraîner par la seule ardente curiosité – ou l'angoisse – ou la fascination – ou un vague sentiment de responsabilité vis-à-vis de Gedney – ou que sais-je. Danforth reparlait à voix basse de la trace qu'il avait cru voir au tournant d'une ruelle dans les ruines au-dessus ; du sifflement musical indistinct – peut-être d'une terrible signification à la lumière du rapport de dissection de Lake, malgré sa ressemblance frappante avec l'écho dans les entrées de cavernes des pics battus par le vent – qu'il croyait avoir perçu peu après, venant des profondeurs inconnues, plus bas. Je lui murmurai à mon tour dans quel état était resté le camp, ce qui en avait disparu et comment la folie d'un seul survivant pouvait avoir conçu l'inconcevable : une équipée sauvage à travers les montagnes monstrueuses et la descente au cœur de constructions archaïques inconnues…

Mais nous ne pouvions nous convaincre ni seulement reconnaître nous-mêmes rien de précis. Immobiles, nous avions éteint toute lumière, apercevant vaguement une lueur de jour filtrant à grande profondeur qui tempérait un peu les ténèbres. Nous étant machinalement remis en marche, nous nous guidions à coups de brefs éclairs de notre torche. Les débris dérangés laissaient une impression que nous ne pouvions chasser, et l'odeur d'essence était plus forte. Des ruines de plus en plus nombreuses arrêtaient nos regards et nos pas, puis très vite nous nous aperçûmes que le chemin devenait impraticable. Nous n'avions que trop bien jugé dans notre pessimisme à propos de la fissure entrevue d'en haut. Notre quête du tunnel était sans issue et nous ne pourrions pas même atteindre le sous-sol où s'ouvrait le chemin de l'abysse.

La torche, jetant des lueurs sur les murs grotesquement sculptés du couloir obstrué où nous étions, révéla plusieurs passages à divers degrés d'obstruction ; et de l'un d'eux l'odeur d'essence – submergeant tout à fait l'autre – parvenait extrêmement nette. Regardant plus attentivement, nous constatâmes que cette ouverture particulière avait été, récemment, en partie déblayée. Quelle que fût l'horreur qui s'y cachait, nous comprîmes que c'en était l'accès direct. Personne ne s'étonnera, je pense, que nous ayons attendu un certain temps avant d'aller plus loin.

Et pourtant, quand nous nous risquâmes sous la voûte obscure, notre première impression fut une déception. Car parmi le fouillis répandu dans cette crypte sculptée – cube parfait d'environ vingt pieds de côté – il ne restait aucun objet récent de taille appréciable ; au point que nous cherchâmes instinctivement, bien qu'en vain, une autre entrée. Au bout d'un moment, cependant, la vue perçante de Danforth discerna un endroit où les débris à terre avaient été dérangés, et nous y braquâmes ensemble la pleine lumière de nos torches. Quoique nous n'y voyions rien que de simple et d'insignifiant, je n'hésite pas à en parler pour ce que cela impliquait. Sur les débris grossièrement nivelés, divers petits objets étaient soigneusement disséminés et, dans un coin, une grande quantité d'essence avait dû être répandue assez récemment pour laisser une forte odeur, même à cette altitude extrême du superplateau. Autrement dit, ce n'était qu'une sorte de campement – fait par des chercheurs qui comme nous avaient rebroussé chemin devant la route de l'abîme inopinément obstruée.

Soyons clair. Les objets éparpillés, par nature, venaient tous du camp de Lake ; ils consistaient en boîtes de conserve aussi curieusement ouvertes que celles retrouvées sur les lieux ravagés, beaucoup d'allumettes brûlées, trois livres illustrés plus ou moins bizarrement tachés, une bouteille d'encre vide avec sa boîte aux images et au texte éducatifs, un stylo cassé, quelques fragments étrangement découpés de fourrure et de toile de tente, une pile usagée avec un mode d'emploi, une brochure pour notre appareil de chauffage de tente et un tas de papiers froissés. C'était bien suffisant, mais quand nous défroissâmes les papiers pour voir ce qu'il y avait dessus, nous comprîmes que nous atteignions le pire. Nous avions trouvé au camp certains papiers inexplicablement tachés qui auraient pu nous préparer, mais leur vue, ici en bas, dans les caves préhumaines d'une ville de cauchemar, était presque insupportable.

Un Gedney devenu fou pouvait avoir tracé ces groupes de points à l'imitation de ceux des stéatites verdâtres, comme aussi avaient pu être faits les points sur les sépultures démentes à cinq pointes, et l'on pouvait imaginer qu'il ait préparé des croquis sommaires, grossiers – parfois précis et souvent moins – qui esquissaient les parties voisines de la ville, et le chemin depuis une place circulaire hors de notre projet d'itinéraire – place où nous avions reconnu une grande tour cylindrique dans les sculptures alors qu'elle semblait un énorme gouffre circulaire au cours de notre survol – jusqu'à la construction actuelle à cinq pointes et l'entrée du tunnel à l'intérieur. Il pouvait, je le répète, avoir fait de tels croquis, car ceux que nous avions devant nous étaient manifestement inspirés, comme les nôtres, de sculptures récentes quelque part dans le labyrinthe glacé, différentes pourtant de celles que nous avions vues et utilisées. Mais comment ce maladroit, ignorant de tout art, aurait-il pu exécuter ces croquis d'une technique étrange et sûre, peut-être supérieure, malgré la hâte et le manque de soin, à n'importe laquelle des œuvres décadentes dont nous étions partis – la technique manifeste et caractéristique des Anciens eux-mêmes à l'âge d'or de la cité morte ?

Certains diront que nous fûmes complètement fous, Danforth et moi, de ne pas fuir après cela pour sauver nos vies puisque nos conclusions étaient maintenant – malgré leur extravagance – bien arrêtées, et telles que je n'ai pas même besoin de le préciser pour ceux qui ont lu mon récit jusqu'ici. Peut-être étions-nous fous – car n'ai-je pas dit que ces horribles pics étaient les montagnes du délire ? Mais je crois pouvoir déceler quelque chose du même esprit – encore que sous une forme moins extrême – chez les hommes qui traquent les fauves dangereux à travers les jungles africaines pour les photographier ou observer leurs mœurs. À demi paralysés de terreur comme nous l'étions, il brûlait pourtant en nous une flamme ardente de fascination et de curiosité qui finit par triompher.

Bien sûr, nous n'avions pas l'intention d'affronter ce qui – ou ceux dont nous savions qu'ils étaient passés là, mais nous sentions qu'ils devaient être loin à présent. Ils avaient sans doute entre-temps trouvé l'autre entrée proche de l'abysse – et pénétré à l'intérieur – où quelques restes du passé, noirs comme la nuit, pouvaient les attendre dans l'ultime gouffre – celui qu'ils n'avaient jamais vu. Ou si cette entrée, elle aussi, était bloquée, ils pouvaient être partis vers le nord en chercher une autre. Ils étaient, nous nous en souvenions, partiellement indépendants de la lumière.

Me reportant à ce moment, je puis à peine me rappeler quelle forme précise prirent nos nouvelles émotions mais seulement le changement d'objectif immédiat qui aiguisait ainsi notre impatience. Nous ne voulions certainement pas affronter ce que nous craignions – encore que je ne nie pas notre secret désir de surprendre certaines choses, de quelque observatoire sûr et caché. Nous n'avions probablement pas abandonné notre envie d'entrevoir l'abysse lui-même, bien qu'un nouveau but s'interposât : le grand espace circulaire représenté sur les croquis froissés que nous avions trouvés. Nous avions aussitôt reconnu la monstrueuse tour cylindrique qui figurait sur les toutes premières sculptures, mais ne paraissait d'en haut qu'une ouverture ronde prodigieuse. Quelque chose dans le caractère imposant de son image, même sur ces dessins sommaires, nous donnait à penser que ses niveaux sous la glace devaient présenter une importance particulière. Peut-être comportait-elle des merveilles architecturales telles que nous n'en avions encore jamais rencontré. Elle était certainement d'une antiquité incroyable étant donné les bas-reliefs où elle figurait – en fait parmi les premiers édifices construits dans la ville. Ses sculptures, si elles avaient été conservées, ne pouvaient qu'être hautement significatives. De plus, elle offrait dans l'immédiat un lien avec le monde supérieur – une route plus courte que celle que nous jalonnions si minutieusement, et la voie qu'avaient prise, probablement, ces Autres pour descendre.

Quoi qu'il en fût, nous étudiâmes les terribles croquis – qui confirmaient parfaitement le nôtre – et repartîmes par le chemin indiqué vers la place circulaire ; ce chemin que nos prédécesseurs inconnus avaient dû parcourir deux fois avant nous. L'entrée proche menant à l'abîme devait être au-delà. Je n'ai rien à dire de notre trajet – durant lequel nous continuâmes à laisser, avec économie, une piste de papier – car c'était exactement le même qui nous avait menés au cul-de-sac, sauf qu'il suivait de plus près le rez-de-chaussée et descendait même jusqu'aux couloirs du sous-sol. De temps à autre, nous repérions quelque marque inquiétante dans les détritus sous nos pas ; et après avoir dépassé la zone imprégnée d'essence, nous sentîmes de nouveau faiblement – par intermittence – cette autre odeur plus hideuse et tenace. Quand le chemin eut divergé de notre premier itinéraire, nous laissâmes quelquefois les rayons de notre unique torche balayer furtivement les murs ; notant la plupart du temps les sculptures presque omniprésentes qui semblaient bien avoir été une expression esthétique essentielle chez les Anciens.

Vers 21 h 30, en traversant un couloir voûté dont le sol de plus en plus glacé paraissait quelque peu au-dessous du niveau de la terre et dont le plafond s'abaissait à mesure que nous avancions, nous commençâmes à voir la lumière du jour plus forte devant nous, et nous pûmes éteindre la torche. Nous arrivions à la place circulaire et ne devions pas être très loin de l'air extérieur. Le couloir finissait en une voûte étonnamment basse pour ces ruines mégalithiques, mais nous en vîmes davantage avant même d'en sortir. Plus loin s'étendait un prodigieux espace rond d'au moins deux cents pieds de diamètre – jonché de débris et comportant de nombreux passages voûtés obstrués semblables à celui que nous allions franchir. Les murs étaient – dans les surfaces utilisables – hardiment sculptés sur une frise en spirale de proportions surhumaines, et témoignaient, malgré l'érosion due aux intempéries en ce lieu ouvert à tous vents, d'une splendeur artistique supérieure à tout ce que nous avions vu avant. Le sol encombré était chargé d'une épaisse couche de glace et nous pensâmes que le fond véritable se trouvait à une profondeur considérable.

Mais le plus remarquable était la rampe de pierre titanesque qui, évitant les voûtes par un brusque détour dans le sol ouvert, s'élançait en spirale jusqu'en haut du fantastique mur cylindrique, telle une réplique intérieure de celles qui montaient à l'extérieur des monstrueuses tours ou ziggourats de l'antique Babylone. Seules la rapidité de notre vol et la perspective qui confondait la descente avec le mur intérieur de la tour, nous avaient empêchés de remarquer d'en haut cette particularité, nous menant ainsi à chercher une autre voie pour passer sous la glace. Pabodie aurait su nous dire quel type de technique la tenait en place, mais nous ne pûmes, Danforth et moi, qu'admirer et nous émerveiller. Nous vîmes çà et là d'imposants encorbellements et des piliers de pierre, mais qui nous parurent inadaptés à leur fonction. Elle était admirablement conservée jusqu'au sommet actuel de la tour – ce qui était très remarquable étant donné son exposition – et, les abritant, elle avait efficacement protégé les bizarres et inquiétantes sculptures cosmiques sur les murs.

En débouchant dans le demi-jour impressionnant de ce monstrueux fond de cylindre – de cinquante millions d'années, sans doute l'édifice le plus primitif que nous ayons jamais vu – nous constatâmes que les parois parcourues par la rampe s'élevaient vertigineusement jusqu'à une hauteur d'au moins cinquante pieds. Ce qui, nous nous le rappelions depuis notre survol, signifiait une glaciation extérieure de quelque quarante pieds ; d'où le gouffre béant que nous avions vu de l'avion, au sommet d'une butte de maçonnerie d'environ vingt pieds, quelque peu abrité aux trois quarts de sa circonférence par les murs courbes et massifs d'une rangée de ruines plus hautes. À en croire les sculptures, la tour aurait été édifiée au centre d'une immense place circulaire ; elle aurait eu peut-être cinq ou six cents pieds de haut, avec des étages de disques horizontaux près du sommet et une série de flèches en aiguilles le long du bord supérieur. L'essentiel de la maçonnerie s'était manifestement effondré à l'extérieur plus qu'à l'intérieur – circonstance heureuse, sinon la rampe eût pu être fracassée et tout l'intérieur obstrué. Quoi qu'il en soit, cette rampe avait subi de sérieux dégâts et l'accumulation de gravats était telle qu'à la base toutes les voûtes semblaient avoir été récemment déblayées.

Il ne nous fallut qu'un moment pour conclure que c'était bien la route par laquelle ces Autres étaient descendus, et le chemin logique pour notre propre remontée, malgré la longue piste de papier que nous avions laissée ailleurs. L'entrée de la tour n'était pas plus loin des contreforts où attendait notre avion que ne l'était le grand édifice en terrasse où nous avions pénétré, et quelle que fût l'exploration ultérieure que nous pourrions faire sous la glace pendant ce voyage, elle se ferait dans cette région. Curieusement, nous songions toujours à des expéditions possibles plus tard – même après tout ce que nous avions vu et soupçonné. Mais, comme nous cherchions prudemment notre route dans les débris du vaste cercle, survint un spectacle qui exclut pour un temps toute autre préoccupation.

C'étaient, rangés bien en ordre, trois traîneaux, dans cet angle de la courbe la plus basse de la rampe qui avait jusque-là échappé à nos yeux. Ils étaient là – les trois traîneaux disparus du camp de Lake – éprouvés par un rude traitement, tandis qu'on les tirait énergiquement sur les étendues sans neige de maçonnerie et de débris, ou par le portage dans des lieux totalement impraticables. Ils étaient soigneusement et intelligemment chargés, sanglés, et contenaient des objets, pour nous d'une familiarité inoubliable – le poêle à essence, les bidons, étuis d'instruments, boîtes de conserve, bâches manifestement bourrées de livres, et d'autres de contenu moins évident – le tout venant de l'équipement de Lake. Après ce que nous avions trouvé dans l'autre pièce, nous étions plus ou moins préparés à cette découverte. Le vrai grand choc se produisit quand, nous approchant, nous défîmes la bâche dont les contours nous avaient particulièrement inquiétés. Il semble que d'autres, comme Lake, se soient intéressés à la collecte de spécimens typiques ; car il y en avait deux là, tous deux raidis par le gel, parfaitement conservés, avec des morceaux de sparadrap aux endroits du cou où ils avaient été blessés, et enveloppés avec un soin évident pour prévenir tout autre dommage. C'étaient les cadavres du jeune Gedney et du chien disparu.

10

Bien des gens nous jugeront insensibles autant que fous d'avoir pensé au tunnel du nord et à l'abîme aussitôt après la sinistre découverte ; et je ne crois pas que nous serions revenus à de telles idées si une circonstance particulière n'était brusquement survenue, nous obligeant à un tout autre ordre de réflexions. Nous avions replacé la bâche sur le malheureux Gedney et nous demeurions dans une sorte de muette stupéfaction, quand les sons parvinrent à notre conscience – les premiers que nous entendions depuis que nous étions descendus de l'air libre, là où le vent des montagnes gémissait faiblement du haut des cimes inhumaines. Bien qu'ils soient familiers et banals, leur présence dans ce monde perdu de mort était plus inattendue et démoralisante que n'importe quels accents grotesques ou fabuleux – car ils venaient bouleverser à nouveau toutes nos notions d'harmonie cosmique.

Y aurait-il eu quelque trace de ce bizarre son flûté à la gamme étendue – que le rapport de dissection de Lake nous faisait attendre de ces Autres, et qu'en fait nos imaginations poussées à bout déchiffraient dans chaque plainte du vent depuis la découverte des horreurs du camp – nous y aurions vu une sorte de conformité infernale avec le pays qui nous entourait, mort depuis des éternités. Une voix d'autres temps convient aux nécropoles d'autres temps. Ce bruit, pourtant, bouleversait toutes nos conventions profondément établies – notre tacite acceptation de l'Antarctique profond comme un désert aussi complètement et irrévocablement vide de tout vestige de vie normale que le disque stérile de la lune. Ce que nous entendions n'était pas la voix fabuleuse de quelque sacrilège enseveli dans l'antique terre, dont, malgré sa surnaturelle dureté, un soleil polaire hors du temps aurait tiré une monstrueuse réponse, c'était, au lieu de cela, une chose si comiquement normale et devenue si familière pendant notre séjour marin au large de la terre de Victoria et nos jours de camp au détroit de McMurdo, que nous frémissions d'y penser ici où cela ne devrait pas être. En un mot, c'était le cri rauque d'un manchot.

Le son étouffé venait de recoins sous la glace, en face du couloir par où nous étions venus – manifestement dans la direction de l'autre tunnel qui menait à l'immense abîme. La présence d'oiseaux aquatiques vivants de ce côté – dans un monde dont la surface était uniformément privée de vie depuis des temps immémoriaux – ne pouvait mener qu'à une seule conclusion ; notre premier souci fut donc d'en vérifier la réalité objective. Il était répétitif, en fait, et semblait par moments venir de plus d'un gosier. Cherchant sa source, nous passâmes l'entrée voûtée la plus déblayée, reprenant notre piste de pionniers – avec un supplément de papier pris non sans une étrange répugnance à l'un des chargements bâchés sur les traîneaux – quand nous laissâmes derrière nous la lumière du jour.

Le sol glacé faisant place à une couche de détritus, nous y distinguâmes clairement des traces de traînage ; et Danforth trouva une fois une empreinte nette qu'il est inutile de décrire. La direction d'où venait la voix du manchot était celle précisément qu'indiquaient notre carte et nos boussoles pour rejoindre l'entrée du tunnel le plus au nord, et nous fûmes heureux de découvrir qu'un passage sans pont paraissait ouvert au niveau du sol et du sous-sol. Le tunnel, d'après notre plan, devait partir du soubassement d'un grand édifice pyramidal, remarquablement conservé, qu'il nous semblait vaguement reconnaître en nous rappelant notre survol. Le long du chemin, la torche unique révéla l'abondance habituelle de sculptures, mais nous ne prîmes le temps d'en regarder aucune.

Soudain, une grosse forme blanche surgit devant nous et nous allumâmes la seconde lampe. Cette nouvelle recherche avait curieusement détourné nos esprits des premières craintes de quelque péril caché, et proche. Ces Autres, ayant laissé leurs bagages dans le grand espace circulaire, devaient avoir prévu de revenir après leur reconnaissance vers ou dans le gouffre ; pourtant nous avions renoncé à toute prudence en ce qui les concernait, aussi complètement que s'ils n'avaient jamais existé. Cette chose blanche qui se dandinait avait bien six pieds de haut, aussi nous rendîmes-nous compte immédiatement qu'elle n'était pas un de ces Autres. Ils étaient plus grands, sombres, et selon les sculptures, leur démarche à terre était rapide et ferme en dépit de l'étrangeté de leur système marin de tentacules. Mais il serait vain de prétendre que la chose blanche ne nous effrayait pas profondément. En fait nous fûmes un instant pris d'une terreur primitive presque plus vive que la pire de nos craintes raisonnées à l'égard de ces Autres. Puis vint une soudaine détente tandis que la forme blanche se glissait dans un passage latéral à notre gauche pour en rejoindre deux autres qui l'avaient appelée de leur voix rauque. Car c'était simplement un manchot – bien que d'une espèce inconnue, plus grande que le plus grand des manchots empereurs connus, et monstrueux car il était à la fois albinos et pratiquement aveugle.

Suivant l'animal dans le passage voûté et tournant nos torches vers le trio indifférent et insouciant, nous vîmes qu'ils étaient tous albinos et aveugles, de la même espèce géante inconnue. Leur taille nous rappela certains manchots archaïques décrits dans les bas-reliefs des Anciens, et nous eûmes vite fait de conclure qu'ils descendaient de la même lignée – ayant sans doute survécu grâce à leur retraite dans quelque région intérieure plus chaude, dont l'obscurité perpétuelle avait détruit leur pigmentation et réduit leurs yeux à de simples fentes inutiles. Que leur habitat actuel fût le grand gouffre que nous cherchions, on n'en pouvait douter, et cette preuve qu'il était habitable et jouissait d'une température constante nous remplit d'idées singulières et étrangement inquiétantes.

Nous nous demandâmes aussi ce qui avait poussé ces trois oiseaux à quitter leur résidence ordinaire. L'état et le silence de la grande cité morte montraient clairement qu'à aucun moment elle n'avait été une colonie estivale, tandis que l'indifférence évidente du trio à notre présence rendait improbable que le passage de ces Autres ait pu les effrayer. Auraient-ils, ces Autres, tenté une agression ou voulu augmenter leurs réserves de viande ? Nous doutions que l'odeur forte que détestaient les chiens pût inspirer autant d'éloignement à ces manchots ; car leurs ancêtres avaient évidemment vécu en excellents termes avec les Anciens – amicale relation qui devait se poursuivre dans l'abîme inférieur aussi longtemps qu'il resterait un Ancien. Regrettant – dans un réveil du vieil esprit de science pure – de ne pouvoir photographier ces créatures anormales, nous les laissâmes vite à leurs rauques appels, et continuâmes en direction du gouffre, si manifestement accessible et dont les traces des manchots nous montraient clairement le chemin.

Peu après, une descente abrupte dans un long couloir bas, sans ouvertures et exceptionnellement dénué de sculptures, nous donna à penser que nous approchions enfin de l'entrée du tunnel. Nous avions dépassé encore deux manchots et en avions entendu d'autres juste devant nous. Puis le passage déboucha sur un prodigieux espace qui nous coupa le souffle – une demi-sphère parfaite, renversée, se prolongeant manifestement en profondeur, d'au moins cent pieds de diamètre et cinquante de haut, avec de basses portes voûtées ouvrant de tous les côtés de la circonférence sauf un, et là béait profondément une noire ouverture en arc qui rompait la symétrie de la voûte à une hauteur de près de quinze pieds. C'était l'entrée du grand abîme.

Dans cet immense hémisphère, dont le plafond concave était sculpté de manière impressionnante bien que dans le style décadent, à la ressemblance de la voûte céleste primordiale, quelques manchots albinos se dandinaient – étrangers ici, mais indifférents et aveugles. Le tunnel obscur bâillait à perte de vue sur une rampe rapide, son ouverture ornée de piliers et d'un linteau grotesquement ciselés. Il nous sembla qu'il sortait de cette bouche mystérieuse un courant d'air un peu plus tempéré et peut-être même un soupçon de vapeur ; et nous nous demandâmes quelles entités vivantes autres que les manchots pouvaient se cacher dans le vide sans limites d'en bas, et les dédales contigus de la région et des montagnes titanesques. Nous nous demandions aussi si les traces de fumée au sommet des montagnes, d'abord soupçonnées par le malheureux Lake, comme l'étrange brume que nous avions nous-mêmes remarquée autour du pic couronné de remparts, ne pourraient pas être produites par une vapeur de cette sorte, s'élevant par de tortueux canaux des régions insondables du noyau de la Terre.

Pénétrant dans le tunnel, nous vîmes qu'il mesurait, du moins au départ, environ quinze pieds dans chaque sens ; les côtés, le sol et le plafond voûté étaient conçus selon l'habituelle maçonnerie mégalithique. Les parois étaient sommairement décorées de cartouches aux dessins conventionnels de style décadent ; toute la construction et les gravures étaient en excellent état. Le sol était entièrement dégagé, à part quelques détritus qui portaient les traces des manchots en direction de la sortie et celles de ces Autres dans le sens opposé. Plus nous avancions, plus il faisait chaud ; au point que nous déboutonnâmes bientôt nos lourds vêtements. Nous nous demandions s'il y avait réellement là-dessous quelque phénomène igné, et si les eaux de cette mer sans soleil étaient chaudes. La maçonnerie fit bientôt place au roc massif, bien que le tunnel gardât les mêmes proportions et présentât le même aspect de taille régulière. Ici et là, la pente inégale devenait si abrupte qu'on avait pratiqué des rainures dans le sol. Nous remarquâmes plusieurs fois des entrées de galeries latérales non signalées sur nos croquis ; aucune n'était de nature à compliquer le problème de notre retour, et toutes seraient bienvenues comme possibles refuges au cas où nous rencontrerions des entités importunes à leur retour de l'abysse. L'odeur indéfinissable de ces êtres était très perceptible. C'était sans aucun doute une folie suicidaire que de se risquer dans ce tunnel étant donné les circonstances, mais l'attrait de l'inconnu est, chez certaines personnes, plus fort que le pire soupçon – en fait, c'était exactement le même attrait qui nous avait menés d'abord en ce désert polaire inhumain. Nous vîmes plusieurs manchots en passant et réfléchîmes à la distance que nous aurions à parcourir. D'après les sculptures, nous nous attendions à une marche en descente rapide d'environ un mile jusqu'à l'abysse, mais nos précédents déplacements nous avaient appris que cette sorte d'estimation n'était pas à prendre à la lettre.

Au bout d'un quart de mile à peu près, l'odeur innommable devint beaucoup plus forte et nous relevâmes très soigneusement la trace des diverses ouvertures latérales que nous dépassâmes. Il n'y avait pas de vapeur visible comme à l'entrée, mais c'était dû assurément à l'absence d'air plus frais contrastant. La température s'élevait rapidement, et nous ne fûmes pas surpris de tomber sur un fouillis de fourrures et de toiles de tente pris au camp de Lake ; nous ne nous arrêtâmes pas pour examiner les bizarres coupures des tissus tailladés. Nous avions noté, peu avant, un net accroissement en grandeur et en nombre des galeries latérales, et conclu que nous avions atteint la région des multiples labyrinthes sous les contreforts les plus hauts. L'odeur innommable se mêlait à présent à une autre, à peine moins agressive, dont nous ne pouvions discerner la nature, bien qu'elle nous semblât émaner d'organismes corrompus et peut-être de champignons souterrains inconnus. Vint alors une extension surprenante du tunnel à laquelle les sculptures ne nous avaient pas préparés – il s'élargissait et s'élevait en une caverne elliptique haute et d'aspect naturel, au sol uni ; quelque soixante-quinze pieds de long sur cinquante de large, avec beaucoup d'immenses ouvertures latérales menant à de mystérieuses ténèbres.

Bien que cette caverne fût apparemment naturelle, une inspection à la lumière des deux torches suggéra qu'elle pouvait résulter de la destruction artificielle de plusieurs parois entre des dédales contigus. Les murs étaient rugueux et la haute voûte couverte de stalactites ; mais le sol de roc massif avait été aplani, et il était net de tous débris, détritus et même de poussière à un point vraiment anormal.

Sauf pour le chemin par lequel nous étions venus, c'était le cas du sol de toutes les grandes galeries qui en partaient ; et cette particularité était si frappante que nous nous interrogions en vain. La nouvelle puanteur bizarre qui s'était ajoutée à l'odeur innommable devenait ici irritante à l'extrême, au point de neutraliser toute trace de l'autre. Quelque chose dans tout cet endroit, avec son sol poli et presque luisant, nous sembla plus obscurément horrible et déroutant qu'aucune des monstruosités que nous avions déjà rencontrées.

La forme régulière du passage qui se présentait devant nous et l'abondance de la fiente de manchots évitaient toute confusion quant à la route à suivre dans cette quantité d'entrées de cavernes d'égale grandeur. Nous décidâmes néanmoins de reprendre notre piste de papier pour le cas où surviendrait une nouvelle complication ; car évidemment on ne pouvait plus compter sur les traces sans la poussière. En reprenant notre marche, nous jetâmes un rayon de la torche sur les murs du tunnel, et nous nous arrêtâmes brusquement, stupéfaits du changement radical survenu dans les sculptures de cette partie du passage. Nous étions conscients, bien sûr, de la nette dégradation de la sculpture des Anciens à l'époque du creusement des tunnels et nous avions noté aussi le travail inférieur des arabesques dans les parties précédentes. Mais à présent, dans cette zone plus profonde au-delà de la caverne, une soudaine différence décourageait toute explication – une différence fondamentale, de nature aussi bien que de simple qualité, et supposant une régression si profonde et si désastreuse du savoir-faire que rien, dans les signes de déclin observés précédemment, ne pouvait le faire prévoir.

Ce nouvel art dégénéré était grossier, prétentieux et manquait totalement de finesse dans les détails. Il était creusé à une profondeur excessive, en bandes selon la même ligne générale que les cartouches répartis dans les anciennes séries, mais la hauteur des reliefs n'atteignait pas le niveau de la surface. Danforth pensait qu'il s'agissait d'une seconde gravure – une sorte de palimpseste obtenu par oblitération du dessin primitif. C'était essentiellement décoratif et conventionnel et consistait en spirales et en angles qui suivaient grossièrement la tradition mathématique du *quintile* des Anciens, bien qu'il s'agisse plus d'une parodie que d'un prolongement de cette tradition. Nous ne pouvions nous ôter de l'esprit que quelque facteur foncièrement étranger s'était ajouté au sentiment esthétique, derrière la technique – élément étranger, selon Danforth, qui était responsable de cette substitution manifestement laborieuse. C'était semblable et pourtant bizarrement différent de ce que nous avions appris à reconnaître pour l'art des Anciens ; et me revenaient sans cesse à la mémoire ces œuvres hybrides comme les sculptures maladroites de Palmyre à la manière romaine. Que d'autres aient récemment examiné cette ceinture de bas-reliefs, la preuve en était la pile de torches usagées par terre, devant un des motifs les plus significatifs.

Comme nous ne pouvions nous permettre de passer beaucoup de temps à cette étude, nous reprîmes notre route après un coup d'œil superficiel, tout en jetant fréquemment une lueur sur les murs pour voir s'il se manifestait quelque évolution décorative. Nous ne vîmes rien de tel, et d'ailleurs les sculptures étaient parfois plutôt clairsemées à cause des nombreuses entrées de tunnels latéraux au sol lisse. Nous voyions et entendions moins de manchots, mais nous crûmes en deviner vaguement tout un chœur à une très grande distance, quelque part dans les profondeurs de la terre. La nouvelle et inexplicable puanteur était abominablement forte, et nous distinguions à peine une trace de l'autre odeur. Des bouffées de vapeur, visibles, annonçaient plus loin des contrastes plus accentués de température et la relative proximité des falaises sans soleil du grand abîme. Puis, subitement, il se trouva devant nous, sur le sol brillant, certains obstacles – qui à coup sûr n'étaient pas des manchots – et nous allumâmes notre seconde torche après nous être assurés que ces objets étaient tout à fait immobiles.

11

Me voici parvenu une fois encore à un point où il est très difficile d'avancer. Je devrais être endurci maintenant mais il est des expériences et des prémonitions qui laissent des cicatrices trop profondes pour qu'on en guérisse, et ne font qu'aviver la sensibilité de sorte que la mémoire en restitue toute la première horreur. Nous vîmes, je l'ai dit, certains obstacles sur le sol poli devant nous. Et je peux ajouter que nos narines furent assaillies presque aussitôt par une singulière aggravation de l'étrange puanteur dominante, tout à fait mêlée à présent au relent indéfinissable de ces Autres qui étaient partis avant nous. La lumière de la seconde torche ne laissait aucun doute sur la nature des obstacles, et nous n'osâmes en approcher qu'en constatant, même à distance, qu'ils avaient aussi sûrement perdu toute nocivité que les six spécimens analogues exhumés des monstrueuses sépultures surmontées de tertres en étoile, au camp du pauvre Lake.

Ils étaient, à vrai dire, tout aussi incomplets que la plupart de ceux que nous avions déterrés – bien qu'à voir l'épaisse mare vert foncé répandue autour d'eux, leur mutilation parût infiniment plus récente. Ils n'étaient que quatre, alors qu'on aurait pu s'attendre, d'après les communiqués de Lake, à en trouver huit dans le groupe qui nous avait précédés. Les voir en cet état était vraiment inattendu, et nous nous demandions quel monstrueux combat avait bien pu se produire ici dans les ténèbres.

Les manchots, attaqués en nombre, ripostent sauvagement à coups de bec et nos oreilles nous confirmaient maintenant la présence d'une colonie à quelque distance. Ces Autres l'avaient-ils dérangée déclenchant une poursuite meurtrière ? Les « obstacles » ne suggéraient rien de tel, car des becs de manchots contre les tissus coriaces que Lake avait disséqués ne pouvaient expliquer les terribles dégâts que nous découvrîmes en approchant. D'ailleurs, les grands oiseaux aveugles que nous avions vus semblaient particulièrement pacifiques.

Y avait-il eu bataille entre ces Autres, et les quatre absents en étaient-ils responsables ? Si oui, où étaient-ils ? Peut-être tout proches, et représentant alors une menace immédiate ? Nous jetions des regards inquiets à certains passages latéraux au sol luisant, tout en continuant notre lente approche, franchement réticente. Quel que fût le conflit, c'était évidemment ce qui avait jeté les manchots dans une errance inhabituelle. Il avait donc dû se produire près de cette colonie dont nous parvenait le faible écho depuis le gouffre, à une distance incalculable, car rien ne laissait croire que des oiseaux pussent vivre normalement ici. Y aurait-il eu, pensâmes-nous, une hideuse retraite, les plus faibles cherchant à regagner leurs traîneaux cachés quand leurs poursuivants les avaient achevés ? On pouvait imaginer la bagarre démoniaque entre ces monstrueuses entités sans nom surgissant du ténébreux abîme, dans une nuée de manchots affolés criant et fuyant à toute allure.

J'ai dit que nous approchâmes lentement et à contrecœur de ces « obstacles » affalés et mutilés. Plût au ciel que nous ne les ayons jamais approchés, et que nous soyons repartis au plus vite de ce maudit tunnel, avec son sol lisse, comme huilé, et ses murs décadents qui singeaient et ridiculisaient ce qu'ils avaient supplanté – repartis avant de voir ce que nous vîmes, avant que nos esprits ne soient à jamais marqués par ce qui ne nous laissera plus respirer en paix !

Nos deux torches étaient braquées sur les objets abattus et nous comprîmes vite l'essentiel de leur mutilation. Lacérés, écrasés, tordus et rompus, leur lésion commune la plus grave était une totale décapitation. Chacun avait perdu sa tête en étoile à tentacules ; et nous vîmes en approchant davantage que, plus qu'une forme simple de clivage, c'était une sorte d'arrachage infernal ou de succion. Leur répugnante sanie vert foncé se répandait en large flaque, mais sa puanteur était à demi masquée par l'autre, nouvelle et plus étrange encore, et plus agressive ici que jamais pendant notre voyage. Ce fut seulement tout près des « obstacles » abattus que nous repérâmes à sa source même cette autre inexplicable puanteur – et Danforth aussitôt, se rappelant certaines sculptures frappantes des Anciens à l'époque permienne, cent cinquante millions d'années plus tôt, laissa échapper un cri d'angoisse qui retentit hystériquement sous cette voûte archaïque aux palimpsestes maléfiques.

Je faillis moi-même faire écho à son cri, car j'avais vu ces sculptures primitives moi aussi et j'avais admiré en frémissant l'évocation par l'artiste anonyme de cette hideuse couche de bave découverte sur certains Anciens abattus et mutilés – ceux que les effroyables shoggoths avaient massacrés à leur manière et sucés en une décapitation atroce, pendant la grande guerre de répression. C'étaient des sculptures infâmes, cauchemardesques, même quand elles racontaient des choses disparues, vieilles comme le temps ; car les shoggoths et ce qu'ils font ne doivent ni être vus des humains ni représentés par aucun être. L'auteur fou du *Necronomicon* avait osé jurer, non sans crainte, que nul n'avait jamais été produit sur cette planète, et que seuls les rêveurs drogués avaient pu les imaginer. Protoplasme informe capable d'imiter et de refléter toutes formes, organes et actions – visqueuses agglutinations de cellules bouillonnantes – sphéroïdes élastiques de quinze pieds infiniment malléables et ductiles – esclaves hypnotisés, bâtisseurs de villes – de plus en plus rétifs, de plus en plus intelligents, de plus en plus amphibies, de plus en plus imitateurs. Grand Dieu ! Quelle folie commirent ces Anciens impies en voulant employer et sculpter de pareils monstres !

Alors là, quand nous vîmes, Danforth et moi, la bave noire fraîchement luisante aux reflets iridescents, collant en couche épaisse à ces corps sans têtes, et puant de cette odeur obscène et indéfinissable, dont seule une imagination malade peut envisager la source – collant à ces corps et scintillant, sous un moindre volume, sur une partie lisse de ce mur détestablement regravé, *en une série de points groupés* – nous saisîmes l'essence de la terreur cosmique dans ses ultimes profondeurs. Ce n'était pas la crainte de ces quatre Autres absents – car nous savions trop bien qu'ils ne feraient plus de mal. Pauvres diables ! Après tout, ils n'étaient pas mauvais dans leur genre. C'étaient des hommes d'un autre âge et d'un autre mode d'existence. La Nature leur avait joué un tour infernal – tour qu'elle jouera à n'importe quels Autres que la folie humaine, l'insensibilité ou la cruauté peuvent déterrer plus tard dans ce désert polaire hideusement mort ou endormi – et ce fut leur tragique retour au pays.

Ils n'avaient pas même été sauvages – car qu'avaient-ils fait en vérité ? Cet affreux réveil dans le froid d'une époque inconnue – peut-être l'attaque de quadrupèdes velus aboyant follement et la défense abasourdie contre eux et des simiens blancs tout aussi frénétiques, avec leurs bizarres enveloppes et leur attirail... Pauvre Lake, pauvre Gedney... et pauvres Anciens ! Scientifiques jusqu'au bout – qu'ont-ils fait que nous n'aurions fait à leur place ? Dieu, quelle intelligence et quelle ténacité ! Quel affrontement de l'incroyable, tout comme ces frères et ancêtres sculptés avaient affronté des choses à peine moins croyables ! Radiolaires, végétaux, monstres, frai d'étoiles – quoi qu'ils aient été, c'étaient des hommes !

Ils avaient franchi les pics glacés dont les pentes semées de temples avaient été leurs lieux de culte et de vagabondage parmi les fougères arborescentes. Ils avaient retrouvé leur cité morte étouffant sous sa malédiction, et avaient lu comme nous l'histoire gravée de ses derniers jours. Ils avaient tenté de rejoindre leurs frères vivants dans les fabuleux abîmes de ténèbres qu'ils ne connaissaient pas – et qu'avaient-ils trouvé ? Tout cela défila en un éclair dans les esprits à l'unisson de Danforth et moi, tandis que nos regards allaient de ces formes décapitées, couvertes de bave visqueuse, aux détestables palimpsestes sculptés et aux diaboliques groupes de points de bave fraîche sur le mur à côté d'eux – regardant et comprenant ce qui avait dû triompher et survivre en bas, dans la ville aquatique cyclopéenne de cet abysse nocturne hanté de manchots, d'où, au même instant, une sinistre volute de brume surgissait, éructation blafarde, comme en réponse au cri hystérique de Danforth.

Le choc devant cette monstrueuse bave et cette décapitation reconnue nous avait figés, statues immobiles et muettes, et ce n'est que plus tard, au fil des conversations, que nous reconnûmes la parfaite identité de nos pensées. Il nous semblait être là depuis des éternités, alors qu'il n'avait dû passer que dix ou quinze secondes. La détestable vapeur blême ondulait là-bas comme si réellement une masse en marche la poussait – puis vint un son qui bouleversa tout ce que nous venions de décider, rompit du coup le sortilège et nous lança en une course folle loin des manchots désorientés et piaillants, sur notre ancienne piste en direction de la ville, le long des galeries mégalithiques submergées par les glaces jusqu'au grand cirque à ciel ouvert, et au sommet de la rampe archaïque en spirale, ruée machinale, frénétique, vers l'air sain du dehors et la lumière du jour.

Ce nouveau son, comme je l'ai laissé entendre, renversa tous nos projets car c'était celui que, depuis la dissection du pauvre Lake, nous attribuions à ceux qu'un instant plus tôt nous croyions morts. Celui précisément, Danforth me le dit plus tard, qu'il avait saisi, extrêmement étouffé, au tournant d'une ruelle, au-dessus de la couche de glace ; il ressemblait de façon frappante aux plaintes aiguës du vent que nous avions entendues tous deux autour des cavernes des hautes montagnes. Au risque de sembler puéril, j'ajouterai autre chose, ne serait-ce que parce que Danforth eut curieusement la même impression que moi. Bien sûr, une lecture commune nous avait préparés à cette interprétation, encore que Danforth eût évoqué des idées étranges à propos de sources insoupçonnées et interdites auxquelles Poe put avoir accès quand il écrivait son *Arthur Gor-*

don Pym un siècle plus tôt. On se souvient que dans ce récit fantastique, il est un mot d'une signification inconnue mais terrible et prodigieuse lié à l'Antarctique et que crient éternellement les gigantesques oiseaux d'un blanc de neige fantomatique, au cœur de cette région maléfique : « *Tekeli-li ! Tekeli-li !* » C'est, je dois le reconnaître, exactement ce que nous crûmes entendre dans ce bruit soudain derrière la brume blanche en marche – ce sifflement musical insidieux sur une gamme étrangement étendue.

Nous étions en pleine fuite avant que les trois sons ou syllabes aient été prononcés ; nous savions pourtant, connaissant la rapidité des Anciens, que n'importe quel survivant du massacre alerté par nos cris et lancé à notre poursuite nous rattraperait en un instant s'il le voulait vraiment. Mais nous avions le vague espoir qu'une conduite non agressive et la manifestation de facultés parentes pourraient amener un tel être à nous épargner en cas de capture, ne serait-ce que par intérêt scientifique. Après tout, s'il n'avait rien à craindre pour lui-même, il n'aurait aucune raison de nous nuire. Se cacher aurait été puéril dans cette conjoncture et nous utilisâmes notre torche pour jeter un coup d'œil en arrière : la brume s'éclaircissait. Allions-nous voir enfin un exemple intact et vivant de ces Autres ? Revint de nouveau le son musical, aigu et insidieux : « *Tekeli-li ! Tekeli-li !* »

Alors, remarquant que nous distancions réellement notre poursuivant, il nous vint à l'idée que l'entité pouvait être blessée. Nous ne voulions pourtant prendre aucun risque car elle venait de toute évidence en réponse au cri de Danforth et non pour fuir une autre entité. La coïncidence était trop nette pour laisser place au doute. Quant à ce cauchemar plus inconcevable encore et plus indéfinissable – cette montagne fétide, inaperçue, de protoplasme vomisseur de bave dont l'espèce avait conquis l'abysse et envoyait des pionniers resculpter et se contorsionner dans les terriers de la montagne – nous ne pouvions nous en faire aucune idée ; et nous éprouvions un vrai serrement de cœur d'abandonner cet Ancien probablement infirme – le seul survivant peut-être – au péril d'une nouvelle capture et d'un sort innommable.

Dieu merci, nous ne ralentîmes pas notre course. Les volutes de brume s'épaississaient encore et progressaient de plus en plus vite, tandis que les manchots errants appelaient de leur voix rauque et criaient derrière nous, donnant les signes d'une panique surprenante après leur relative passivité quand nous les avions dépassés. Vint une fois de plus la note aiguë et sinistre : « *Tekeli-li ! Tekeli-li !* » Nous nous étions trompés. Cet être n'était pas blessé mais avait simplement fait halte en rencontrant les corps de ses frères abattus et les diaboliques inscriptions de bave au-dessus d'eux. Nous ne connaîtrions jamais le message démoniaque – mais les sépultures au camp de Lake avaient montré quelle importance ces êtres attachaient à leurs morts. Notre torche imprudemment allumée révélait à présent devant nous la grande caverne ouverte où convergeaient plusieurs voies et nous fûmes heureux de laisser derrière nous ces palimpsestes morbides – dont nous avions senti la présence sans les avoir vus.

La caverne nous inspira cette autre idée qu'il serait possible de perdre notre poursuivant à ce carrefour déconcertant de vastes galeries. Il y avait plusieurs manchots albinos aveugles dans l'espace découvert, et leur peur de l'entité qui approchait devenait manifestement une panique incroyable. Si, réglant notre torche au minimum indispensable à notre marche, nous n'éclairions que devant nous, l'agitation et les cris rauques des grands oiseaux épouvantés dans la brume pouvaient étouffer nos bruits de pas, masquer notre véritable direction et, d'une manière ou d'une autre, brouiller notre piste. Dans le brouillard bouillonnant et tourbillonnant, le sol encombré et terne du tunnel principal – à la différence des autres souterrains maniaquement polis – se distinguait à peine, même, autant que nous pouvions le prévoir, pour ces sens spéciaux qui rendaient les Anciens partiellement indépendants de la lumière en cas de nécessité. En fait, nous craignions un peu de nous égarer nous-mêmes dans notre hâte. Car nous avions naturellement décidé de mettre le cap sur la ville morte ; si bien qu'une erreur dans le dédale des contreforts aurait des conséquences inimaginables.

Que nous ayons survécu et retrouvé l'air libre est une preuve suffisante que cet être prit une mauvaise galerie tandis que providentiellement nous tombions sur la bonne. Les manchots seuls n'auraient pu nous sauver, mais avec l'aide de la brume, ils semblent bien l'avoir fait. Un destin bienveillant maintint au moment opportun l'épaisseur des volutes vaporeuses, qui se déplaçaient sans cesse et menaçaient de disparaître. En fait, elles se levèrent une seconde, juste avant que nous n'émergions dans la caverne, en sortant du tunnel aux nouvelles sculptures écœurantes ; et nous eûmes ainsi un premier et partiel aperçu de l'entité qui approchait, quand nous jetâmes derrière nous un regard de terreur désespérée avant de baisser la torche et de nous mêler aux manchots dans l'espoir d'esquiver la poursuite. Si le destin qui nous dissimula fut bienveillant, celui qui nous permit de voir fut infiniment contraire ; car à ce que nous entr'aperçûmes en un éclair nous devons une bonne partie de l'horreur qui, depuis, n'a jamais cessé de nous hanter.

La raison précise de ce regard en arrière ne fut peut-être que l'instinct immémorial du poursuivi d'évaluer la nature et la marche de son poursuivant, ou peut-être une tentative machinale de répondre à la question inconsciente d'un de nos sens. En pleine fuite, toutes nos facultés concentrées sur le problème du salut, nous n'étions pas en état d'observer ni d'analyser les détails ; pourtant, même alors, nos cellules cérébrales latentes durent s'interroger sur le message que leur transmettaient nos narines. Nous comprîmes après coup que notre éloignement de la bave visqueuse sur les « obstacles » décapités et l'approche simultanée de l'entité poursuivante ne nous avaient pas apporté l'échange de puanteurs qui eût été logique. Au voisinage des êtres abattus, cette nouvelle et inexplicable odeur était nettement dominante, mais elle aurait dû désormais faire place largement à l'indéfinissable relent qui s'associait à ces Autres. Cela ne s'était pas produit – au contraire, la nouvelle et insupportable odeur était à présent pratiquement sans mélange et devenait plus toxique à chaque seconde.

Nous regardâmes donc en arrière – simultanément semble-t-il, encore que sans doute le mouvement naissant de l'un ait entraîné l'imitation de l'autre. En même temps nous dirigeâmes nos deux torches à pleine puissance sur la brume momentanément atténuée ; soit par simple désir instinctif de voir tout ce que nous pouvions, soit dans l'effort moins primitif mais aussi inconscient d'éblouir cet être avant de baisser notre lumière et de nous esquiver parmi les manchots au centre du labyrinthe. Geste malheureux ! Ni Orphée lui-même ni la femme de Loth ne payèrent plus cher un regard en arrière. Et revint encore cet odieux son aigu avec toute sa gamme – « *Tekeli-li ! Tekeli-li !* »

Je ferais mieux de parler franchement – même si je ne peux supporter d'être catégorique – pour exprimer ce que nous vîmes, bien que sur le moment nous sentions que nous ne pourrions l'admettre, même l'un vis-à-vis de l'autre. Les mots qui parviendront au lecteur ne pourront jamais suggérer seulement l'horreur du spectacle. Il paralysa si totalement notre conscience que je m'étonne qu'il nous soit resté assez de bon sens pour atténuer nos lumières comme prévu, et prendre le bon tunnel jusqu'à la ville morte. L'instinct seul a dû nous guider, mieux peut-être que ne l'eût fait la raison ; mais si c'est ce qui nous a sauvés, nous l'avons payé très cher. De raison, nous n'en avions plus guère. Danforth était complètement démoralisé, et la première chose que je me rappelle du reste du voyage, c'est de l'avoir entendu scander d'un air absent une litanie hystérique où je suis bien le seul au monde à avoir trouvé autre chose qu'insane divagation. Elle faisait écho sur le mode suraigu aux cris rauques des manchots, se réverbérant plus loin sous les voûtes et – Dieu merci – dans la partie maintenant vide derrière nous. Il n'avait pas dû la commencer tout de suite – sinon nous n'aurions pas survécu, courant tête baissée. Je frémis en songeant à ce qu'aurait pu produire la moindre perturbation dans ses réactions nerveuses.

« South Station Under – Washington Under – Park Street Under – Kendal – Central – Harvard… » Le pauvre garçon récitait les stations familières du tunnel Boston-Cambridge qui creusait son chemin à travers notre paisible terre natale à des milliers de miles de là, en Nouvelle-Angleterre, bien que pour moi ce rituel ne présente ni incohérence ni nostalgie. C'était seulement de l'horreur, car je savais de façon sûre quelle monstrueuse et indicible analogie l'avait inspirée. Nous nous attendions, en regardant en arrière, à voir un être terrible et incroyablement impressionnant si la brume était assez légère ; mais de cet être nous avions une idée claire. Ce que nous vîmes – car la brume n'était en effet que trop malignement transparente – était tout à fait différent, infiniment plus hideux et détestable. C'était l'incarnation accomplie et concrète de ce que le romancier fantastique appelle « la chose qui ne devrait pas être » ; et son équivalent intelligible le plus proche est un énorme métro lancé à toute vitesse tel qu'on le voit du quai d'une station – son large front noir surgissant, colossal, du plus loin d'un souterrain sans bornes, constellé de lumières étrangement colorées et remplissant le prodigieux tunnel comme un piston remplit un cylindre.

Mais nous n'étions pas sur le quai d'une station. Nous étions sur la voie même où la cauchemardesque colonne élastique exsudait devant elle la fétide et noire iridescence à travers son sinus de quinze pieds, prenant une vitesse invraisemblable et poussant devant elle un nuage ondoyant, de plus en plus épais, de pâle vapeur d'abîme. C'était une chose terrible, indescriptible, plus énorme qu'aucun train souterrain – une accumulation informe de bulles protoplasmiques, faiblement phosphorescente, couverte d'une myriade d'yeux éphémères, naissant et se défaisant comme des pustules de lumière verdâtre sur tout l'avant qui remplissait le tunnel et fonçait sur nous, écrasant les manchots affolés, en glissant sur le sol luisant qu'elle et ses pareils avaient balayé si férocement de toute poussière. Et toujours ce cri surnaturel, narquois : « *Tekeli-li ! Tekeli-li !* » Nous nous rappelâmes enfin que les shoggoths démoniaques – qui tenaient des seuls Anciens la vie, la pensée et leurs structures d'organes malléables, et sans autre langage que les groupes de points – n'avaient de voix que les accents imités de leurs maîtres disparus.

12

Nous nous rappelons, Danforth et moi, avoir débouché dans le grand hémisphère sculpté et retrouvé le fil de notre piste à travers les salles et les galeries cyclopéennes de la cité morte ; encore n'étaient-ce que des bribes de rêve sans souvenirs d'actes volontaires, de détails, d'épuisement physique. C'était comme si nous flottions dans un monde nébuleux ou une étendue sans durée, ni lien logique ni orientation. Le demi-jour terne de l'immense espace circulaire nous dégrisa quelque peu mais nous ne retournâmes pas près des traîneaux cachés, revoir le pauvre Gedney et le chien. Ils avaient là un mausolée étrange, titanesque, et j'espère que la fin de cette planète les trouvera toujours en paix.

C'est en escaladant la colossale rampe en spirale que nous ressentîmes pour la première fois la terrible fatigue et l'essoufflement qui nous restaient de notre course dans l'air raréfié du plateau ; mais même la crainte de nous effondrer ne put nous arrêter avant d'avoir atteint le monde extérieur normal du soleil et du ciel. Une coïncidence assez opportune marqua notre départ de ces époques ensevelies ; car, tandis que nous poursuivions en tournant notre marche haletante jusqu'au faîte du cylindre de maçonnerie primitive de soixante pieds, nous apercevions près de nous le défilé ininterrompu des sculptures héroïques, dans la technique ancienne et inaltérée de la race morte – un adieu des Anciens, gravé cinquante millions d'années plus tôt.

Grimpant enfin hors du sommet, nous nous retrouvâmes sur un grand tas de blocs écroulés, avec les murs courbes de la construction plus haute qui se dressait à l'ouest, et les pics menaçants des grandes montagnes portant les édifices plus dégradés, au loin vers l'est. L'oblique soleil antarctique de minuit perçait en rougeoyant, depuis l'horizon austral, à travers les fissures des ruines déchiquetées, et l'antiquité terrible, la torpeur de la ville cauchemardesque semblaient plus sévères encore par contraste avec des choses relativement connues et familières comme les traits du paysage polaire. Le ciel au-dessus était un bouillonnement opalescent de légères vapeurs glacées, et le froid nous saisit au vif. Déposant avec lassitude les sacs de matériel auxquels nous nous étions instinctivement cramponnés pendant notre fuite éperdue, nous reboutonnâmes nos lourds vêtements pour descendre en trébuchant la butte et marcher à travers le labyrinthe de pierre immémorial jusqu'aux contreforts où attendait notre avion. De ce qui nous avait fait fuir les ténèbres des gouffres archaïques et secrets de la Terre, nous ne dîmes pas un mot.

En moins d'un quart d'heure nous avions retrouvé la montée abrupte jusqu'aux contreforts – l'ancienne terrasse probablement – par laquelle nous étions descendus, et nous vîmes la sombre masse de notre gros avion parmi les ruines clairsemées sur la pente qui s'élevait devant nous. À mi-chemin de la colline vers notre but, nous fîmes halte pour reprendre souffle un moment et nous nous retournâmes, regardant une fois encore à nos pieds le fantastique fouillis paléogène de formes de pierre incroyables – se profilant toujours mystérieusement sur un occident inconnu. Nous vîmes alors que le ciel au-delà avait perdu sa brume matinale, les vapeurs glacées instables étant montées au zénith, où leurs silhouettes trompeuses semblaient sur le point de se fixer en quelque forme bizarre dont nous redoutions qu'elle ne devînt plus précise et définitive.

Il apparaissait maintenant sur le lointain horizon blanc derrière la cité grotesque une ligne indistincte et féerique de cimes violettes dont les sommets en aiguilles se dessinaient tel un rêve sur le rose accueillant du ciel occidental. En direction de ce cadre chatoyant, s'élevait l'ancien plateau, traversé par le ruban d'ombre irrégulier du fleuve disparu. Pendant une seconde l'admiration nous coupa le souffle devant la surnaturelle beauté cosmique du paysage, puis une vague répulsion s'insinua dans nos âmes. Car cette ligne violette au loin ne pouvait être que les terribles montagnes du monde interdit – les plus hauts pics de la Terre et le centre du mal sur le globe ; abritant des horreurs sans nom et des secrets archéens ; fuies et invoquées par ceux qui craignaient d'en dévoiler l'essence ; que nul être vivant sur Terre n'avait foulées ; visitées de sinistres éclairs et projetant d'étranges lueurs par-dessus les plaines dans la nuit polaire – sans aucun doute archétype inconnu du redoutable Kadath dans le Désert Glacé au-delà du détestable Leng auquel font allusion des légendes primitives impies. Nous étions les premiers humains à les avoir jamais vues – et j'espère, grâce à Dieu, que nous sommes les derniers.

Si les cartes et images sculptées de cette ville préhumaine avaient dit vrai, les mystérieuses montagnes violettes ne pouvaient être à plus de trois cents miles ; et pourtant leur présence obscurément féerique apparaissait au-dessus de l'horizon lointain et neigeux comme le bord en dents de scie d'une monstrueuse planète étrangère prête à monter dans des cieux insolites. Leur altitude, alors, devait être colossale, au-delà de toute comparaison possible ; elles atteignaient des couches atmosphériques subtiles peuplées de spectres gazeux dont les aviateurs imprudents n'ont pu murmurer un mot, n'ayant pas suffisamment vécu après des chutes inexplicables. Les observant, je songeais avec inquiétude à certaines évocations sculptées de ce que le grand fleuve disparu avait charrié dans la ville depuis leurs versants maudits – et me demandais combien de bon sens et combien de folie il y avait eu dans ces craintes des Anciens qui les gravaient avec tant de réserve. Je me rappelais combien leurs limites devaient être proches de la terre de la Reine-Mary, où en ce moment même l'expédition de sir Douglas Mawson travaillait, sans doute moins de mille miles plus loin ; et j'espérais qu'aucun sort néfaste ne ferait entrevoir à sir Douglas et à ses hommes ce qu'il pouvait y avoir derrière la chaîne côtière protectrice. De telles idées donnaient la mesure de mon épuisement à l'époque – et Danforth paraissait plus éprouvé encore.

Longtemps avant de dépasser la grande ruine en étoile et de rejoindre notre appareil, nos craintes s'étaient reportées sur la chaîne moins haute mais assez considérable que nous avions à traverser. Vues des contreforts, ses pentes noires et couvertes de ruines se dressaient sur l'est, escarpées et hideuses, nous rappelant une fois de plus les étranges peintures asiatiques de Nicholas Roerich ; et quand nous pensâmes aux abominables dédales qu'elles recelaient et aux terrifiantes entités informes qui pouvaient avoir poussé l'avance de leur bave fétide jusqu'au faîte des cimes creuses, nous ne pûmes envisager sans panique la perspective de voler de nouveau près de ces impressionnantes cavernes ouvertes vers le ciel où le vent sifflait comme la flûte sauvage et sa large gamme. Pour aggraver les choses, nous vîmes des traces distinctes de brumes locales autour de plusieurs sommets – comme le malheureux Lake l'avait fait sans doute lors de sa première erreur sur le volcanisme – et nous évoquâmes en frissonnant la brume semblable à laquelle nous venions d'échapper ; cela et l'abîme maudit, générateur d'horreur d'où sortaient de telles vapeurs.

Tout allait bien pour l'appareil, et nous endossâmes maladroitement nos lourdes fourrures de vol. Danforth mit le moteur en marche sans problème et nous décollâmes en douceur au-dessus de la ville de cauchemar. Au-dessous de nous, les constructions primitives cyclopéennes s'étendaient, telles que nous les avions vues la première fois – en un passé si proche et pourtant infiniment lointain – et nous commençâmes à prendre de la hauteur, et à tourner pour tester le vent avant de franchir la passe. Il devait y avoir dans les hauteurs de l'atmosphère de fortes perturbations, car les nuages de poussière glacée formaient au zénith toutes sortes de figures fantastiques ; mais à vingt-quatre mille pieds, altitude requise pour la passe, nous trouvâmes la navigation tout à fait praticable. Comme nous approchions des plus hauts pics, l'étrange musique du vent redevint évidente et je vis les mains de Danforth trembler sur les commandes. Simple amateur pourtant, je pensai alors que je ferais un meilleur pilote que lui pour le dangereux passage des pics ; et quand je lui fis signe de changer de siège pour me céder la place, il ne fit aucune objection. Je tâchai de garder toute ma maîtrise et mon sang-froid, et fixai mon regard sur le ciel rougeoyant entre les parois de la passe – refusant obstinément de prêter attention aux bouffées de vapeur au sommet de la montagne, et souhaitant avoir les oreilles bouchées à la cire comme les matelots d'Ulysse au large de la côte des sirènes, pour libérer ma conscience de cette inquiétante musique du vent.

Mais Danforth, dispensé du pilotage et en proie à une redoutable tension nerveuse, ne pouvait rester tranquille. Je le sentais tourner et virer tout en regardant, derrière nous, la terrible cité qui s'éloignait, devant les pics criblés de cavernes, mangés de cubes, sur les côtés la morne étendue des contreforts neigeux semés de remparts, et en haut le ciel bouillonnant de nuages grotesques. C'est alors, juste au moment où je tentais de gouverner pour franchir sans danger la passe, que son hurlement de fou nous mit si près du désastre en bouleversant ma concentration et en me faisant pendant un instant tâtonner en vain sur les commandes. Une seconde plus tard, ma présence d'esprit reprit le dessus et nous réussîmes sans dommage la traversée – mais je crains que Danforth ne soit plus jamais le même.

J'ai dit qu'il refusait de me parler de l'horreur dernière qui lui avait arraché ce cri dément – horreur qui, j'en ai la triste certitude, est essentiellement responsable de son actuel effondrement. Les bribes de conversation que nous échangeâmes à tue-tête pardessus le sifflement du vent et le bourdonnement du moteur, quand nous atteignîmes le bon côté de la chaîne et descendîmes en piqué sur le camp, concernaient plutôt les serments de secret que nous avions faits en nous apprêtant à quitter la ville de cauchemar. Il est des choses, avions-nous convenu, que les gens ne doivent pas savoir ni traiter à la légère – et je n'en parlerais pas à présent, n'était la nécessité de détourner à tout prix de son projet cette expédition Starkweather-Moore, et les autres. Il est absolument indispensable, pour la paix et la sécurité de l'humanité, qu'on ne trouble pas certains recoins obscurs et morts, certaines profondeurs insondées de la Terre, de peur que les monstres endormis ne s'éveillent à une nouvelle vie, et que les cauchemars survivants d'une vie impie ne s'agitent et ne jaillissent de leurs noirs repaires pour de nouvelles et plus vastes conquêtes.

Tout ce que Danforth a jamais suggéré, c'est que l'horreur ultime était un mirage. Cela n'avait aucun rapport, dit-il, avec les cubes et les cavernes des montagnes du délire, sonores, nimbées de vapeurs, creusées de dédales, que nous parcourûmes ; mais un seul aperçu fantastique, démoniaque, au milieu des nuages bouillonnant au zénith, de ce qu'il y a derrière ces autres montagnes violettes à l'ouest, que les Anciens avaient fuies et redoutées. Il est très probable que ce fut une pure hallucination née des épreuves précédentes que nous avions subies et du mirage véritable – bien que non identifié – de la cité morte d'outre-monts, vu près du camp de Lake le jour précédent ; mais pour Danforth ce fut si réel qu'il en souffre encore.

Il a, en de rares occasions, murmuré des choses incohérentes et déraisonnables à propos de « trou noir », de « bord sculpté », de « proto-shoggoths », de « solides sans fenêtres à cinq dimensions », de « cylindre sans nom », des « phares antiques », « Yog-Sothoth », « la gelée blanche primordiale », « la couleur venue de l'espace », « les ailes », « les yeux dans les ténèbres », « l'échelle lunaire », « l'originel, l'éternel, l'impérissable » et autres notions bizarres, mais quand il redevenait pleinement lui-même, il rejetait tout cela, l'attribuant aux lectures singulières et macabres de ses premières années d'études. Danforth, en fait, est connu pour être un des rares qui aient osé lire intégralement cet exemplaire rongé de vers du *Necronomicon*, conservé sous clé à la bibliothèque du collège.

Les hauteurs du ciel, tandis que nous franchissions la passe, étaient certainement vaporeuses et assez perturbées ; et bien que je n'aie pas vu le zénith, je peux imaginer que ses tourbillons de poussière de glace aient pris d'étranges formes. Sachant avec quelle vérité des décors lointains sont parfois reflétés, réfractés et exagérés par de telles couches de nuages mouvants, l'imagination peut aisément avoir fait le reste – et naturellement Danforth ne faisait allusion à aucune de ces particulières horreurs que sa mémoire, longtemps après, avait sans doute tirées de son ancienne lecture. Il n'aurait jamais pu voir autant de choses en un seul regard.

Pour l'instant, ses cris se bornent à la répétition d'un seul mot absurde dont l'origine n'est que trop évidente : « *Tekeli-li ! Tekeli-li !* »

Traduit par Simone Lamblin

DANS L'ABÎME DU TEMPS

1

Après vingt-deux ans de cauchemar et d'effroi, soutenu par la seule conviction désespérée que certaines impressions sont d'origine imaginaire, je me refuse à garantir la véracité de ce que je crois avoir découvert en Australie occidentale dans la nuit du 17 au 18 juillet 1935. On peut espérer que mon aventure fut en tout ou partie une hallucination – à cela, en effet, il y avait de nombreuses raisons. Et pourtant, le réalisme en était si atroce que parfois tout espoir me paraît impossible.

Si la chose s'est produite, alors l'homme doit être préparé à accepter, sur l'univers et sur la place que lui-même occupe dans le tourbillon bouillonnant du temps, des idées dont le plus simple énoncé est paralysant. Il faut aussi le mettre en garde contre un danger latent, spécifique qui, même s'il n'engloutit jamais la race humaine tout entière, peut infliger aux plus aventureux des horreurs monstrueuses et imprévisibles.

C'est pour cette dernière raison que je réclame, de toute la force de mon être, l'abandon définitif de toute tentative d'exhumer ces fragments de mystérieuse maçonnerie primitive que mon expédition se proposait d'étudier.

Si l'on admet que j'étais sain d'esprit et bien éveillé, mon expérience cette nuit-là fut telle qu'aucun homme n'en a jamais connu. Ce fut en outre une effroyable confirmation de tout ce que j'avais tenté de rejeter comme autant de fables et de rêves. Dieu merci il n'y a pas de preuve, car dans ma terreur j'ai perdu l'épouvantable objet qui – s'il était réel et tiré en effet de ce dangereux abîme – en eût été le signe irréfutable.

J'étais seul quand j'ai découvert cette horreur – et jusqu'à présent je n'en ai parlé à personne. Je n'ai pu empêcher les autres de creuser dans sa direction mais le hasard et les éboulements de sable leur ont toujours évité de la rencontrer. Il me faut aujourd'hui rédiger une déclaration définitive, non seulement pour mon équilibre mental, mais pour mettre en garde ceux qui me liront sérieusement.

Ces pages – dont les premières sembleront connues aux lecteurs attentifs de la grande presse scientifique – sont écrites dans la cabine du bateau qui me ramène chez moi. Je les remettrai à mon fils, le professeur Wingate Peaslee de l'université de Miskatonic – seul membre de ma famille qui me resta fidèle, il y a des années, après mon étrange amnésie, et le mieux informé des faits essentiels de mon cas. Il est, de tous les vivants, le moins enclin à tourner en dérision ce que je vais raconter de cette nuit fatale.

Je ne l'ai pas informé de vive voix avant de m'embarquer, pensant qu'il préférerait la révélation sous forme écrite. Lire et relire à loisir lui laissera une image plus convaincante que n'aurait pu le faire le trouble de mes propos.

Il fera de ce récit ce que bon lui semblera – le montrant, avec les commentaires appropriés, dans tous les milieux où il pourrait être utile. C'est à l'intention de ces lecteurs mal instruits des premières phases de mon cas que je fais précéder la révélation elle-même d'un résumé assez détaillé de ses antécédents.

Je m'appelle Nathaniel Wingate Peaslee, et ceux qui se rappellent les récits des journaux de la génération précédente – ou les correspondances et articles des revues de psychologie d'il y a six ou sept ans – sauront qui je suis et ce que je suis. La presse était pleine des circonstances de mon étonnante amnésie de 1908-1913, insistant sur les traditions d'horreur, de folie et de sorcellerie qui hantent la vieille ville du Massachusetts où je résidais alors comme aujourd'hui. Je tiens encore à faire savoir qu'il n'est rien de dément ou de malfaisant dans mon hérédité et ma jeunesse. C'est un fait extrêmement important si l'on songe à l'ombre qui s'est abattue si brusquement sur moi, venant de sources *extérieures*.

Il se peut que des siècles de noires méditations aient doté Arkham, aux ruines peuplées de murmures, d'une particulière vulnérabilité à de telles ombres – bien que cela même semble douteux à la lumière d'autres cas que j'ai plus tard étudiés. Mais le point essentiel est que mes ancêtres et mon milieu sont absolument normaux. Ce qui est arrivé est venu *d'ailleurs* – d'où ? J'hésite maintenant encore à l'affirmer en clair.

Je suis le fils de Jonathan et d'Hannah (Wingate) Peaslee, tous deux de vieilles familles saines d'Haverhill. Je suis né et j'ai grandi à Haverhill – dans l'antique demeure de Boardman Street près de Golden Hill – et je ne suis allé à Arkham que pour entrer à l'université de Miskatonic comme chargé de cours d'économie politique en 1895.

Pendant les treize années suivantes, ma vie s'écoula, douce et heureuse. J'épousai Alice Keezar, d'Haverhill, en 1896, et mes trois enfants, Robert,

Wingate et Hannah, naquirent respectivement en 1898, 1900 et 1903. Je devins en 1898 maître de conférences et professeur titulaire en 1902. Je n'éprouvai à aucun moment le moindre intérêt pour l'occultisme ou la psychologie pathologique.

C'est le jeudi 14 mai 1908 que survint l'étrange amnésie. Elle fut brutale et imprévue, bien que, je m'en rendis compte plus tard, de brefs miroitements quelques heures auparavant – visions chaotiques qui me troublèrent d'autant plus qu'elles étaient sans précédent – dussent avoir été des symptômes précurseurs. J'avais un fort mal de tête, et la bizarre impression – tout aussi neuve pour moi – que quelqu'un cherchait à s'emparer de mes pensées.

La crise se produisit vers 10 h 20 du matin, tandis que je faisais un cours d'économie politique – histoire et tendances actuelles de l'économie politique – aux étudiants de troisième année et à quelques-uns de seconde. Je vis d'abord devant mes yeux des formes insolites, et crus me trouver dans une salle singulière autre que la classe.

Mes idées et mes propos divaguaient loin de tout sujet, et les étudiants s'aperçurent que quelque chose clochait gravement. Puis je m'affaissai, inconscient sur mon siège, dans une hébétude dont personne ne put me tirer. Mes facultés normales ne revirent au grand jour notre monde quotidien qu'au bout de cinq ans, quatre mois et treize jours.

C'est naturellement des autres que j'appris ce qui suit. Je restai inconscient pendant seize heures et demie, bien qu'on m'eût ramené chez moi au 27, Crane Street, où je reçus les soins médicaux les plus attentifs.

Le 15 mai à trois heures du matin, mes yeux s'ouvrirent et je me mis à parler, mais bientôt le médecin et ma famille furent épouvantés par mon expression et le ton de mes propos. Il était clair que je n'avais aucun souvenir de mon identité ni de mon passé, même si je m'efforçais, on ne sait pourquoi, de cacher cette ignorance. Mes yeux fixaient étrangement les personnes de mon entourage, et le jeu de mes muscles faciaux n'avait plus rien de familier.

Mon langage même paraissait gauche, comme celui d'un étranger. J'usais de mes organes vocaux avec embarras, en tâtonnant, et mon élocution avait une curieuse raideur, comme si j'avais laborieusement appris l'anglais dans les livres. La prononciation était barbare, tandis que la langue comportait à la fois des débris d'étonnants archaïsmes et des expressions d'une tournure absolument incompréhensible.

Parmi ces dernières, l'une en particulier revint vingt ans plus tard, de façon frappante – et même effrayante – à l'esprit du plus jeune de mes médecins. Car à l'époque cette expression commençait à se répandre – d'abord en Angleterre, puis aux États-Unis – et malgré sa complication et son incontestable nouveauté, elle reproduisait dans le moindre détail les mots déconcertants de l'étrange malade d'Arkham de 1908.

La force physique revint aussitôt, mais il me fallut une rééducation singulièrement longue pour retrouver l'usage de mes mains, de mes jambes et de mon corps en général. À cause de cela et d'autres handicaps inhérents à ma perte de mémoire, je restai pendant un certain temps sous une étroite surveillance médicale.

Quand j'eus constaté l'échec de mes efforts pour dissimuler mon amnésie, je la reconnus franchement et me montrai avide de toutes sortes de renseignements. En fait, les médecins eurent l'impression que je cessai de m'intéresser à ma personnalité véritable dès lors que je vis ma perte de mémoire acceptée comme une chose naturelle.

Ils remarquèrent que je m'efforçais surtout de posséder à fond certains points d'histoire, de science, d'art, de langage et de folklore – les uns terriblement abstrus, et d'autres d'une simplicité puérile – qui, très bizarrement parfois, restaient exclus de ma conscience.

En même temps ils s'aperçurent que je possédais inexplicablement beaucoup de connaissances d'un genre insoupçonné – que je souhaitais, semblait-il, cacher plutôt que révéler. Il m'arrivait par mégarde de faire allusion, avec une assurance désinvolte, à tels événements précis d'époques obscures au-delà de tout champ historique reconnu – quitte à tourner en plaisanterie la référence en voyant la surprise qu'elle suscitait. J'avais aussi une façon de parler du futur qui, deux ou trois fois, provoqua une véritable peur.

Ces lueurs inquiétantes cessèrent bientôt de se manifester, mais certains observateurs attribuèrent leur disparition à une prudente hypocrisie de ma part plus qu'à quelque déclin du savoir insolite qu'elles supposaient. À la vérité, je semblais anormalement avide d'assimiler la façon de parler, les usages et les perspectives de l'époque autour de moi ; comme si j'avais été un voyageur studieux venu d'une lointaine terre étrangère.

Aussitôt qu'on m'y autorisa, je fréquentai à toute heure la bibliothèque de l'université, et j'entrepris sans tarder de préparer ces étonnants voyages, ces cours spéciaux dans les universités d'Amérique et d'Europe, qui donnèrent lieu à tant de commentaires pendant les années suivantes.

À aucun moment je ne manquai de relations intellectuelles, car mon cas me valut une relative célébrité parmi les psychologues du moment. Je fus l'objet de conférences comme exemple typique de « personnalité seconde » – même si, ici ou là, j'embarrassai les conférenciers de quelque symptôme bizarre ou trace suspecte d'ironie soigneusement voilée.

Mais de réelle bienveillance, je n'en rencontrai guère. Quelque chose dans mon aspect et mes propos semblait éveiller chez tous ceux que je rencontrais de vagues craintes et répugnances, comme si j'avais été un être infiniment éloigné de tout ce qui est normal et sain. Cette idée d'une horreur obscure et secrète liée aux abîmes incalculables d'on ne sait quelle *distance* était curieusement répandue et tenace.

Ma propre famille ne fit pas exception. Dès l'instant de mon étrange réveil, ma femme m'avait considéré avec un effroi et un dégoût extrêmes, jurant que j'étais un parfait étranger usurpant le corps de son mari. En 1910 elle obtint le divorce, et ne consentit jamais à me revoir, même après mon retour à un état normal en 1913. Ces sentiments furent partagés par mon fils aîné et ma petite fille, que je n'ai jamais revus ni l'un ni l'autre.

Seul mon second fils, Wingate, parut capable de surmonter la terreur et la répulsion suscitées par ma métamorphose. Lui aussi sentait bien que j'étais un étranger, mais quoiqu'il n'eût pas plus de huit ans, il croyait fermement au retour de mon véritable moi. Quand celui-ci revint en effet, il me rejoignit et les tribunaux le confièrent à ma garde. Au cours des années, il m'aida dans les études que je fus poussé à entreprendre, et aujourd'hui, à trente-cinq ans, il est professeur de psychologie à Miskatonic.

Mais je ne suis pas surpris de l'horreur que j'inspirai – car assurément l'esprit, la voix et l'expression de l'être qui s'éveilla le 15 mai 1908 n'étaient pas ceux de Nathaniel Wingate Peaslee.

Je n'essaierai pas de raconter toute ma vie de 1908 à 1913, car les lecteurs peuvent en glaner les traits essentiels – ainsi que j'ai dû abondamment le faire moi-même – dans les dossiers des vieux journaux et revues scientifiques.

On me rendit l'usage de mes fonds et j'en usai sans hâte, sagement dans l'ensemble, à voyager et étudier dans divers centres du savoir. Mes voyages, cependant, furent surprenants à l'extrême, comportant de longues visites à des lieux écartés et déserts.

En 1909 je passai un mois dans l'Himalaya, et en 1911 j'éveillai un vif intérêt par une expédition à dos de chameau dans les déserts inconnus d'Arabie. Je n'ai jamais pu savoir ce qui s'était produit lors de ces explorations.

Pendant l'été de 1912, je frétai un bateau pour naviguer dans l'Arctique, au nord du Spitzberg, et manifestai au retour une évidente déception.

Plus tard, cette année-là, je passai des semaines seul, au-delà des limites de toute exploration passée ou ultérieure, dans l'immense réseau des cavernes calcaires de Virginie-Occidentale – labyrinthes ténébreux et si complexes qu'on n'a jamais pu seulement envisager de reconstituer mon parcours.

Mes séjours dans les universités furent marqués par une rapidité d'assimilation prodigieuse, comme si la personnalité seconde possédait une intelligence considérablement supérieure à la mienne. J'ai découvert aussi que mon rythme de lecture et d'étude solitaire était phénoménal. Il me suffisait de parcourir un livre, juste le temps de tourner les pages, pour en retenir tous les détails, tandis que mon habileté à interpréter en un instant des figures compliquées était proprement impressionnante.

Il circula à plusieurs reprises des rumeurs presque alarmantes sur mon pouvoir d'influencer les pensées et les actes d'autrui, bien que j'aie pris soin, semble-t-il, de réduire au minimum les manifestations de cette faculté.

D'autres vilains bruits concernaient mes rapports intimes avec les chefs de groupes d'occultistes, et des érudits suspects de relations avec des bandes innommables d'odieux hiérophantes du monde ancien. Ces rumeurs, bien que non confirmées à l'époque, furent certainement encouragées par ce qu'on savait de la teneur de mes lectures – car la consultation de livres rares dans les bibliothèques ne peut être gardée secrète.

Des notes marginales restent la preuve tangible de mes recherches minutieuses dans des ouvrages tels que *Cultes des Goules*, du comte d'Erlette, *De Vermis Mysteriis*, de Ludvig Prinn, *Unaussprechlichen Kulten* de von Junzt, les fragments conservés de l'énigmatique *Livre d'Ebon*, et l'effroyable *Necronomicon* de l'Arabe fou Abdul Alhazred. Et puis, il est indéniable aussi que l'activité des cultes clandestins reçut une nouvelle et néfaste impulsion à peu près au moment de mon étrange métamorphose.

Pendant l'été de 1913, je commençai à donner des signes d'ennui, de relâchement, et laissai entendre dans mon entourage qu'on pouvait s'attendre à me voir bientôt changer. J'évoquai le retour de souvenirs de ma première vie – mais la plupart de mes auditeurs mirent en doute ma bonne foi, car tout ce que je citais était fortuit et eût pu être tiré de mes vieux papiers personnels.

Vers la mi-août, je regagnai Arkham et rouvris ma maison de Crane Street, depuis longtemps fermée. J'y installai une machine des plus curieuses, construite en pièces détachées par différents fabricants de matériel scientifique en Europe et en Amérique, et je la dissimulai soigneusement aux regards de toute personne assez intelligente pour en comprendre la composition.

Ceux qui la virent – un ouvrier, une domestique et la nouvelle gouvernante – décrivirent un bizarre assemblage de tiges, de roues et de miroirs, ne mesurant pas plus de deux pieds de haut, un de large et un d'épaisseur. Le miroir central était rond et convexe. Tout cela est confirmé par les fabricants de pièces que l'on a pu joindre.

Le soir du vendredi 26 septembre, je donnai congé à la gouvernante et à la femme de chambre jusqu'au lendemain midi. Des lumières brillèrent dans la maison tard dans la nuit, et un homme maigre, brun, l'allure singulière d'un étranger, arriva en automobile.

Il était à peu près une heure du matin quand les lumières s'éteignirent. À deux heures et quart un agent de police remarqua la demeure dans l'obscurité mais la voiture de l'étranger était toujours garée le long du trottoir. À quatre heures elle avait de toute évidence disparu.

Ce fut à six heures qu'une voix hésitante, à l'accent étranger, demanda par téléphone au Dr. Wilson de se rendre à mon domicile, pour me tirer d'un bizarre évanouissement. Cet appel – une communication interurbaine – venait, comme on l'établit plus tard, d'une cabine publique à la gare du Nord de Boston, mais on ne retrouva jamais aucune trace du maigre étranger.

En arrivant chez moi, le médecin me trouva au salon, sans connaissance – dans un fauteuil dont on avait approché une table. La surface polie de cette table portait des égratignures à l'endroit où un lourd objet y avait été posé. La singulière machine était partie et l'on n'entendit jamais plus parler d'elle. Sans aucun doute, l'étranger maigre et brun l'avait emportée.

Dans la cheminée de la bibliothèque, un tas de cendres témoignait qu'on avait brûlé jusqu'au dernier bout de papier tout ce que j'avais écrit depuis le début de l'amnésie. Le Dr. Wilson jugea ma respiration anormale, mais après une piqûre hypodermique, elle reprit sa régularité.

Le matin du 27 septembre, à onze heures et quart, je m'agitai vigoureusement, et le masque jusqu'alors figé de mon visage donna ses premiers signes d'animation. Le Dr. Wilson remarqua que l'expression n'était pas celle de ma personnalité seconde, mais ressemblait beaucoup à celle de mon moi normal. Vers onze heures trente, je marmonnai quelques syllabes très bizarres, qui ne semblaient appartenir à aucun langage humain. J'avais l'air aussi de lutter contre quelque chose. Puis, à midi passé – la gouvernante et la femme de chambre étant revenues entretemps – je me mis à murmurer en anglais :

« ... parmi les économistes orthodoxes de cette période, Jevons représente plus particulièrement la tendance dominante à établir des corrélations scientifiques. Son effort pour relier le cycle commercial de la prospérité et du marasme au cycle physique des taches solaires constitue peut-être le point culminant de... »

Nathaniel Wingate Peaslee était revenu – et pour cet esprit, selon son estimation du temps, c'était toujours ce jeudi matin de 1908, où la classe d'économie politique levait ses regards attentifs vers le vieux bureau sur l'estrade.

2

Ma réadaptation à la vie normale fut pénible et difficile. Cinq années perdues suscitent plus de complications qu'on ne peut l'imaginer, et dans mon cas il y avait mille choses à remettre en ordre.

Ce que l'on m'apprit de mes faits et gestes depuis 1908 me surprit et m'inquiéta, mais je tâchai de considérer la question avec toute la philosophie dont j'étais capable. Enfin, ayant obtenu la garde de mon second fils, Wingate, je m'installai avec lui dans la maison de Crane Street et je tentai de reprendre mon enseignement – mon ancienne chaire m'avait été aimablement proposée par l'université.

Je commençai mes cours avec le trimestre de février 1914, et les poursuivis une année entière. Je me rendis compte alors que mon aventure m'avait gravement ébranlé. Bien que parfaitement sain d'esprit – je l'espérais – et sans faille dans ma personnalité première, je n'avais plus la vitalité d'autrefois. Des rêves confus, des idées bizarres me hantaient sans cesse, et quand le déclenchement de la Guerre mondiale orienta mon esprit vers l'histoire, je m'aperçus que je me représentais les époques et les événements de la façon la plus étrange.

Ma conception du *temps* – ma faculté de distinguer succession et simultanéité – semblait quelque peu altérée ; je formai l'idée chimérique qu'en vivant à une époque donnée, on pouvait projeter son esprit à travers l'éternité pour connaître les siècles passés et futurs.

La guerre me donna l'impression singulière de me rappeler quelques-unes de ses conséquences lointaines – comme si, connaissant déjà son évolution, je pouvais les envisager après coup à la lumière d'une information future. Tous ces pseudo-souvenirs s'accompagnaient d'une grande souffrance, et du sentiment qu'une barrière psychologique artificielle leur était opposée.

Lorsque je me hasardai à évoquer tout cela autour de moi, je rencontrai des réactions différentes. Certains me regardèrent d'un air inquiet, mais chez les mathématiciens, on parla de nouveaux aspects de cette théorie de la relativité – alors réservée aux cercles cultivés – qui devait plus tard devenir si célèbre. Le Dr. Albert Einstein, disait-on, allait vite ramener le temps à l'état de simple dimension.

Mais les rêves et les sensations étranges finirent par prendre sur moi un tel empire que je dus abandonner mes cours en 1915. Ces troubles prenaient parfois une forme irritante – je nourrissais l'idée persistante que mon amnésie avait servi quelque échange impie ; que la personnalité seconde était en réalité une force imposée venant de l'Inconnu, et que ma propre personnalité avait subi une substitution.

Je fus ainsi amené à de confuses et terrifiantes spéculations sur le sort de mon moi véritable pendant les années où un autre avait occupé mon corps. L'étonnant savoir et la conduite singulière de cet ancien occupant m'inquiétaient de plus en plus à mesure que j'apprenais de nouveaux détails par des rencontres, des journaux et des revues.

Les bizarreries qui avaient déconcerté les autres paraissaient s'accorder terriblement avec un arrière-plan de ténébreuses connaissances embusquées dans les profondeurs de mon subconscient. Je me mis à étudier avec fièvre les moindres renseignements touchant les études et les voyages de cet « autre » pendant les années obscures.

Tous mes tourments n'avaient pas ce degré d'abstraction. Il y avait les rêves – qui semblaient gagner en vigueur et en réalisme. Sachant comment la plupart des gens les considéraient, j'en parlais rarement sinon à mon fils ou à quelques psychologues dignes de confiance, mais j'entrepris bientôt une étude scientifique d'autres cas pour savoir si de telles visions étaient ou non caractéristiques chez les victimes de l'amnésie.

Mes résultats, obtenus avec l'aide de psychologues, d'historiens, d'anthropologues, et de spécialistes très expérimentés de la vie mentale, plus une recherche qui passait en revue tous les cas de dédoublement de la personnalité depuis l'époque des légendes de possession démoniaque jusqu'aux réalités médicales de notre temps, ces résultats donc m'apportèrent d'abord plus d'inquiétude que de réconfort.

Je m'aperçus bientôt que mes rêves n'avaient, à vrai dire, aucun équivalent dans la masse formidable des cas d'amnésie authentique. Il restait néanmoins un tout petit nombre d'exemples dont le parallélisme avec ma propre expérience m'intrigua et me bouleversa pendant des années. Certains étaient tirés d'un antique folklore ; d'autres répertoriés dans les annales de la médecine ; une ou deux anecdotes dormaient enfouies dans les classiques historiques.

Il semblait donc bien que si ma forme particulière de disgrâce était prodigieusement rare, des exemples s'en étaient pourtant présentés à de longs intervalles depuis le début des chroniques de l'humanité. Certains siècles en comptaient un, deux ou trois, d'autres aucun – ou du moins aucun dont on ait gardé le souvenir.

C'était pour l'essentiel toujours la même chose : une personne à l'esprit réfléchi et pénétrant se trouvait investie d'une étrange vitalité seconde, menant pendant un temps plus ou moins long une existence entièrement différente, caractérisée d'abord par une maladresse dans l'élocution et les mouvements, puis plus tard par l'acquisition systématique de connaissances scientifiques, historiques, artistiques et anthropologiques : acquisition menée avec une ardeur fiévreuse et une faculté d'assimilation absolument anormale. Puis un brusque retour à sa conscience propre, désormais tourmentée de temps à autre par des rêves confus et inapaisables suggérant par fragments d'effroyables souvenirs soigneusement effacés.

L'étroite ressemblance de ces cauchemars avec les miens – jusqu'aux moindres détails – ne laissait aucun doute dans mon esprit sur leur nature manifestement exemplaire. Un ou deux de ces cas s'entouraient d'un halo de vague et sacrilège familiarité, comme si je les avais déjà connus par quelque agent cosmique trop effroyable et hideux pour qu'on en soutienne la vue. Dans trois exemples on mentionnait explicitement une mystérieuse machine comme celle que j'avais eue chez moi avant la seconde transformation.

Ce qui m'inquiéta aussi pendant mes recherches fut la fréquence assez importante des cas où un bref et fugitif aperçu des mêmes cauchemars avait affecté des personnes non atteintes d'amnésie caractérisée.

Ces personnes étaient pour la plupart d'intelligence médiocre ou moins encore – certaines si rudimentaires qu'on ne pouvait guère y voir les véhicules d'une érudition anormale et d'acquisitions mentales surnaturelles. Elles étaient animées une seconde par une force étrangère – puis on observait un retour en arrière et l'incertaine réminiscence vite dissipée d'inhumaines horreurs.

Il y avait eu au moins trois cas de ce genre au cours du dernier demi-siècle – dont un seulement quinze ans plus tôt. Quelque chose, issu d'un abîme insoupçonné de la Nature, s'était-il aventuré en aveugle à travers le temps ? Ces troubles atténués étaient-ils de monstrueuses et sinistres expériences dont la nature et l'auteur échappaient à toute raison ?

Telles étaient quelques-unes des conjectures imprécises de mes heures les plus noires – chimères encouragées par les mythes que découvraient mes recherches. Car je n'en pouvais douter, certaines légendes persistantes d'une antiquité immémoriale, apparemment inconnues de certains amnésiques récents et de leurs médecins, donnaient une image frappante et terrible de pertes de mémoire comme la mienne.

Quant à la nature des rêves et des impressions qui devenaient si tumultueux, j'ose encore à peine en parler. Ils sentaient la folie, et je croyais parfois devenir vraiment fou. Était-ce là un genre d'hallucination propre aux anciens amnésiques ? Les efforts du subconscient pour combler par de pseudo-souvenirs un vide déconcertant pouvaient bien en effet donner lieu à de curieux caprices de l'imagination.

Telle fut d'ailleurs – bien qu'une autre hypothèse du folklore me parût finalement plus convaincante – l'opinion de beaucoup des aliénistes qui m'aidèrent à étudier des cas analogues, et furent intrigués comme moi par les similitudes parfois observées.

Ils ne qualifiaient pas cet état de folie véritable, mais le classaient plutôt parmi les troubles névrotiques. Ma démarche pour essayer de le circonscrire et de l'analyser, au lieu de chercher en vain à le rejeter et à l'oublier, rencontra leur chaleureuse approbation par sa conformité aux meilleurs principes psychologiques. J'appréciai particulièrement l'avis des médecins qui m'avaient suivi quand j'étais habité par une autre personnalité.

Mes premiers troubles ne furent pas d'ordre visuel, mais portaient sur les questions plus abstraites dont j'ai parlé. Il y avait aussi un sentiment de répugnance intense et inexplicable à l'égard de moimême. Il me vint une peur étrange de voir ma propre silhouette, comme si mes regards allaient y découvrir quelque chose d'absolument inconnu et d'une inconcevable horreur.

Quand je risquais enfin un regard sur moi et apercevais la forme humaine familière, discrètement vêtue de gris ou de bleu, je ressentais toujours un curieux soulagement, mais avant d'en arriver là il me fallait surmonter une terreur infinie. J'évitais les miroirs le plus possible, et me faisais toujours raser chez le coiffeur.

Il me fallut beaucoup de temps pour établir un lien entre ces sentiments de frustration et les visions passagères qui commençaient à se manifester. Le premier rapprochement de ce genre concerna la sensation bizarre d'une contrainte extérieure, artificielle, sur ma mémoire.

Je compris que les images entrevues dont je faisais l'expérience avaient une signification profonde, terrible, et un redoutable rapport avec moi-même, mais qu'une influence délibérée m'empêchait de saisir ce sens et ce rapport. Vint ensuite cette bizarre conception du temps, et avec elle les efforts désespérés pour situer les fragments fugaces du rêve sur le plan chronologique et spatial.

Les images elles-mêmes furent d'abord plus étranges qu'effrayantes. Il me semblait être dans une immense salle voûtée dont les hautes nervures de pierre se perdaient presque parmi les ombres audessus de ma tête. Quels que soient l'époque et le lieu, le principe du cintre était aussi connu et fréquemment utilisé qu'au temps des Romains.

Il y avait de colossales fenêtres rondes et élevées, des portes cintrées et des bureaux ou tables aussi hauts qu'une pièce ordinaire. De vastes étagères de bois noir couraient le long des murs, portant ce qui semblait des volumes de format gigantesque au dos marqué d'étranges hiéroglyphes.

La pierre apparente présentait des sculptures singulières, toujours en symboles mathématiques curvilignes, et des inscriptions ciselées reproduisant les mêmes caractères que les énormes volumes. La sombre maçonnerie de granit était d'un type mégalithique monstrueux, des rangées de blocs au sommet convexe venant s'encastrer dans d'autres à la base concave qui reposaient sur eux.

Il n'y avait pas de sièges mais le dessus des immenses tables était jonché de livres, de papiers et d'objets qui servaient sans doute à écrire : jarres de métal violacé bizarrement ornées, et baguettes à la pointe tachée. Si démesurés qu'ils soient, je réussissais parfois à voir ces bureaux d'en haut. Sur quelques-uns, de grands globes de cristal lumineux en guise de lampes, et d'énigmatiques machines faites de tubes de verre et de tiges de métal.

Les fenêtres vitrées étaient treillissées de solides barreaux. Sans oser approcher pour regarder au travers, je pouvais distinguer, de l'endroit où j'étais, les faîtes ondulants d'une végétation singulière rappelant les fougères. Le sol était fait de lourdes dalles octogonales, et l'on ne voyait ni tapis ni tentures.

Plus tard je me vis parcourir des galeries cyclopéennes de pierre, et monter ou descendre des plans inclinés gigantesques de la même colossale maçonnerie. Il n'y avait aucun escalier, et les couloirs ne mesuraient jamais moins de trente pieds de large. Certaines des constructions que je traversais en flottant devaient s'élever à des milliers de pieds dans le ciel.

Sous terre se succédaient plusieurs étages de noirs caveaux, et de trappes jamais ouvertes, scellées de bandes métalliques et suggérant vaguement un péril extraordinaire.

Je devais être prisonnier, et l'horreur menaçait partout où je jetais les yeux. Je sentais que le message de ces hiéroglyphes curvilinéaires qui me narguaient sur les murs aurait brisé mon âme si je n'avais été protégé par une bienheureuse ignorance.

Plus tard encore, je vis en rêve des perspectives par les grandes fenêtres rondes, et du haut du titanesque toit plat aux curieux jardins, ce large espace vide avec son haut parapet de pierre à festons, où menait le plus haut des plans inclinés.

Des bâtiments géants, chacun dans son jardin, s'alignaient sur des lieues, presque à perte de vue, le long de routes pavées d'au moins deux cents pieds de large. Ils étaient très divers, mais mesuraient rarement moins de cinq cents pieds carrés ou mille pieds de haut. Beaucoup paraissaient sans limites, avec une façade de plusieurs milliers de pieds, tandis que certains s'élançaient à des hauteurs vertigineuses dans le ciel gris et brumeux.

Faits pour l'essentiel de pierre ou de ciment, ils appartenaient généralement au curieux type de maçonnerie curviligne qui caractérisait l'immeuble où j'étais retenu. Les toits étaient plats, couverts de jardins, avec souvent des parapets à festons. Parfois des terrasses à plusieurs niveaux et de larges espaces dégagés parmi les jardins. Il y avait dans ces grandes routes comme un appel au mouvement, mais lors des premières visions je ne sus pas analyser le détail de cette impression.

Je vis en certains endroits d'énormes tours sombres de forme cylindrique qui dominaient de loin tous les autres édifices. Elles étaient vraisemblablement d'une espèce tout à fait exceptionnelle et présentaient les signes d'une antiquité et d'un délabrement considérables. Bâties bizarrement de blocs de basalte taillés à angle droit, elles s'amincissaient progressivement jusqu'à leurs sommets arrondis. On n'y voyait nulle part la moindre trace de fenêtres ou d'ouvertures quelconques, si ce n'est des portes énormes. Je remarquai aussi quelques constructions plus basses – toutes dégradées par des éternités d'intempéries – qui ressemblaient à ces sombres tours cylindriques d'architecture primitive. Tout autour de ces monuments délirants de maçonnerie à l'équerre planait une inexplicable atmosphère de menace et de peur intense, comme en dégageaient les trappes scellées.

Les jardins, omniprésents, étaient presque effrayants dans leur étrangeté, offrant des formes végétales bizarres et insolites qui se balançaient au-dessus de larges allées bordées de monolithes curieusement sculptés. Des espèces de fougères surtout, d'une taille anormale – les unes vertes, d'autres d'une pâleur spectrale, fongoïde.

Parmi elles se dressaient de grandes silhouettes fantomatiques, comparables à des calamites dont les troncs semblables à des bambous atteignaient des hauteurs fabuleuses. Et encore des touffes de prodigieux cycas, et des arbres ou arbustes baroques d'un vert sombre qui rappelaient les conifères.

Les fleurs, petites, incolores et impossibles à identifier, s'épanouissaient en parterres géométriques ou librement dans la verdure.

Dans quelques jardins de la terrasse ou du toit, il en poussait de plus grandes et plus colorées, d'aspect presque répugnant, qui suggéraient une culture artificielle. Des plantes fongoïdes, de dimensions, de contours et de couleurs inconcevables parsemaient le paysage selon des dessins qui révélaient une tradition horticole inconnue mais bien établie. Dans les jardins plus vastes au niveau du sol, on discernait un certain souci de conserver les caprices de la Nature, mais sur les toits la sélection et l'art des jardins étaient plus manifestes.

Le ciel était presque toujours pluvieux ou nuageux et j'assistai parfois à des pluies torrentielles. De temps à autre, pourtant, on apercevait le soleil – qui semblait anormalement grand – et la lune, dont les taches avaient quelque chose d'inhabituel que je ne pus jamais approfondir. Les nuits – très rares – où le ciel était assez clair, j'apercevais des constellations à peine reconnaissables. Quelquefois proches des figures connues, mais presque jamais identiques, et d'après la position des quelques groupes que je pus identifier, je conclus que je devais être dans l'hémisphère Sud, près du tropique du Capricorne.

L'horizon lointain était toujours embué et indistinct, mais je voyais, aux abords de la ville, de vastes jungles de fougères arborescentes inconnues, de calamites, de lépidodendrons et de sigillaires, dont les frondaisons fantastiques ondulaient, narquoises, dans les vapeurs mouvantes. Par moments s'esquissaient des mouvements dans le ciel, mais mes premières visions ne les précisèrent jamais.

Pendant l'automne de 1914, je commençai à faire des rêves espacés où je flottais étrangement au-dessus de la cité et des régions environnantes. Je découvris des routes interminables à travers des forêts de végétaux effroyables aux troncs tachetés, cannelés ou rayés, ou devant des villes aussi singulières que celle qui ne cessait de m'obséder.

Je vis de monstrueuses constructions de pierre noire ou irisée dans des percées ou des clairières où régnait un crépuscule perpétuel et je parcourus de longues chaussées à travers des marécages si sombres que je distinguais à peine leur humide et imposante végétation.

J'aperçus une fois une étendue sans bornes jonchée de ruines basaltiques détruites par le temps, dont l'architecture rappelait les rares tours sans fenêtres, aux sommets arrondis, de la ville obsédante.

Et une fois je vis la mer – étendue sans limites, vaporeuse, au-delà des colossales jetées de pierre d'une formidable cité de dômes et de voûtes. Des impressions de grande ombre sans forme se déplaçaient au-dessus d'elle, et, ici ou là, des jaillissements insolites venaient troubler la surface des eaux.

3

Ainsi que je l'ai dit, ces images extravagantes ne prirent pas tout de suite leur caractère terrifiant. À coup sûr, beaucoup de gens ont eu des rêves en eux-mêmes plus étranges – mêlant des fragments sans liens de vie quotidienne, de choses vues ou lues, combinés sous les formes les plus surprenantes par les caprices incontrôlés du sommeil.

Pendant un certain temps ces visions me semblèrent naturelles, bien que je n'aie jamais été jusqu'alors un rêveur extravagant. Beaucoup d'obscures anomalies, me disais-je, venaient sans doute de sources banales trop nombreuses pour qu'on les identifie ; d'autres reflétaient simplement une connaissance élémentaire des plantes et autres données du monde primitif, cent cinquante millions d'années plus tôt – le monde de l'âge permien ou triasique.

En quelques mois, néanmoins, l'élément de terreur apparut avec une intensité croissante. Et cela quand les rêves prirent infailliblement l'aspect de souvenirs et que mon esprit y découvrit un lien avec l'aggravation de mes inquiétudes d'ordre abstrait – le sentiment d'entrave à la mémoire, les singulières conceptions du temps, l'impression d'un détestable échange avec ma personnalité seconde de 1908-1913 et, beaucoup plus tard, l'inexplicable aversion à l'égard de moi-même.

À mesure que certains détails précis surgissaient dans les rêves, l'horreur y devenait mille fois pire – si bien qu'en octobre 1915, je compris qu'il me fallait agir. C'est alors que j'entrepris une étude approfondie d'autres cas d'amnésie et de visions, convaincu que je réussirais ainsi à objectiver mon problème et à me délivrer de son emprise émotionnelle.

Cependant, comme je l'ai déjà indiqué, le résultat fut d'abord presque exactement le contraire. Je fus absolument bouleversé d'apprendre que mes rêves avaient eu d'aussi exacts précédents ; d'autant plus que certains témoignages étaient trop anciens pour qu'on pût supposer chez les sujets la moindre connaissance en géologie – et, partant, la moindre idée des paysages primitifs.

Bien plus, beaucoup de ces récits fournissaient les détails et les explications les plus atroces à propos des images des grands bâtiments, des jardins sauvages – et du reste. Les visions par elles-mêmes et les impressions vagues étaient suffisamment horribles, mais ce que suggéraient ou affirmaient quelques autres rêveurs sentait la folie et le blasphème. Et le comble, c'était que ma propre pseudo-mémoire en était incitée à des rêves plus délirants et aux pressentiments de proches révélations. Néanmoins la plupart des médecins jugeaient ma démarche, dans l'ensemble, fort recommandable.

J'étudiai à fond la psychologie, et suivant mon exemple, mon fils Wingate en fit autant – ce qui l'amena finalement à occuper sa chaire actuelle. En 1917 et 1918 je suivis des cours spéciaux à Miskatonic. Entre-temps j'examinai inlassablement la documentation médicale, historique et anthropologique, voyageant jusqu'aux bibliothèques lointaines, osant enfin consulter même les livres abominables de l'antique tradition interdite, pour lesquels ma personnalité seconde avait manifesté un intérêt si troublant.

Certains de ces volumes étaient ceux-là mêmes que j'avais étudiés pendant ma métamorphose, et je fus bouleversé d'y trouver des notes marginales et d'apparentes corrections du texte hideux, d'une écriture et dans des termes qui avaient quelque chose d'étrangement inhumain.

La plupart étaient rédigées dans les langues respectives des différents ouvrages, dont le lecteur semblait avoir une connaissance également parfaite, bien qu'académique. L'une, pourtant, ajoutée aux *Unaussprechlichen Kulten* de von Junzt, était d'une inquiétante originalité. En hiéroglyphes curvilignes de la même encre que les corrections allemandes, elle ne suivait aucun modèle humain connu. Et ces hiéroglyphes étaient étroitement et sans aucun doute apparentés aux caractères que je rencontrais constamment dans mes rêves – ceux dont parfois j'imaginais un instant connaître la signification, ou être à deux doigts de me la rappeler.

Achevant de me déconcerter, plusieurs bibliothécaires m'assurèrent qu'à en croire les communications précédentes et les fiches de consultation des livres en question, toutes ces notes ne pouvaient être que de moi dans mon état second. Même si à l'époque, comme aujourd'hui, j'ignorais trois des langues utilisées.

En rassemblant les documents épars, anciens et modernes, anthropologiques et médicaux, j'obtins un mélange assez cohérent de mythe et d'hallucination dont l'ampleur et l'étrangeté me laissèrent absolument stupéfait. Une seule chose me consola : l'antiquité des mythes. Quelle science perdue avait introduit dans ces fables primitives l'image du paysage paléozoïque ou mésozoïque, je ne pouvais même pas l'imaginer ; mais il y avait eu ces images. Il existait donc une base pour la formation d'un type défini d'hallucination.

Les cas d'amnésie avaient sans aucun doute créé le modèle mythique général – mais par la suite, la prolifération capricieuse des mythes dut agir sur les amnésiques et colorer leurs pseudo-souvenirs. J'avais lu et appris moi-même toutes les légendes primitives pendant ma perte de mémoire – mes recherches l'avaient amplement démontré. N'était-il pas naturel, alors, que mes rêves et mes impressions affectives se colorent et se modèlent d'après ce que ma mémoire avait secrètement conservé de ma métamorphose ?

Quelques mythes se rattachaient de manière significative à d'autres légendes obscures du monde préhumain, en particulier ces contes hindous qui englobent de stupéfiants abîmes de temps et font partie de la tradition des théosophes actuels.

Les mythes primitifs et les hallucinations modernes s'accordaient pour affirmer que l'humanité n'est qu'une – et peut-être la moindre – des races hautement civilisées et dominantes dans la longue histoire, en grande partie inconnue, de cette planète. Ils laissaient entendre que des êtres de forme inconcevable avaient élevé des tours jusqu'au ciel et approfondi tous les secrets de la Nature avant que le premier ancêtre amphibie de l'homme ait rampé hors de la mer chaude voici trois cents millions d'années.

Certains venaient des étoiles ; quelques-uns étaient aussi vieux que le cosmos lui-même ; d'autres s'étaient rapidement développés à partir de germes terrestres aussi éloignés des premiers germes de notre cycle de vie que ceux-ci le sont de nous-mêmes. On parlait sans hésiter de milliers de millions d'années, et de rapports étroits avec d'autres galaxies et d'autres univers. À vrai dire, il n'était pas question de temps dans l'acception humaine du terme.

Mais la plupart des récits et des impressions rapportés évoquaient une race relativement récente, d'apparence bizarre et compliquée, ne rappelant aucune forme de vie scientifiquement connue, et qui s'était éteinte cinquante millions d'années à peine avant la venue de l'homme. Ce fut, disaient-ils, la race la plus importante de toutes, car elle seule avait conquis le secret du temps.

Elle avait appris tout ce qu'on avait su et tout ce qu'on saurait sur terre, grâce à la faculté de ses esprits les plus pénétrants de se projeter dans le passé et le futur, fût-ce à travers des abîmes de millions d'années, pour étudier les connaissances de chaque époque. Les réalisations de cette race avaient donné naissance à toutes les légendes des prophètes, y compris celles de la mythologie humaine.

Dans leurs immenses bibliothèques, des volumes de textes et de gravures contenaient la totalité des annales de la terre : histoires et descriptions de toutes les espèces qui avaient été ou seraient, avec le détail de leurs arts, leurs actions, leurs langues et leurs psychologies.

Forts de cette science illimitée, ceux de la Grand-Race choisissaient dans chaque ère et chaque forme de vie tel ou tel concept, art et procédé qui pouvaient convenir à leur propre nature et à leur situation. La connaissance du passé, obtenue par une sorte de projection de l'esprit indépendamment des sens reconnus, était plus difficile à recueillir que celle de l'avenir.

Dans ce dernier cas, la démarche était plus simple et plus concrète. Avec une assistance mécanique appropriée, un esprit se projetait en avant dans le temps, cherchant à tâtons son obscur chemin extrasensoriel jusqu'à proximité de la période désirée. Alors, après des épreuves préliminaires, il s'emparait du meilleur représentant qu'il pût trouver des formes de vie les plus évoluées à l'époque. Il pénétrait dans le cerveau de cet organisme où il installait ses propres vibrations, tandis que l'esprit dépossédé remontait en arrière jusqu'au temps de l'usurpateur, occupant le corps de ce dernier en attendant qu'un nouvel échange s'opère en sens inverse.

L'esprit projeté dans le corps d'un organisme du futur se comportait alors comme un membre de la race dont il empruntait l'apparence, et apprenait le plus rapidement possible tout ce qu'on pouvait acquérir de l'ère choisie, de ce qu'elle possédait d'informations et de techniques.

Cependant l'esprit dépossédé, rejeté dans le temps et le corps de l'usurpateur, était étroitement surveillé. On l'empêchait de nuire au corps qu'il occupait, et des enquêteurs spécialisés lui soutiraient tout son savoir. Il arrivait souvent qu'on l'interroge dans sa propre langue, si des recherches précédentes dans l'avenir en avaient rapporté des enregistrements.

Si l'esprit venait d'un corps dont la Grand-Race ne pouvait physiquement reproduire le langage, on fabriquait d'ingénieuses machines sur lesquelles la langue étrangère pouvait être « jouée » comme sur un instrument de musique.

Ceux de la Grand-Race étaient d'immenses cônes striés de dix pieds de haut, avec une tête et d'autres organes fixés à des membres extensibles d'un pied d'épaisseur partant du sommet. Ils s'exprimaient en faisant claquer ou frotter d'énormes pattes ou pinces qui prolongeaient deux de leurs quatre membres, et se déplaçaient en dilatant et contractant une couche visqueuse qui recouvrait leur base de dix pieds de large.

Quand la stupeur et le ressentiment de l'esprit captif s'étaient atténués, et – en admettant qu'il vînt d'un corps extrêmement différent de ceux de la Grand-Race – qu'il n'éprouvait plus d'horreur pour son insolite forme temporaire, on lui permettait d'étudier son nouveau milieu et de ressentir un émerveillement et une sagesse comparables à ceux de son remplaçant.

Moyennant certaines précautions et en échange de services rendus, on le laissait parcourir le monde habité dans de gigantesques aéronefs ou sur ces gros véhicules à profil de bateaux, propulsés par des moteurs atomiques, qui sillonnaient les grandes routes, et puiser librement dans les bibliothèques où l'on pouvait lire l'histoire passée et future de la planète.

Beaucoup d'esprits captifs acceptaient ainsi mieux leur sort ; car il n'en était que de passionnés, et pour ces esprits-là, la révélation des mystères cachés de la terre – chapitres clos d'inconcevables passés et des tourbillons vertigineux d'un futur qui contient les années à venir de leur propre temps – sera toujours, malgré les horreurs insondables souvent découvertes, l'expérience suprême de la vie.

Quelquefois, certains pouvaient rencontrer d'autres esprits captifs arrachés à l'avenir, échanger des idées avec des consciences qui vivaient cent, mille ou un million d'années avant ou après leur propre époque. Et tous devaient écrire dans leurs langues de longs témoignages sur eux-mêmes et leurs temps respectifs ; autant de documents que l'on classait dans les grandes archives centrales.

On peut ajouter qu'un type particulier de captifs jouissait de privilèges beaucoup plus étendus que ceux de la majorité. C'étaient les exilés permanents moribonds, dont les corps dans l'avenir avaient été confisqués par des membres audacieux de la Grand-

Race qui, confrontés à la mort, cherchaient à sauver leurs facultés mentales.

Ces exilés mélancoliques n'étaient pas si nombreux qu'on aurait pu s'y attendre, car la longévité de la Grand-Race diminuait son amour de la vie – surtout parmi ces esprits supérieurs capables de projection. Les cas de projection permanente d'esprits d'autrefois furent à l'origine de beaucoup de changements durables de personnalité signalés dans l'histoire plus récente, y compris dans celle de l'humanité.

Quant aux cas d'exploration ordinaire, lorsque l'esprit usurpateur avait appris de l'avenir tout ce qu'il souhaitait savoir, il construisait un appareil semblable à celui qui l'avait lancé au départ et inversait le processus de projection. Il se retrouvait dans son propre corps, à son époque, tandis que l'esprit jusqu'alors captif revenait à ce corps de l'avenir auquel il appartenait normalement.

Mais si l'un ou l'autre des corps était mort durant l'échange, cette restauration était impossible. En ce cas, bien sûr, l'esprit voyageur – comme celui des évadés de la mort – devait passer sa vie dans un corps étranger de l'avenir ; ou l'esprit captif – comme les exilés permanents moribonds – finissait ses jours à l'époque et sous la forme de la Grand-Race.

Ce destin était moins horrible quand l'esprit captif appartenait lui aussi à la Grand-Race – ce qui n'était pas rare, car au long des âges elle s'était toujours vivement préoccupée de son propre avenir. Mais le nombre des exilés permanents moribonds de la race était très limité – surtout à cause des sanctions terrifiantes qui punissaient le remplacement par des moribonds d'esprits à venir de la Grand-Race.

La projection permettait de prendre des mesures pour infliger ces peines aux esprits coupables dans leur nouveau corps de l'avenir – et l'on procédait parfois à un renversement forcé des échanges.

Des cas complexes de remplacement ou d'exploration d'esprits déjà captifs par d'autres esprits de diverses périodes du passé avaient été constatés et soigneusement corrigés. À toutes les époques depuis la découverte de la projection mentale, une partie infime mais bien identifiée de la population s'est composée d'esprits de la Grand-Race des temps passés, en séjours plus ou moins prolongés.

Lorsqu'un esprit captif d'origine étrangère devait réintégrer son propre corps dans l'avenir, on le purgeait au moyen d'une hypnose mécanique compliquée de tout ce qu'il avait appris à l'époque de la Grand-Race – cela pour éviter certaines conséquences fâcheuses d'une diffusion prématurée et massive du savoir.

Les rares exemples connus de transmission non contrôlée avaient causé et causaient encore, à des périodes déterminées, de terribles désastres. C'est essentiellement à la suite de deux cas de ce genre – selon les vieux mythes – que l'humanité avait appris ce qu'elle savait de la Grand-Race.

En fait de traces matérielles et directes de ce monde distant de millions d'années, il ne restait que les pierres énormes de certaines ruines dans des sites lointains et les fonds sous-marins, ainsi que des parties du texte des terribles *Manuscrits pnakotiques*.

Ainsi l'esprit qui regagnait son propre temps n'y rapportait que les images les plus confuses et les plus fragmentaires de ce qu'il avait vécu depuis sa capture. On en extirpait tous les souvenirs qui pouvaient l'être, si bien que, dans la plupart des cas, il ne subsistait depuis le moment du premier échange qu'un vide ombré de rêves. Quelques esprits avaient plus de mémoire que d'autres, et le rapprochement fortuit de leurs souvenirs avait parfois apporté aux temps futurs des aperçus du passé interdit. Probablement à toutes les époques, des groupes ou cultes avaient vénéré secrètement certaines de ces images. Le *Necronomicon* suggérait la présence parmi les humains d'un culte de ce genre, qui quelquefois venait en aide aux esprits pour retraverser des durées infinies en revenant du temps de la Grand-Race.

Cependant, ceux de la Grand-Race eux-mêmes, devenus presque omniscients, se mettaient en devoir d'établir des échanges avec les esprits des autres planètes, pour explorer leur passé et leur avenir. Ils s'efforçaient aussi de sonder l'histoire et l'origine de ce globe obscur, mort depuis des éternités au fond de l'espace, et dont ils tenaient leur propre héritage mental, car l'intelligence de ceux de la Grand-Race était plus ancienne que leur enveloppe corporelle.

Les habitants de ce vieux monde agonisant, instruits des ultimes secrets, avaient cherché un autre univers et une race nouvelle qui leur assureraient longue vie, et avaient envoyé en masse leurs esprits dans la race future la plus propre à les recevoir : les êtres coniques qui peuplaient notre terre voici un milliard d'années.

Ainsi était née la Grand-Race, tandis que les myriades d'esprits renvoyés dans le passé étaient vouées à mourir sous des formes étrangères. Plus tard, la race se retrouverait face à la mort, mais elle survivrait grâce à une seconde migration de ses meilleurs esprits dans le corps d'autres créatures de l'avenir, dotées d'une plus longue existence physique.

Tel était l'arrière-plan où s'entrelaçaient la légende et l'hallucination. Lorsque, vers 1920, j'eus concrétisé mes recherches sous une forme cohérente, je sentis s'apaiser un peu la tension que leurs débuts avaient accrue. Après tout, et malgré les fantasmes suscités par des émotions aveugles, la plupart de mes expériences n'étaient-elles pas aisément explicables ? Un hasard quelconque avait pu orienter mon esprit vers des études secrètes pendant l'amnésie – puis j'avais lu les légendes interdites et fréquenté les membres d'anciens cultes impies. Ce qui, manifestement, avait fourni la matière des rêves et des impressions troubles qui avaient suivi le retour de la mémoire.

Quant aux notes marginales en hiéroglyphes fantastiques et dans des langues que j'ignorais, mais dont les bibliothécaires m'attribuaient la responsabilité, j'avais fort bien pu saisir quelques notions des langues dans mon état second, alors que les hiéroglyphes étaient sans doute nés de mon imagination d'après les descriptions de vieilles légendes, avant de se glisser dans mes rêves. J'essayai de vérifier certains points en m'entretenant avec des maîtres de cultes connus, sans jamais réussir à établir l'exact enchaînement des faits.

Par moments, le parallélisme de tant de cas à tant d'époques lointaines continuait à me préoccuper comme il l'avait fait dès le début, mais je me disais par ailleurs que cet exaltant folklore était incontestablement plus répandu autrefois qu'aujourd'hui.

Toutes les autres victimes de crises semblables à la mienne étaient sans doute familiarisées depuis longtemps avec les légendes que je n'avais apprises qu'en mon état second. En perdant la mémoire, elles s'étaient identifiées aux créatures de leurs mythes traditionnels – les fabuleux envahisseurs qui se seraient substitués à l'esprit des hommes – s'engageant ainsi dans la recherche d'un savoir qu'elles croyaient le souvenir d'un passé non humain imaginaire.

Puis, en retrouvant la mémoire, elles inversaient le processus associatif et se prenaient pour d'anciens esprits captifs et non pour des usurpateurs. D'où les rêves et les pseudo-souvenirs sur le modèle du mythe conventionnel.

Ces explications embarrassées finirent pourtant par l'emporter sur toutes les autres dans mon esprit – en raison de la faiblesse encore plus évidente des théories opposées. Et un nombre important d'éminents psychologues et anthropologues rejoignirent peu à peu mon point de vue.

Plus je réfléchissais, plus mon raisonnement me semblait convaincant si bien que j'en arrivai à dresser un rempart efficace contre les visions et les impressions qui me hantaient toujours. Voyais-je la nuit des choses étranges ? Ce n'était rien que ce que j'avais entendu ou lu. Me venait-il des dégoûts, des conceptions, des pseudo-souvenirs bizarres ? C'étaient encore autant d'échos des mythes assimilés dans mon état second. Rien de ce que je pouvais rêver ou ressentir n'avait de véritable signification.

Fort de cette philosophie, j'améliorai nettement mon équilibre nerveux, en dépit des visions – plus que des impressions abstraites – qui devenaient sans cesse plus fréquentes et d'une précision plus troublante. En 1922, me sentant capable de reprendre un travail régulier, je mis en pratique mes connaissances nouvellement acquises en acceptant à l'université un poste de maître de conférences en psychologie.

Mon ancienne chaire d'économie politique avait depuis longtemps un titulaire compétent – sans compter que la pédagogie des sciences économiques avait beaucoup évolué depuis mon époque. Mon fils était alors au stade des études supérieures qui allaient le mener à sa chaire actuelle, et nous travaillions beaucoup ensemble.

4

Je continuai néanmoins de noter soigneusement les rêves incroyables qui m'assaillaient, si denses et si impressionnants. J'y trouvais l'intérêt d'un document psychologique d'une réelle valeur. Ces images fulgurantes ressemblaient toujours diablement à des souvenirs, mais je luttais contre cette impression avec un certain succès.

Dans mes notes, je décrivais les fantasmes comme des choses vues mais le reste du temps, j'écartais ces illusions arachnéennes de la nuit. Je n'y avais jamais fait allusion dans les conversations courantes ; pourtant le bruit s'en était répandu, ainsi qu'il en va de ce genre de chose, suscitant divers commentaires sur ma santé mentale. Il est amusant de songer que ces rumeurs ne dépassaient pas le cercle des profanes, sans un seul écho chez les médecins ou les psychologues.

Je parlerai peu ici de mes visions d'après 1914, puisque des récits et des comptes rendus plus détaillés sont à la disposition des chercheurs sérieux. Il est certain qu'avec le temps les singulières inhibitions s'atténuèrent un peu, car le champ de mes visions s'élargit considérablement. Elles ne furent jamais toutefois que des fragments sans lien, et apparemment sans claire motivation.

Je semblais acquérir progressivement dans les rêves une liberté de mouvement de plus en plus grande. Je flottais à travers d'étonnants bâtiments de pierre, passant de l'un à l'autre par de gigantesques galeries souterraines qui étaient manifestement des voies de communication courantes. Je rencontrais parfois, au niveau le plus bas, ces larges trappes scellées autour desquelles régnait une telle aura de peur et d'interdit.

Je voyais d'énormes bassins de mosaïque, et des salles pleines de curieux et inexplicables ustensiles d'une variété infinie. Il y avait encore dans des cavernes colossales des mécanismes compliqués dont le dessin et l'utilité m'étaient absolument inconnus, et dont le bruit ne se fit entendre qu'après plusieurs années de rêves. Je peux faire observer ici que la vue et l'ouïe sont les seuls sens que j'aie jamais utilisés dans l'univers onirique.

L'horreur véritable commença en mai 1915, quand je vis pour la première fois des créatures vivantes. C'était avant que mes recherches m'aient appris, avec les mythes et l'historique des cas, ce à quoi je devais m'attendre. À mesure que tombaient les barrières mentales, j'aperçus de grandes masses de vapeur légère en différents endroits du bâtiment et dans les rues en contrebas.

Elles devinrent peu à peu plus denses et distinctes, jusqu'à ce que je puisse suivre leurs monstrueux contours avec une inquiétante facilité. On eût dit d'énormes cônes iridescents de dix pieds de haut et autant de large à la base, faits d'une substance striée, squameuse et semi-élastique. De leur sommet partaient quatre membres cylindriques flexibles, chacun d'un pied d'épaisseur, de la même substance ridée que les cônes eux-mêmes.

Ces membres se contractaient parfois jusqu'à presque disparaître, ou s'allongeaient à l'extrême, atteignant quelquefois dix pieds. Deux se terminaient par de grosses griffes ou pinces. Au bout d'un troisième se trouvaient quatre appendices rouges en forme de trompette. Le quatrième portait un globe jaunâtre, irrégulier, d'environ deux pieds de diamètre, où s'alignaient trois grands yeux noirs le long de la circonférence centrale.

Cette tête était surmontée de quatre minces tiges grises avec des excroissances pareilles à des fleurs, tandis que de sa face inférieure pendaient huit antennes ou tentacules verdâtres. La large base du cône central était bordée d'une matière grise, caoutchouteuse, qui par dilatation et contraction successives assurait le déplacement de l'« entité » tout entière.

Leurs actions, pourtant inoffensives, me terrifièrent plus encore que leur apparence – car on ne regarde pas impunément des êtres monstrueux faire ce dont on croyait les humains seuls capables. Ces objets-là allaient et venaient avec intelligence dans les grandes salles, transportaient les livres des rayonnages aux tables ou vice versa, en écrivant parfois, soigneusement, avec une baguette spéciale au bout des tentacules verdâtres de leur tête. Les grosses pinces servaient à porter les livres et à converser – la parole consistant en une sorte de cliquetis ou de grattement.

Ces objets n'étaient pas vêtus, mais ils portaient des cartables ou des sacs à dos suspendus au sommet du tronc en forme de cône. Ils tenaient généralement leur tête et le membre qui la supportait au niveau du sommet du cône, bien qu'il leur arrivât souvent de les lever ou de les baisser.

Les trois autres membres principaux pendaient à l'état de repos le long du cône, réduits à cinq pieds chacun quand ils ne servaient pas. De la vitesse à laquelle ils lisaient, écrivaient et manipulaient leurs machines – celles qui se trouvaient sur les tables paraissaient en quelque sorte reliées à la pensée – je conclus que leur intelligence était bien supérieure à celle de l'homme.

Plus tard, je les vis partout ; grouillant dans toutes les grandes salles et les couloirs, surveillant de monstrueuses machines dans des cryptes voûtées, et lancés à toute allure sur les larges routes dans de gigantesques voitures en forme de bateau. Je cessai de les craindre, car ils semblaient intégrés à leur milieu avec un suprême naturel.

Des caractéristiques individuelles devenaient évidentes parmi eux et certains donnaient l'impression d'être soumis à une sorte de contrainte. Ces derniers, sans présenter aucune différence physique, se distinguaient non seulement de la majorité mais plus encore les uns des autres par leurs gestes et leurs habitudes.

Ils écrivaient beaucoup, en utilisant, à en croire ma vision incertaine, une grande variété de caractères, mais jamais les hiéroglyphes curvilignes habituels. Quelques-uns, me sembla-t-il, se servaient de notre alphabet familier. Ils travaillaient pour la plupart bien plus lentement que l'ensemble des « entités ».

Pendant tout ce temps, je ne fus en rêve qu'une conscience désincarnée au champ visuel plus étendu que la normale, flottant librement, du moins sur les avenues ordinaires et les voies express. En août 1915, des suggestions d'existence corporelle commencèrent à me tourmenter. Je dis tourmenter, car la première phase ne fut qu'un rapprochement purement abstrait mais non moins atroce entre la répugnance déjà signalée à l'égard de mon corps et les scènes de mes visions.

Un moment, je fus surtout préoccupé pendant les rêves d'éviter de me regarder, et je me rappelle combien je me félicitais de l'absence de miroirs dans les étranges salles. J'étais très troublé de voir toujours les grandes tables – qui n'avaient pas moins de dix pieds de haut – au niveau de leur surface et non plus bas.

Puis, la tentation morbide de m'examiner devint de plus en plus forte et une nuit je ne pus résister. D'abord en baissant les yeux je ne vis absolument rien. Je compris bientôt pourquoi : ma tête se trouvait au bout d'un cou flexible d'une longueur démesurée. En contractant ce cou et en regardant plus attentivement, je distinguai la masse squameuse, striée, iridescente d'un énorme cône de dix pieds de haut sur dix pieds de large à la base. C'est alors que mes hurlements éveillèrent la moitié d'Arkham tandis que je me précipitais comme un fou hors de l'abîme du sommeil.

Il me fallut des semaines de hideuse répétition pour me réconcilier à demi avec ces visions de moi-même sous une forme monstrueuse. Je me déplaçais désormais physiquement dans les rêves parmi les autres entités, lisant les terribles livres des rayonnages interminables, et écrivant pendant des heures sur les hautes tables en maniant un style avec les tentacules verts qui pendaient de ma tête.

Des fragments de ce que je lisais et écrivais subsistaient dans ma mémoire. C'étaient les horribles annales d'autres mondes, d'autres univers, et des manifestations d'une vie sans forme en dehors de tous les univers, des récits sur les êtres singuliers qui avaient peuplé le monde dans des passés oubliés, et les effroyables chroniques des intelligences grotesquement incarnées qui le peupleraient des millions d'années après la mort du dernier humain.

Je découvris des chapitres de l'histoire humaine dont aucun spécialiste d'aujourd'hui ne soupçonne même l'existence. La plupart de ces textes étaient écrits en hiéroglyphes, que j'étudiais bizarrement avec des machines bourdonnantes, et qui constituaient de toute évidence une langue agglutinante avec des systèmes de racines, absolument différente de tous les langages humains.

J'étudiais de la même façon d'autres ouvrages dans d'autres idiomes étranges. Il y en avait très peu dans les langues que je connaissais. De très belles illustrations, insérées dans les volumes et formant aussi des collections séparées, m'apportaient une aide précieuse. Et pendant tout ce temps, je rédigeais, semble-t-il, une histoire en anglais de ma propre époque. À mon réveil, je ne me rappelais que des bribes infimes et dénuées de sens des langues inconnues que mon moi rêvé avait assimilées, mais il me restait en mémoire des phrases entières de mon livre.

Avant même que mon moi éveillé n'ait étudié les cas analogues au mien ou les anciens mythes, d'où assurément naquirent les rêves, j'appris que les entités qui m'entouraient étaient la race la plus évoluée du monde, qu'elle avait conquis le temps et envoyé des esprits en exploration dans toutes les époques. Je sus aussi que j'avais été exilé de mon temps tandis qu'un autre y occupait mon corps et que certaines de ces étranges formes abritaient des esprits pareillement capturés. Je conversais, dans un curieux parler fait de cliquetis de griffes, avec des intelligences exilées de tous les coins du système solaire.

Il y avait un esprit de la planète que nous appelons Vénus, qui vivrait dans un nombre incalculable d'époques à venir, et un autre d'un satellite de Jupiter qui venait de six millions d'années avant notre ère. Parmi les esprits terrestres, il y en avait de la race semi-végétale, ailée, à la tête en étoile, de l'Antarctique paléogène ; un du peuple reptilien de la Valusia des légendes ; trois sectateurs hyperboréens de Tsathoggua, des préhumains couverts de fourrure ; un des très abominables Tcho-Tchos ; deux des arachnides acclimatés du dernier âge de la terre ;

cinq des robustes espèces de coléoptères, successeurs immédiats de l'humanité, à qui ceux de la Grand-Race transféreraient un jour en masse leurs esprits les plus évolués face à un péril extrême ; et plusieurs des différentes branches de l'humanité.

Je m'entretins avec l'esprit de Yiang-Li, un philosophe du cruel empire de Tsan-Chan, qui viendra en 5000 après J.-C. ; avec celui d'un général de ce peuple à grosse tête et peau brune qui occupa l'Afrique du Sud cinquante mille ans avant J.-C. ; et celui du moine florentin du XIIe siècle nommé Bartolomeo Corsi ; avec celui d'un roi de Lomar qui gouverna cette terrible terre polaire cent mille ans avant que les Inutos jaunes et trapus ne viennent de l'Occident pour l'envahir.

Je conversai avec l'esprit de Nug-Soth, magicien des conquérants noirs de l'an 16000 de notre ère ; avec celui d'un Romain nommé Titus Sempronius Blaesus, qui fut questeur au temps de Sylla ; avec celui de Khephnes, Égyptien de la quatorzième dynastie, qui m'apprit le hideux secret de Nyarlathotep ; et celui d'un prêtre du Moyen Empire de l'Atlantide ; et celui de James Woodville, hobereau du Suffolk au temps de Cromwell ; avec celui d'un astronome de la cour dans le Pérou préinca ; avec celui du physicien australien Nevil Kingston-Brown, qui mourra en 2518 ; avec celui d'un archimage du royaume disparu de Yhé dans le Pacifique ; celui de Theodotides, fonctionnaire grec de Bactriane en 200 avant J.-C. ; avec celui d'un vieux Français du temps de Louis XIII qui s'appelait Pierre-Louis Montagny ; celui de Crom-Ya, chef cimmérien en l'an 15000 avant J.-C. ; et tant d'autres que mon cerveau ne peut retenir les épouvantables secrets et vertigineuses merveilles qu'ils m'ont révélés.

Je m'éveillais chaque matin dans la fièvre, tentant parfois avec frénésie de vérifier ou de mettre en doute telle information qui relevait du domaine des connaissances humaines actuelles. Les faits traditionnels prenaient des aspects nouveaux, suspects, et je m'étonnais de l'imaginaire onirique qui peut inventer pour l'histoire et la science de si surprenants prolongements.

Je frémissais des mystères que le passé peut receler, et tremblais des menaces que peut apporter l'avenir. Ce que suggéraient les propos des entités posthumaines sur le sort de l'humanité produisit sur moi un tel effet que je préfère ne pas le rapporter ici.

Après l'homme, viendrait la puissante civilisation des coléoptères, dont l'élite de la Grand-Race s'approprierait les corps quand un sort monstrueux frapperait le monde ancien. Plus tard, le cycle de la terre étant révolu, les esprits transférés migreraient de nouveau à travers le temps et l'espace, jusqu'à une autre escale dans le corps bulbeux des entités végétales de Mercure. Mais il y aurait des races après eux pour s'accrocher encore, pathétiquement, à la planète refroidie, et s'y enfouir jusqu'à son cœur comblé d'horreur, avant l'extinction définitive.

Cependant, dans mes rêves, j'écrivais inlassablement cette histoire de mon époque que je destinais – moitié volontairement et moitié contre des promesses de facilités accrues d'étude et de déplacement – aux archives centrales de la Grand-Race. Ces archives étaient une colossale construction souterraine, près du centre de la ville, que je finis par bien connaître pour y avoir souvent travaillé et consulté des documents. Fait pour durer aussi longtemps que la race, et résister aux plus violentes convulsions de la terre, ce formidable entrepôt l'emportait sur tous les autres édifices par sa structure massive et inébranlable de montagne.

Les documents, écrits ou imprimés sur de grandes feuilles de matière cellulosique étonnamment résistante, étaient reliés en livres qui s'ouvraient par le haut, et conservés dans des étuis individuels d'un étrange métal grisâtre, extrêmement léger, inoxydable, décorés de figures géométriques et portant le titre en hiéroglyphes curvilignes de la Grand-Race.

Ces étuis étaient entreposés dans des étages de coffres rectangulaires – tels des rayonnages clos et verrouillés – faits du même métal inoxydable et fermés par des boutons aux combinaisons compliquées. Mon histoire avait sa place réservée dans les coffres au niveau le plus bas, celui des vertébrés, dans la section consacrée aux cultures de l'humanité et des races reptiliennes et à fourrure qui l'avaient immédiatement précédée dans la domination de la terre.

Mais aucun rêve ne me donna jamais un tableau complet de la vie quotidienne. Ce n'étaient que fragments nébuleux et sans lien, et qui ne se présentaient certainement pas dans leur succession normale. Je n'ai par exemple qu'une idée très imparfaite de l'organisation de ma vie dans le monde du rêve, sinon que je devais disposer personnellement d'une grande chambre de pierre. Mes restrictions de prisonnier disparurent peu à peu, au point que certaines visions comprenaient des voyages impressionnants au-dessus des imposantes routes de la jungle, des séjours dans des villes étranges et des explorations de quelques-unes des immenses ruines noires sans fenêtres dont se détournaient ceux de la Grand-Race avec une singulière frayeur. Il y eut aussi de longs périples sur mer à bord d'énormes navires à plusieurs ponts d'une rapidité incroyable, et des survols de régions sauvages dans des dirigeables fermés, en forme de projectiles, soulevés et mus par propulsion électrique.

Par-delà le chaud et vaste océan s'élevaient d'autres cités de la Grand-Race, et sur un continent lointain je vis les villages primitifs des créatures ailées au museau noir qui deviendraient une souche dominante quand la Grand-Race aurait envoyé dans le futur ses esprits les plus évolués pour échapper à l'horreur rampante. L'absence de relief et la verdure surabondante caractérisaient toujours le paysage. Les collines basses et rares donnaient généralement des signes d'activité volcanique.

Sur les animaux que je vis, je pourrais écrire des volumes. Tous étaient sauvages car la civilisation mécanique de la Grand-Race avait depuis longtemps supprimé les animaux domestiques et la nourriture était entièrement d'origine végétale ou synthétique. Des reptiles maladroits de grande taille pataugeaient dans les vapeurs de marais fumants, voletaient dans l'air lourd, ou crachaient de l'eau sur les mers et les lacs ; parmi eux je crus vaguement reconnaître des prototypes réduits et archaïques de nombreuses espèces – dinosaures, ptérodactyles, ichtyosaures, labyrinthodontes, plésiosaures, et autres – que la paléontologie nous a rendus familiers. Quant aux oiseaux et aux mammifères, je ne pus en découvrir aucun.

Le sol et les eaux stagnantes grouillaient de serpents, de lézards et de crocodiles, tandis que les insectes bourdonnaient sans cesse parmi la végétation luxuriante. Et sur la mer au loin, des monstres inconnus et inobservés soufflaient de formidables colonnes d'écume dans le ciel vaporeux. On m'emmena une fois au fond de l'océan dans un gigantesque sous-marin muni de projecteurs, et j'aperçus des monstres vivants d'une taille impressionnante. Je vis aussi les ruines d'incroyables villes englouties, et une profusion de crinoïdes, de brachiopodes, de coraux, et de vies ichtyoïdes qui pullulaient partout.

Mes visions m'apprirent très peu de chose sur la physiologie, la psychologie, les usages, l'histoire détaillée de la Grand-Race, et beaucoup des éléments dispersés que je rapporte ici furent glanés dans mon étude des vieilles légendes et des autres cas plutôt que dans ma vie onirique.

À la longue en effet, mes lectures et mes recherches rejoignirent puis dépassèrent les rêves à certains moments, si bien que tels ou tels fragments de rêve se trouvaient expliqués d'avance et constituaient des vérifications de ce que j'avais appris. Cette observation consolante affermit ma conviction que des lectures et des recherches du même ordre, effectuées par mon moi second, avaient fourni la trame de tout ce tissu de pseudo-souvenirs.

L'époque de mes rêves remontait apparemment à un peu moins de cent cinquante millions d'années, lorsque l'âge paléozoïque faisait place au mésozoïque. Les corps occupés par la Grand-Race ne correspondaient à aucun stade d'évolution – survivant ou scientifiquement connu – de l'évolution terrestre, mais c'était un type organique bizarre, très homogène et hautement spécialisé, aussi proche du végétal que de l'animal.

Le mécanisme de la cellule était chez eux d'un genre exceptionnel, excluant presque la fatigue et supprimant le besoin de sommeil. La nourriture, absorbée par les appendices rouges en forme de trompette fixés à l'un des principaux membres flexibles, était toujours semi-liquide et à bien des égards différait entièrement des aliments de tous les animaux existants.

Ces êtres ne possédaient que deux des sens que nous connaissons : la vue et l'ouïe, cette dernière ayant pour organes les excroissances en forme de fleurs situées sur la tête, au bout de tiges grises. Ils avaient beaucoup d'autres sens, incompréhensibles – et de toute façon peu utilisables par les esprits étrangers captifs qui habitaient leurs corps. Leurs trois yeux étaient placés de manière à leur assurer un champ visuel plus étendu que la normale. Leur sang était une espèce d'ichor[1] vert foncé, très épais.

Ils n'avaient pas de sexe, mais se reproduisaient au moyen de germes ou spores groupés à leur base, qui ne pouvaient se développer que sous l'eau. On utilisait de grands bassins peu profonds pour la culture de leurs jeunes – qu'on élevait toutefois en nombre très limité en raison de la longévité des individus : l'âge moyen étant de quatre ou cinq mille ans.

Ceux qui se révélaient manifestement défectueux étaient éliminés aussitôt qu'on observait leurs imperfections. En l'absence du toucher ou de la souffrance physique, la maladie et l'approche de la mort se reconnaissaient à des symptômes purement visuels.

Les morts étaient incinérés en grande cérémonie. De temps à autre, comme on l'a déjà dit, un esprit exceptionnel échappait à la mort en se projetant dans l'avenir ; mais de tels cas étaient rares. Quand il s'en produisait un, l'esprit exilé de l'avenir était traité avec la plus grande bienveillance jusqu'à la désintégration de son insolite résidence.

La Grand-Race semblait former une seule nation ou « union » aux liens assez lâches, ayant en commun les principales institutions mais comportant quatre groupes distincts. Le système économique et politique de chaque groupe était une sorte de socialisme à tendances fascistes ; les ressources essentielles étaient réparties rationnellement, et le

1. Ce mot grec qui actuellement signifie surtout *pus* ou *sanie*, désignait pour la mythologie le fluide éthéré qui servait de sang aux dieux. (*N.d.T.*)

pouvoir confié à une petite commission gouvernementale élue par les suffrages de tous ceux qui étaient capables de réussir certains tests culturels et psychologiques. Il n'y avait pas d'organisation familiale à proprement parler, même si l'on reconnaissait certains liens entre les personnes de même origine, et si les jeunes étaient généralement élevés par leurs parents.

Les rapprochements les plus marqués avec les comportements et les institutions humains s'observaient naturellement d'une part dans ces domaines où il s'agissait de données très abstraites, d'autre part quand s'imposaient les impulsions élémentaires et communes à toute forme de vie organique. Quelques ressemblances venaient aussi d'un choix délibéré de ceux de la Grand-Race qui, explorant l'avenir, en imitaient ce qui leur plaisait.

L'industrie, extrêmement mécanisée, demandait peu de temps à chaque citoyen et toutes sortes d'activités intellectuelles et esthétiques occupaient ces longs loisirs.

Les sciences avaient atteint un niveau incroyablement élevé et l'art jouait un rôle essentiel dans la vie ; pourtant, à l'époque de mes rêves, son sommet et son apogée étaient passés. La technologie trouvait un stimulant considérable dans la lutte incessante pour survivre et préserver la structure matérielle des grandes villes, malgré les prodigieuses convulsions géologiques de ces temps primitifs.

Le crime était étonnamment rare et le maintien de l'ordre assuré avec une remarquable efficacité. Les peines, qui allaient de la perte de privilège et la prison jusqu'à la mort ou à un déchirement émotionnel profond, n'étaient jamais infligées sans un examen minutieux des motifs du coupable.

Les guerres, civiles pour la plupart depuis les derniers millénaires, mais menées parfois contre des envahisseurs reptiliens ou octopodes, ou encore contre les Anciens ailés, à la tête en étoile, concentrés dans l'Antarctique, étaient peu fréquentes mais terriblement dévastatrices. Une armée formidable, équipée d'engins ressemblant à des appareils photo et produisant des phénomènes électriques foudroyants, se tenait prête pour des actions rarement évoquées mais évidemment liées à la crainte incessante des antiques ruines noires sans fenêtres et des grandes trappes scellées des étages souterrains.

Cette terreur des ruines basaltiques et des trappes n'était généralement l'objet que de suggestions confuses – ou tout au plus de vagues et furtifs murmures. Absence significative : on ne trouvait dans les livres des rayonnages d'usage courant aucune précision à son propos. C'était chez ceux de la Grand-Race le seul sujet rigoureusement tabou, associé semblait-il à d'effroyables luttes passées autant qu'au péril futur qui obligerait un jour la race à envoyer en masse ses esprits les plus pénétrants dans les temps à venir.

Si décevants et fragmentaires que soient les autres sujets présentés par les rêves et les légendes, celui-ci était plus obscur encore et déconcertant. Les vieux mythes confus l'évitaient complètement – ou peut-être, à dessein, avait-on retranché toute allusion. Et dans mes rêves comme dans ceux des autres, les traces en étaient singulièrement rares. Les membres de la Grand-Race n'en parlaient jamais de propos délibéré, et tout ce qu'on a pu glaner vient de quelques esprits captifs particulièrement observateurs.

Selon ces bribes d'information, l'objet de cette peur était une horrible race ancienne d'entités tout à fait extraterrestres, à demi polypes qui, venant à travers l'espace d'univers infiniment lointains, avait soumis la terre et trois autres planètes du système solaire voici environ six cents millions d'années. Elles n'étaient matérielles qu'en partie – suivant notre conception de la matière – et leur type de conscience ainsi que leurs moyens de perception étaient radicalement différents de ceux des organismes terrestres. Leurs sens, par exemple, ne comportaient pas celui de la vue, leur monde mental se composant d'un étrange réseau d'impressions non visuelles.

Elles étaient néanmoins suffisamment matérielles pour utiliser des instruments de matière normale dans les régions cosmiques où elles en trouvaient et il leur fallait un logement – encore qu'il fût d'un genre très particulier. Bien que leurs sens puissent pénétrer les obstacles matériels, leur substance en était incapable et certaines formes d'énergie électrique pouvaient les détruire entièrement. Elles avaient la faculté de se déplacer dans l'air, malgré l'absence d'ailes ou de quelque autre organe visible de lévitation. Leurs esprits étaient d'une telle nature que ceux de la Grand-Race n'avaient pu faire aucun échange avec eux.

Lorsque ces créatures étaient arrivées sur la terre, elles avaient construit de puissantes cités basaltiques de tours sans fenêtres, et exercé d'affreux ravages sur les êtres vivants qu'elles avaient rencontrés. C'est alors que les esprits de la Grand-Race s'étaient élancés à travers le vide, depuis cet obscur monde transgalactique connu sous le nom de Yith dans les inquiétants et contestables fragments de poterie d'Eltdown.

Les nouveaux venus, grâce aux engins qu'ils avaient créés, n'eurent aucune peine à vaincre les rapaces entités et à les refouler dans ces cavernes au cœur de la terre qu'elles avaient déjà reliées à leurs demeures et commencé à habiter.

Puis, scellant les issues, ils les avaient abandonnées à leur destin, occupant par la suite la plupart de leurs grandes cités dont ils conservèrent certains édifices importants pour des motifs qui relevaient plus de la superstition que de l'indifférence, l'audace ou le zèle scientifique et historique.

Mais à mesure que s'écoulaient les âges, des symptômes imprécis et sinistres révélaient que les entités anciennes croissaient en force et en nombre dans les entrailles de la Terre. Des irruptions sporadiques d'un caractère particulièrement hideux se produisirent dans certaines petites villes lointaines de la Grand-Race et dans quelques-unes des vieilles cités abandonnées qu'elle n'avait pas peuplées – autant de lieux où l'on n'avait pas convenablement scellé et gardé les issues menant aux abîmes intérieurs.

Après cela, on avait redoublé de précautions, et muré définitivement la plupart des ouvertures – plusieurs furent conservées avec leurs trappes scellées, dans un but stratégique, pour combattre les vieilles entités si jamais elles surgissaient à des endroits inattendus.

Les incursions de ces monstrueux Anciens avaient dû être d'une horreur indescriptible, car elles avaient à jamais coloré la psychologie de la Grand-Race. L'impression tenace de cette horreur était telle que l'aspect même des créatures était passé sous silence. Je ne pus à aucun moment entrevoir clairement à quoi elles ressemblaient.

Il était question en termes voilés d'une stupéfiante plasticité et de la faculté de se rendre passagèrement invisibles, tandis que d'autres échos faisaient allusion à leur contrôle de vents violents à des fins militaires. On semblait leur associer aussi des sifflements bizarres et de colossales traces de pas comportant les empreintes circulaires de cinq orteils.

De toute évidence, le sort fatal que redoutait si désespérément la Grand-Race – ce sort qui lancerait un jour des millions d'esprits remarquables à travers l'abîme du temps jusqu'à des corps inconnus dans un avenir plus sûr – était lié à une dernière attaque victorieuse des êtres anciens.

Des projections mentales dans les âges futurs prédisaient clairement une telle horreur et la Grand-Race avait décidé qu'aucun de ceux qui pouvaient fuir n'aurait à l'affronter. Ce serait un raid de pure vengeance, bien plus qu'un effort pour reconquérir le monde de la surface ; cela, on le savait par l'histoire future de la planète, car les projections mentales ne montraient dans les allées et venues des races de l'avenir aucune intervention des monstrueuses entités.

Peut-être celles-ci avaient-elles finalement préféré les abîmes de la terre à sa surface changeante, ravagée par les tempêtes, puisque la lumière ne comptait pas pour elles. Peut-être aussi s'affaiblissaient-elles lentement au fil des âges. On savait en effet qu'elles seraient toutes mortes à l'époque de la race posthumaine des coléoptères dont les esprits en fuite seraient les locataires.

En attendant, ceux de la Grand-Race continuaient à monter la garde, leurs armes puissantes toujours prêtes malgré l'interdit horrifié qui bannissait le sujet des propos courants et des documents accessibles. Et l'ombre d'une peur sans nom planait perpétuellement autour des trappes scellées et des vieilles tours noires, aveugles.

5

Tel est le monde dont mes rêves m'apportaient chaque nuit des échos vagues et dispersés. Je ne peux espérer donner une idée exacte de ce qu'ils contenaient d'horreur et d'effroi, car ces deux sentiments venaient en grande partie d'un élément insaisissable : la nette impression de pseudo-souvenirs.

Mes études, je l'ai déjà dit, me fournirent peu à peu un moyen de défense contre ces sentiments sous la forme d'explications psychologiques rationnelles et cette influence salvatrice fut secondée par l'insensible accoutumance qui vient avec le temps. Pourtant, en dépit de tout, la confuse et insidieuse terreur revenait momentanément, de temps à autre. Mais elle ne m'absorbait pas comme auparavant et à partir de 1922, je menai une existence très normale de travail et de détente.

Les années passant, l'idée me vint que mon expérience ainsi que les cas analogues et le folklore s'y rattachant devraient être résumés et publiés à l'intention des chercheurs sérieux ; je préparai donc une série d'articles traitant en peu de mots l'ensemble du sujet et illustrés de croquis rudimentaires de quelques formes, scènes, motifs décoratifs et hiéroglyphes des rêves dont je gardais la mémoire.

Ces articles parurent à divers moments des années 1928 et 1929 dans la *Revue de la Société américaine de psychologie*, mais sans susciter beaucoup d'intérêt. Je continuai entre-temps à noter mes rêves dans le moindre détail, bien que la masse grandissante des documents prît des proportions encombrantes.

Le 10 juillet 1934, la Société de psychologie me transmit la lettre qui fut à l'origine de la phase culminante et la plus effroyable de toute cette épreuve insensée. Elle avait été postée à Pilbarra, Australie-Occidentale, et portait une signature qui, renseignements pris, était celle d'un ingénieur des mines de grande réputation. Il y était joint de très curieuses photographies. Je reproduis cette lettre dans son intégralité, et aucun lecteur ne peut manquer de comprendre quel effet prodigieux texte et photos eurent sur moi.

Je fus un moment presque paralysé de stupeur incrédule, car si j'avais souvent pensé que certains faits réels devaient être à la base de tel ou tel thème légendaire qui avait coloré mes rêves, je ne m'attendais pas pour autant à une survivance tangible d'un monde perdu dans un passé au-delà de l'imaginable. Le plus stupéfiant, c'étaient les photographies – car là, dans leur réalisme froid et irréfutable, se détachaient sur un arrière-plan de sable quelques blocs de pierre usés, ravinés par les eaux, érodés par les tempêtes, dont le sommet légèrement convexe et la base légèrement concave racontaient leur propre histoire.

Et les examinant à la loupe, je ne distinguai que trop clairement, sur la pierre battue et piquetée, les traces de ces larges dessins curvilignes et parfois de ces hiéroglyphes qui avaient pris pour moi une signification tellement hideuse. Mais voici la lettre, qui parle d'elle-même :

49, Dampier Street,
Pilbarra, W. Australia
18 mai 1934

Professeur N. W. Peaslee
c/o Société américaine de psychologie
30, 41e Rue Est
New York City, USA.

Cher Monsieur,

Une récente conversation avec le Dr. E. M. Boyle, de Perth, et vos articles dans des revues qu'il vient de m'envoyer m'incitent à vous parler de ce que j'ai vu dans le Grand Désert de sable, à l'est de notre gisement aurifère. Étant donné les curieuses légendes concernant les vieilles cités que vous décrivez avec leur maçonnerie massive, leurs étranges dessins et hiéroglyphes, il semble que j'aie fait une très importante découverte.

Les indigènes ont toujours été intarissables sur « les grosses pierres avec des marques dessus », qui leur inspirent apparemment une peur terrible. Ils les rattachent plus ou moins aux légendes traditionnelles de leur race au sujet de Buddai, le vieillard gigantesque qui dort sous terre depuis des éternités, la tête sur le bras, et qui se réveillera un jour pour dévorer le monde.

Dans de très vieux récits à demi oubliés, il est question d'énormes cases souterraines de grosses pierres, où des galeries plongent de plus en plus profondément, et où il s'est passé des choses abominables. Les indigènes affirment qu'autrefois des guerriers fuyant le combat sont descendus dans l'une d'elles et n'en sont jamais revenus, mais qu'il s'en éleva des vents effroyables sitôt après leur disparition. Toutefois, il n'y a en général pas grand-chose à retenir de ce que racontent ces gens-là.

Ce que j'ai à dire est beaucoup plus sérieux. Il y a deux ans, quand je prospectais dans le désert, à environ cinq cents miles vers l'est, je tombai sur une quantité d'étranges blocs de pierre taillée, mesurant peut-être trois pieds de long sur deux de large et autant de haut, rongés et criblés à l'extrême.

Je ne distinguai d'abord aucune des marques dont parlaient les indigènes, mais en y regardant de plus près je reconnus, en dépit de l'érosion, certaines lignes profondément gravées. C'étaient des courbes singulières, telles en effet qu'ils essayaient de les décrire. Il devait bien y avoir trente ou quarante pierres, parfois presque enfouies dans le sable, et toutes groupées à l'intérieur d'un cercle d'à peu près un quart de mile de diamètre.

Quand j'eus trouvé les premières, j'en cherchai attentivement d'autres alentour et fis avec mes instruments un minutieux relevé de leur emplacement. Je pris aussi dix ou douze clichés des blocs les plus caractéristiques dont je vous joins les épreuves.

J'envoyai information et photos au gouvernement de Perth, qui n'y a donné aucune suite.

Puis je rencontrai le Dr. Boyle, qui avait lu vos articles dans la *Revue de la Société américaine de psychologie*, et au bout d'un moment, je vins à parler des pierres. Il parut vivement intéressé, se passionna tout à fait quand je lui montrai mes clichés et me dit que les pierres et les marques étaient exactement les mêmes que celles de la maçonnerie dont vous aviez rêvé et que décrivaient les légendes.

Il avait l'intention de vous écrire mais n'en trouva pas le temps. Il m'envoya, en attendant, la plupart des revues contenant vos articles et je vis aussitôt, d'après vos dessins et vos descriptions, que mes pierres étaient bien celles dont vous parliez. Vous

vous en rendrez compte sur les photos jointes. Vous aurez bientôt des nouvelles directes du Dr. Boyle.

Je comprends maintenant combien tout cela est important pour vous. Nous nous trouvons assurément devant les vestiges d'une civilisation plus ancienne qu'on ne l'avait jamais rêvé, et qui inspira vos légendes.

En tant qu'ingénieur des mines je connais assez bien la géologie, et je peux vous dire que ces blocs m'effraient tant ils sont anciens. C'est surtout du grès et du granit mais l'un est probablement fait d'une curieuse espèce de ciment ou de béton.

Ils portent les traces d'une forte érosion, comme si cette partie du monde avait été submergée, puis avait émergé de nouveau après des temps considérables – tout cela depuis que ces pierres eurent été taillées et utilisées. C'est une affaire de centaines de milliers d'années – ou davantage, Dieu sait combien. Je préfère ne pas y penser.

Étant donné le travail assidu que vous avez déjà fourni pour retrouver les légendes et tout ce qui s'y rapportait, je ne doute pas que vous souhaitiez mener une expédition dans le désert pour y faire des fouilles archéologiques. Le Dr. Boyle et moi sommes tous deux prêts à coopérer à cette entreprise si vous – ou des organismes que vous connaissez – pouvez fournir les fonds.

Je peux réunir une douzaine de mineurs pour les gros travaux de terrassement – inutile de compter sur les indigènes car je me suis aperçu que l'endroit leur inspirait une terreur presque pathologique. Ni Boyle ni moi n'en parlons à personne, puisque la priorité vous revient bien évidemment en fait de découvertes ou de réputation.

On peut atteindre le site, depuis Pilbarra, en quatre jours environ avec des tracteurs – dont nous avons besoin pour notre outillage. Il est un peu au sud-ouest de la piste de Warburton, celle de 1873, et à cent miles au sud-est de Joanna Spring. Nous pourrions acheminer le matériel par le fleuve De Grey au lieu de partir de Pilbarra – mais nous en reparlerons plus tard.

En gros, les pierres sont à 22° 3' 14" de latitude sud et 125° 0' 39" de longitude est. Le climat est tropical et le désert éprouvant.

Je serais heureux d'avoir de vos nouvelles à ce sujet et désire vivement aider à tout projet que vous pourrez envisager. Depuis la lecture de vos articles, je suis profondément convaincu de l'importance capitale de tout cela. Le Dr. Boyle vous écrira plus tard. En cas d'urgence, un câble à Perth peut être transmis par radio.

Dans l'espoir bien sincère d'une prompte réponse, je vous prie de croire à mes sentiments les plus dévoués.

Robert B. F. MACKENZIE.

On connaît en grande partie par la presse les suites immédiates de cette lettre. J'eus la grande chance d'obtenir le soutien de l'université de Miskatonic, tandis que Mr. Mackenzie et le Dr. Boyle m'apportaient une aide inappréciable en préparant le terrain en Australie. Nous évitâmes de trop préciser nos objectifs à l'intention du public car certains journaux auraient pu traiter le sujet sur le mode sensationnel ou facétieux. En conséquence, les comptes rendus furent limités mais il y en eut assez pour faire connaître nos recherches sur des ruines australiennes et les diverses démarches préalables.

Le professeur William Dyer, directeur des études géologiques – chef de l'expédition antarctique de Miskatonic en 1930-1931 –, Ferdinand C. Ashley, professeur d'histoire ancienne, et Tyler M. Freeborn, professeur d'anthropologie, m'accompagnaient, ainsi que mon fils Wingate.

Mon correspondant, Mackenzie, vint à Arkham au début de 1935 pour aider à nos derniers préparatifs. C'était un homme affable d'une cinquantaine d'années, d'une compétence remarquable, merveilleusement cultivé et qui connaissait à fond les conditions de voyage en Australie.

Il avait des tracteurs tout prêts à Pilbarra et nous avions affrété un cargo de tonnage assez faible pour remonter le fleuve jusque-là. Nous étions équipés pour les fouilles les plus minutieuses et scientifiques, afin de passer au crible la moindre particule de sable, et de ne rien déplacer qui parût plus ou moins proche de sa position originale.

Embarqués à Boston le 28 mars 1935 sur le poussif *Lexington*, nous atteignîmes notre but après une traversée nonchalante de l'Atlantique et de la Méditerranée, par le canal de Suez, la mer Rouge et l'océan Indien. Inutile de dire à quel point me démoralisa la côte basse et sablonneuse d'Australie-Occidentale, et combien je détestai la fruste agglomération minière et les sinistres terrains aurifères où l'on chargea les tracteurs.

Le Dr. Boyle, qui nous rejoignit, était d'un certain âge, sympathique, intelligent, et ses connaissances en psychologie l'entraînèrent à beaucoup de longues discussions avec mon fils et moi.

Le malaise et l'espoir se mêlaient étrangement chez la plupart des dix-huit membres de l'expédition quand enfin elle s'engagea avec fracas dans des lieues arides de sable et de roc. Le vendredi 31 mai, nous passâmes à gué un bras du fleuve De Grey et pénétrâmes dans le royaume de la désolation totale. Une réelle terreur grandissait en moi à mesure que nous approchions le site véritable du monde ancien à l'origine des légendes – terreur stimulée, bien sûr, par les rêves inquiétants et les pseudo-souvenirs qui m'assaillaient sans avoir rien perdu de leur intensité.

Ce fut le lundi 3 juin que nous vîmes le premier des blocs à demi enfouis. Je ne saurais dire avec quelle émotion je touchai vraiment – dans sa réalité objective – un fragment de maçonnerie cyclopéenne en tout point semblable aux blocs dans les murs de mes constructions de rêve. Il portait une trace visible de gravure – et mes mains tremblaient quand je reconnus une partie du motif décoratif curviligne que des années de cauchemar torturant et de recherches déroutantes avaient rendu diabolique à mes yeux.

Un mois de fouilles dégagea au total quelque mille deux cent cinquante blocs à divers stades d'usure et de désagrégation. La plupart étaient des mégalithes taillés, au faîte et à la base incurvés. Quelques-uns étaient plus petits, plus plats, unis et de forme carrée ou octogonale – comme ceux des sols et chaussées dans mes rêves – alors que certains, singulièrement massifs, suggéraient par leurs lignes arrondies ou obliques qu'ils avaient pu être voûte ou arête, vestiges d'arcs ou chambranles d'une fenêtre ronde.

Plus nos fouilles s'approfondissaient et s'étendaient vers le nord et l'est, plus nous découvrions de blocs sans trouver pourtant entre eux aucune trace de construction. Le professeur Dyer était épouvanté de l'inconcevable antiquité des fragments, et Freeborn décelait des symboles qui répondaient obscurément à telle ou telle légende papoue ou indonésienne remontant à la nuit des temps. L'état des pierres et leur dispersion témoignaient en silence de cycles d'une durée vertigineuse et de convulsions géologiques d'une brutalité cosmique.

Nous disposions d'un avion et mon fils Wingate montait souvent à des altitudes différentes pour scruter le désert de sable et de roc, à la recherche de vagues tracés à grande échelle – différences de niveau ou traînées de blocs éparpillés. Ses résultats étaient pratiquement négatifs car s'il pensait un jour avoir détecté quelque indice significatif, il trouvait lors du vol suivant son impression remplacée par une autre, aussi peu fondée, à cause des mouvements incessants du sable, au gré du vent.

Une ou deux de ces suggestions éphémères me laissèrent un sentiment bizarre et pénible. Elles semblaient, si l'on peut dire, se raccorder horriblement avec quelque chose que j'avais rêvé ou lu, mais que je ne pouvais plus me rappeler. Elles présentaient un terrible caractère de familiarité – qui me faisait jeter furtivement des regards d'appréhension vers le nord et le nord-est de cette abominable terre stérile.

Vers la première semaine de juillet, j'éprouvai un inexplicable jeu d'émotions complexes au sujet de cette région nord-est. C'était de l'horreur, de la curiosité – mais plus encore, une illusion tenace et déroutante de souvenir.

J'essayai toutes sortes d'expédients psychologiques pour chasser ces idées de mon esprit, mais sans succès. L'insomnie aussi me gagna mais j'en fus presque heureux car elle raccourcissait mes rêves. Je pris l'habitude de faire de longues marches solitaires dans le désert, tard dans la nuit, ordinairement vers le nord ou l'est, où la conjonction de mes nouvelles et singulières impulsions semblait m'attirer imperceptiblement.

Parfois, au cours de ces promenades, il m'arrivait de trébucher sur des fragments à demi enterrés de l'ancienne maçonnerie. Bien qu'il y eût là moins de blocs visibles que sur les lieux de nos travaux, j'étais persuadé qu'il devait y en avoir en profondeur une énorme quantité. Le sol était moins plat que dans notre camp, et par moments, de violentes rafales entassaient le sable en fantastiques tertres précaires – découvrant les traces basses des vieilles pierres tandis qu'elles en recouvraient d'autres.

J'étais étrangement impatient d'étendre les fouilles à ce territoire, tout en redoutant ce qui pourrait être découvert. Manifestement, mon état allait en empirant – d'autant plus que je ne parvenais pas à me l'expliquer.

Cette triste situation de mon équilibre nerveux se révèle dans ma réaction à la bizarre découverte que je fis lors d'une de mes sorties nocturnes. C'était le soir du 11 juillet, et la lune inondait les tertres mystérieux d'une pâleur singulière.

M'aventurant un peu plus loin que d'habitude, je rencontrai une grande pierre qui paraissait sensiblement différente de celles que j'avais déjà vues. Elle était presque entièrement recouverte mais, me penchant, je retirai le sable avec mes mains puis examinai soigneusement l'objet en ajoutant au clair de lune la lumière de ma torche électrique.

À la différence des autres rochers de grande dimension, celui-ci était parfaitement équarri, sans surface convexe ni concave. Il semblait aussi fait d'une noire substance basaltique, entièrement distincte du granit, du grès et des traces de béton des fragments maintenant familiers.

Soudain je me relevai et faisant demi-tour regagnai le camp au pas de course. C'était une fuite tout à fait inconsciente et irrationnelle et je ne compris vraiment pourquoi j'avais couru qu'en arrivant près de ma tente. Alors, tout me revint. L'étrange pierre noire était une chose que j'avais vue dans mes rêves et mes lectures, et qui était liée aux pires horreurs de l'immémoriale tradition légendaire.

C'était l'un des blocs de cette antique maçonnerie basaltique qui inspirait une telle terreur à la Grand-Race fabuleuse – les hautes ruines aveugles laissées par cette engeance étrangère, à demi matérielle, menaçante, qui pullulait dans les entrailles de la terre et dont les forces invisibles, pareilles au vent, étaient tenues en respect derrière les trappes scellées et les sentinelles vigilantes.

Je ne dormis pas de la nuit, mais à l'aube je compris combien j'avais été stupide de me laisser bouleverser par l'ombre d'un mythe. Au lieu de m'effrayer, j'aurais dû éprouver l'enthousiasme de la découverte.

Dans la matinée, je fis part aux autres de ma trouvaille, et nous nous mîmes en route, Dyer, Freeborn, Boyle, mon fils et moi, pour aller inspecter le bloc anormal. Mais ce fut un échec. Je n'avais pas une idée claire de l'emplacement de la pierre, et un coup de vent récent avait complètement transformé les tertres de sable mouvant.

6

J'aborde à présent la partie cruciale et la plus difficile de mon récit – d'autant plus difficile que je ne peux être tout à fait certain de sa réalité. J'ai parfois l'inquiétante certitude qu'il ne s'agissait ni de rêves ni d'illusion et c'est ce sentiment – étant donné les formidables implications qu'entraînerait la vérité objective de mon expérience – qui me pousse à rédiger ce document.

Mon fils – psychologue compétent qui a de tout mon problème la connaissance la plus approfondie et compréhensive – sera le meilleur juge de ce que j'ai à dire.

Je rappellerai d'abord l'affaire dans ses grandes lignes, celles que connaît chacun de ceux qui se trouvaient au camp. La nuit du 17 au 18 juillet, après une journée de vent, je me retirai de bonne heure mais ne pus trouver le sommeil. Levé peu avant onze heures, avec ce sentiment bizarre que m'inspirait le terrain du nord-est, j'entrepris une de mes habituelles marches nocturnes, après avoir salué un mineur australien nommé Tupper, la seule personne que je rencontrai en sortant.

La lune, un peu sur son déclin, brillait dans un ciel clair, baignant ces sables antiques d'un rayonnement blême et lépreux qui me semblait on ne sait pourquoi infiniment maléfique. Le vent était tombé pour ne revenir que presque cinq heures plus tard, comme en témoignèrent amplement Tupper et quelques autres, qui me virent franchir rapidement les pâles tertres indéchiffrables, dans la direction du nord-est.

Vers trois heures et demie du matin, un vent violent réveilla tout le camp et abattit trois tentes. Le ciel était sans nuages et le désert resplendissait toujours sous la clarté lépreuse de la lune. En réparant les tentes, on s'aperçut de mon absence, mais étant donné mes précédentes sorties, personne ne s'inquiéta. Et pourtant trois hommes – tous australiens – crurent flairer dans l'air quelque chose de sinistre.

Mackenzie expliqua au professeur Freeborn que c'était une crainte héritée du folklore indigène – les gens du pays ayant fait un curieux amalgame de mythes maléfiques autour des vents violents qui, à de longs intervalles, balaient les sables sous un ciel serein. Ces vents, murmure-t-on, naissent des grandes cases de pierre souterraines où se sont passées des choses horribles – et ne soufflent jamais que près des lieux où l'on trouve éparses les grosses pierres gravées. À quatre heures, l'ouragan s'apaisa aussi brusquement qu'il avait commencé, laissant des collines de sable de formes nouvelles et insolites.

Juste après cinq heures, alors que la lune bouffie et fongoïde disparaissait à l'ouest, je rentrai chancelant au camp – nu-tête, en loques, le visage égratigné et sanglant, et sans ma torche électrique. La plupart des hommes s'étaient recouchés mais le professeur Dyer fumait une pipe devant sa tente. Me voyant hors d'haleine et presque frénétique, il appela le Dr. Boyle, et tous deux me menèrent à ma couchette et m'y installèrent confortablement. Mon fils, alerté par le bruit, les rejoignit bientôt, et ils voulurent m'obliger à rester tranquille et à tâcher de dormir.

Mais il n'était pas question de dormir pour moi. J'étais dans un état psychologique extraordinaire – différent de tout ce que j'avais subi jusque-là. Au bout d'un certain temps, j'insistai pour leur expliquer, nerveusement et minutieusement, mon état. Je leur dis que, me sentant las, je m'étais couché sur le sable pour faire un somme. Les rêves avaient été plus effroyables encore que d'habitude – et quand un brutal ouragan m'avait réveillé, mes nerfs à bout avaient cédé. J'avais fui, fou de terreur, tombant fréquemment sur les pierres à demi enfouies, ce qui expliquait mon aspect loqueteux et débraillé. J'avais dû dormir longtemps – d'où la durée de mon absence.

De tout ce que j'avais vu et ressenti d'étrange, je ne dis absolument rien – et ce fut au prix d'un extrême effort sur moi-même. Mais je prétendis avoir changé d'avis quant à l'objectif général de l'expédition, et préconisai la suspension de toutes les fouilles vers le nord-est. Mes arguments furent manifestement peu convaincants car j'évoquai une pénurie de blocs, le souci de ne pas heurter les mineurs superstitieux, une réduction possible du financement par l'université, et autres raisons mensongères et hors de propos. Naturellement, personne ne tint le moindre compte de mes souhaits – pas même mon fils, qui s'inquiétait visiblement pour ma santé.

Le lendemain je me levai et fis le tour du camp, mais sans prendre aucune part aux fouilles. Voyant que je ne pouvais arrêter le travail, je décidai de rentrer le plus tôt possible chez moi pour ménager mes nerfs, et fis promettre à mon fils de me conduire en avion jusqu'à Perth – à mille miles au sud-ouest – dès qu'il aurait examiné la zone que je voulais voir respecter.

Si, me disais-je, ce que j'avais vu était encore visible, je pourrais tenter une mise en garde explicite fût-ce au risque du ridicule. Il n'était pas impossible que les mineurs, connaissant le folklore local, soutiennent mon point de vue. Pour me faire plaisir, mon fils survola les lieux l'après-midi même, explorant toute l'étendue que j'avais pu parcourir à pied. Rien de ce que j'avais découvert n'était plus décelable.

Comme dans le cas de l'insolite bloc de basalte, le sable mouvant avait balayé toute trace. Je regrettai presque un instant d'avoir perdu, dans ma terreur panique, certain objet redoutable, mais je sais aujourd'hui que ce fut une chance. Je peux tenir encore toute mon aventure pour une illusion – surtout si, comme je l'espère sincèrement, on ne retrouve jamais cet infernal abîme.

Wingate me conduisit à Perth le 20 juillet, tout en refusant d'abandonner l'expédition et de rentrer à la maison. Il resta avec moi jusqu'au 25, date à laquelle le vapeur partait pour Liverpool. À présent, dans ma cabine à bord de l'*Empress*, j'ai repensé longuement, fiévreusement, toute l'affaire, et décidé que mon fils au moins doit être informé. Il lui appartiendrait de la faire connaître, ou non, plus largement.

Pour parer à toute éventualité, j'ai rédigé ce résumé de mes antécédents – que d'autres connaissent déjà par fragments – et je raconterai maintenant aussi brièvement que possible ce qui semble être arrivé pendant mon absence du camp cette horrible nuit.

Les nerfs à vif et fouetté d'une ardeur perverse par cette impulsion inexplicable, mnémonique, mêlée de crainte, qui me poussait vers le nord-est, je cheminais sous la lune ardente et maléfique. Je rencontrais ici et là, à demi ensevelis dans le sable, ces blocs cyclopéens primitifs venant d'éternités inconnues et oubliées.

L'âge incalculable et l'horreur pesante de ce monstrueux désert commençaient à m'oppresser plus que jamais, et je ne pouvais m'empêcher de penser à mes rêves affolants, aux légendes effroyables qui les inspiraient et aux peurs actuelles des indigènes et des mineurs à propos de ces terres désolées et de leurs pierres gravées.

Pourtant je cheminais toujours, comme vers quelque rendez-vous fantastique – harcelé de plus en plus par les chimères déconcertantes, les compulsions et les pseudo-souvenirs. Je songeais à certains des profils possibles des rangées de pierres telles que mon fils les avait vues en vol, et je m'étonnais qu'elles puissent paraître à la fois si redoutables et si familières. Quelque chose tâtonnait et cognait autour du loquet de ma mémoire, tandis qu'une autre force inconnue cherchait à maintenir le portail fermé. Il n'y avait pas de vent cette nuit-là, et le sable blafard était marqué d'ondulations comme les vagues d'une mer figée. Je n'avais pas de but, mais ma progression laborieuse avait en quelque sorte l'assurance de la fatalité. Mes rêves envahissaient le monde éveillé, de sorte que chaque mégalithe ensablé semblait faire partie des salles et des couloirs sans fin de maçonnerie préhumaine, gravée et hiéroglyphée de symboles que je connaissais trop bien pour les avoir pratiqués pendant des années en tant qu'esprit captif de la Grand-Race.

Parfois je croyais voir ces horreurs coniques, omniscientes, vaquer à leurs occupations habituelles, et je n'osais pas me regarder, de peur de me découvrir à leur image. Mais pendant tout ce temps je voyais à la fois les blocs couverts de sable, les salles et les couloirs ; la lune ardente et maléfique aussi bien que les lampes de cristal lumineux ; le désert à perte de vue et les fougères qui se balançaient à hauteur des fenêtres. J'étais éveillé et je rêvais en même temps.

J'ignore combien de temps et jusqu'où j'avais marché – ou à vrai dire dans quelle direction – lorsque j'aperçus l'amas de blocs mis à nu par le vent du jour précédent. C'était l'ensemble le plus important que j'aie vu jusqu'alors et il me frappa si vivement que les visions d'époques fabuleuses s'évanouirent immédiatement.

Il n'y avait plus de nouveau que le désert, la lune maléfique et les débris d'un passé indéchiffré. Je m'approchai, fis halte et braquai sur le tas effondré l'éclat supplémentaire de ma torche électrique. Une petite colline de sable avait été balayée par le vent, révélant une masse basse et vaguement ronde de mégalithes et de fragments plus petits d'environ quarante pieds de diamètre et de deux à huit pieds de haut. Je saisis au premier coup d'œil l'intérêt sans précédent de ces pierres. Non seulement leur nombre même était sans équivalent, mais quelque chose dans les traces de dessins usés par le sable retint mon attention quand je les examinai sous les rayons conjugués de la lune et de ma torche.

Aucun pourtant ne différait essentiellement des spécimens que nous avions déjà découverts. C'était plus subtil que cela. Je n'avais pas cette impression en considérant un bloc isolé mais quand mon regard en parcourait plusieurs presque simultanément.

Enfin, la vérité m'apparut. Les motifs curvilignes gravés sur beaucoup de ces blocs avaient entre eux un lien étroit : ils faisaient partie d'une vaste conception décorative. Pour la première fois, dans ce désert bouleversé depuis des éternités, j'avais rencontré une masse de maçonnerie sur son site originel – écroulée et fragmentaire, il est vrai, mais n'existant pas moins avec une signification très précise.

Montant d'abord sur une partie basse, je gravis péniblement l'amas, déblayant par endroits le sable avec mes doigts, et m'efforçant sans cesse d'interpréter les dessins dans leur diversité de taille, de forme, de style et de rapports.

Bientôt je devinai vaguement la nature de l'édifice d'autrefois et des dessins qui se déployaient alors sur les immenses surfaces de construction primitive. L'identité parfaite de tout cela avec certaines de mes rapides visions me jeta dans l'épouvante et la consternation.

Cela avait été un couloir cyclopéen de trente pieds de large sur trente pieds de haut, pavé de dalles octogonales et couvert d'une voûte massive. Des salles devaient s'ouvrir sur la droite et, à l'autre extrémité, l'un de ces étranges plans inclinés devait descendre en tournant jusqu'aux plus grandes profondeurs.

Je sursautai violemment quand ces idées me vinrent à l'esprit car elles dépassaient de loin ce que les blocs eux-mêmes avaient pu m'apprendre. Comment pouvais-je savoir que ce couloir avait été profondément sous terre ? Comment pouvais-je savoir que le plan incliné qui remontait vers la surface aurait dû se trouver derrière moi ? Comment pouvais-je savoir que le long passage souterrain menant à la place des colonnes aurait dû être sur la gauche un étage au-dessus de moi ?

Comment pouvais-je savoir que la chambre des machines et le tunnel conduisant directement aux archives centrales devaient se situer deux étages au-dessous ? Comment pouvais-je savoir qu'il y avait une de ces horribles trappes scellées de bandes métalliques tout au fond, quatre étages plus bas ? Affolé par cette intrusion de l'univers onirique, je me retrouvai tremblant et baigné d'une sueur glacée.

Alors, ultime et insupportable contact, je sentis ce léger courant d'air froid qui montait insidieusement d'une dépression près du centre de l'énorme amas. Sur-le-champ, comme une fois déjà, mes visions s'évanouirent, et je ne revis que le clair de lune maléfique, le désert couvant ses menaces, et le tumulus imposant de maçonnerie paléogène. J'étais maintenant en présence d'un fait réel et tangible, gros des suggestions sans fin d'un mystère obscur comme la nuit. Car ce filet d'air ne pouvait indiquer qu'une chose : un immense gouffre dissimulé sous les blocs en désordre de la surface.

Je songeai d'abord aux sinistres légendes indigènes de vastes cases souterraines parmi les mégalithes, où arrivent les horreurs et naissent les ouragans. Puis revinrent mes propres rêves et d'incertains pseudo-souvenirs vinrent se disputer mon esprit. Quelle sorte de lieu s'ouvrait au-dessous de moi ? Quelle inconcevable source primitive de mythes immémoriaux et de cauchemars obsédants étais-je sur le point de découvrir ?

Je n'hésitai qu'un instant, car ce qui m'entraînait était plus fort que la curiosité ou le zèle scientifique et luttait victorieusement contre ma peur grandissante.

J'avais l'impression de me mouvoir presque comme un automate, sous l'influence d'une fatalité irrésistible. Ma torche électrique en poche, et avec une vigueur dont je ne me serais pas cru capable, j'écartai d'abord un gigantesque morceau de pierre, puis un autre, jusqu'à ce que monte un puissant courant d'air dont l'humidité contrastait étrangement avec la sécheresse du désert. Une noire crevasse commença à béer et enfin – quand j'eus repoussé tous les fragments susceptibles de bouger – le clair de lune lépreux révéla une brèche assez large pour me livrer passage.

Je sortis ma torche et projetai dans l'ouverture le faisceau lumineux. Au-dessous de moi, un chaos de maçonnerie effondrée descendait brusquement en direction du nord selon un angle d'environ quarante-cinq degrés, à la suite manifestement d'un écroulement au niveau supérieur.

Entre sa surface et le sol s'étendait un abîme de ténèbres impénétrables qui laissait deviner tout en haut la présence d'une colossale voûte surhaussée. À cet endroit, semblait-il, les sables du désert reposaient directement sur un étage de quelque titanesque construction des premiers âges de la terre – préservée à travers le temps des convulsions géologiques, je ne savais comment, et n'en ai toujours rien deviné.

Après coup, la simple idée de descendre brusquement, seul, dans un gouffre aussi suspect – à un moment où nul ne sait où vous êtes – paraît de la pure démence. Peut-être en était-ce – cette nuit-là pourtant je l'entrepris sans hésiter.

Encore une fois se manifestaient cet attrait et cet empire sur moi de la fatalité qui avaient toujours semblé diriger mes pas. M'aidant de ma torche, par intermittence pour ménager les piles, je commençai une folle et difficile progression le long de la sinistre pente cyclopéenne au-dessous de l'ouverture, tantôt en regardant devant moi quand je trouvais de bonnes prises pour la main et le pied, tantôt à reculons, face aux mégalithes entassés où je m'accrochais en tâtonnant dans un équilibre précaire.

À droite et à gauche apparaissaient vaguement au loin, sous les rayons de ma torche, des murs en ruine de maçonnerie gravée, mais en avant, ce n'étaient que ténèbres.

Je perdis toute notion du temps pendant cette hasardeuse descente. Dans mon esprit bouillonnaient des images et des suggestions si troublantes que toute réalité objective semblait renvoyée à d'incalculables distances. La sensation physique était abolie et la peur même n'était plus que la vaine apparition d'une gargouille au regard torve qui ne pouvait rien sur moi.

J'atteignis enfin un sol plat jonché de blocs écroulés, de fragments de pierre informes, de sable et de débris de toutes sortes. De chaque côté – à peut-être trente pieds l'un de l'autre – s'élevaient des murs massifs couronnés de puissantes arêtes. J'y devinais des gravures mais dont la nature échappait à ma perception.

Ce qui retint surtout mon attention, ce fut la voûte. Les rayons de ma torche n'en pouvaient atteindre le faîte, mais la partie inférieure des arcs monstrueux se détachait nettement. Et si parfaite était leur identité avec ce que j'avais vu du monde ancien dans d'innombrables rêves, que pour la première fois je tremblai pour de bon.

Très haut derrière moi, une lueur indistincte rappelait le monde extérieur, au loin sous la lune. Un vague reste de prudence m'avertit de ne pas la perdre de vue, sinon je n'aurais pas de guide pour mon retour.

Je m'approchai alors du mur de gauche, où les traces de gravures étaient plus distinctes. Le col couvert de débris fut presque aussi difficile à traverser que le monceau de pierres l'avait été à descendre, mais je réussis à m'y frayer un chemin.

À un endroit où j'écartai quelques blocs et repoussai du pied les débris pour voir le dallage, je frissonnai en reconnaissant, familières et fatidiques, les grandes dalles octogonales dont la surface gauchie gardait encore à peu près sa cohésion.

Arrivé à proximité du mur, je déplaçai lentement et minutieusement le faisceau de la lampe sur les vestiges usés de gravure. Apparemment, la montée des eaux avait autrefois érodé la surface du grès mais il portait de curieuses incrustations dont je ne m'expliquais pas l'origine.

La maçonnerie était par endroits très branlante et déjetée, et je me demandais combien d'éternités encore cet édifice enfoui des premiers âges garderait ces restes de structure malgré les secousses telluriques.

Mais c'étaient surtout les sculptures qui me passionnaient. En dépit de leur dégradation, elles étaient relativement aisées à repérer de près et je fus stupéfait de les retrouver si présentes et familières dans le moindre détail. Que les traits essentiels de cette vénérable architecture me soient bien connus n'était certes pas invraisemblable.

Ayant profondément impressionné ceux qui tissèrent certains mythes, ils s'étaient incorporés à un courant de tradition occulte qui, venu à ma connaissance d'une manière ou d'une autre pendant mon amnésie, suscita dans mon subconscient des images frappantes.

Mais comment expliquer la coïncidence exacte et minutieuse de chaque trait et spirale de ces étranges dessins avec ceux que j'avais rêvés depuis plus de vingt ans ? Quelle obscure iconographie tombée dans l'oubli aurait pu reproduire la subtilité de chacune de ces ombres et nuances qui revenaient avec tant d'obstination, de précision et de constance harceler mes rêves nuit après nuit ?

Car il ne s'agissait pas d'une ressemblance lointaine ou fortuite. La galerie millénaire, enfouie au long des âges, où je me tenais à présent était tout à fait et sans aucun doute l'original de ce que j'avais connu dans mon sommeil aussi familièrement que ma propre maison de Crane Street à Arkham. À la vérité, mes rêves me montraient les lieux dans leur intacte perfection mais l'identité n'en était pas moins réelle. Je m'orientais sans hésiter et c'était effrayant.

Je connaissais ce bâtiment-là et aussi sa place dans cette terrible vieille cité du rêve. J'aurais pu me rendre sans me tromper à n'importe quel point de ce bâtiment ou de cette ville qui avait échappé aux changements et aux dévastations de siècles sans nombre ; je m'en rendis compte avec une conviction instinctive et terrible. Mais Dieu sait ce que tout cela signifiait ? Comment en étais-je venu à apprendre ce que je savais ? Et quelle abominable réalité avait pu inspirer les histoires antiques des êtres qui habitaient ce labyrinthe de pierre originelle ?

Les mots ne sauraient rendre que bien peu du désordre de terreur et de confusion qui tourmentait mon esprit. Je connaissais cet endroit. Je savais ce qu'il y avait au-dessous de moi et ce qui s'étendait au-dessus de ma tête avant que les innombrables étages supérieurs ne se soient effondrés en poussière, en sable et en désert. Inutile maintenant, me dis-je avec un frisson, d'avoir l'œil sur cette lueur indistincte du clair de lune.

J'étais partagé entre le désir de fuir et un mélange fébrile de curiosité ardente et d'impérieuse fatalité. Qu'était-il arrivé à la monstrueuse mégalopole d'autrefois pendant ces millions d'années depuis l'époque de mes rêves ? Des labyrinthes souterrains qui sous-tendaient la ville et reliaient entre elles les tours titanesques, que subsistait-il après les convulsions de l'écorce terrestre ?

Étais-je tombé sur tout un monde enfoui d'archaïsme impie ? Retrouverais-je la maison du maître d'écriture, et la tour où S'gg'ha, l'esprit captif issu des plantes carnivores d'Antarctique, à la tête en étoile, avait gravé au ciseau certaines images sur les espaces vides des parois ?

Au second sous-sol, le passage qui menait à la salle commune des esprits étrangers était-il encore libre et praticable ? Dans cette salle, l'esprit captif d'une entité inimaginable – un habitant semi-plastique du centre creux d'une planète transplutonienne inconnue, qui existerait dans dix-huit millions d'années – conservait certain objet qu'il avait modelé dans l'argile.

Je fermai les yeux et posai ma main sur mon front dans un vain et pitoyable effort pour chasser de ma conscience ces fragments de rêve démentiels. Alors, pour la première fois, je perçus nettement le mouvement de l'air froid et humide autour de moi. Je compris en frissonnant qu'une formidable succession de noirs abîmes, endormis depuis des éternités, devaient en effet s'ouvrir, béants, quelque part au-delà et audessous de moi.

Je songeai aux salles, aux galeries, aux plans inclinés terrifiants que je me rappelais de mes rêves. L'accès aux archives centrales était-il encore possible ? L'irrésistible fatalité sollicitait de nouveau mon esprit avec insistance tandis que je me remémorais les documents impressionnants rangés autrefois dans les coffres rectangulaires de métal inoxydable.

À en croire les rêves et les légendes, c'est là que reposait toute l'histoire, passée et future, du continuum espace-temps – rédigée par les esprits captifs de toutes les planètes et de toutes les époques du système solaire. Pure folie, sans doute – mais n'étais-je pas à présent tombé dans un monde nocturne aussi fou que moi ?

Je songeai aux casiers de métal fermés à clé, et aux singulières manipulations de boutons requises pour ouvrir chacun d'eux. Le mien me revint à l'esprit de façon frappante. Que de fois, grâce à ces combinaisons compliquées de rotations et de pressions, je parcourus au niveau le plus bas la section des vertébrés terrestres ! Chaque détail m'était présent et familier.

S'il existait une cave voûtée comme je l'avais rêvée, je saurais l'ouvrir en un instant. Dès lors je fus en proie à une démence totale. Une seconde plus tard, je me ruai, sautant et trébuchant sur des débris de pierre, vers le plan incliné si connu qui s'enfonçait dans les profondeurs.

7

À partir de là, on ne peut guère se fier à mes impressions – à vrai dire, je garde encore contre toute raison le dernier espoir qu'elles appartiennent à un rêve démoniaque ou à un délire halluciné. La fièvre se déchaînait dans mon cerveau, et tout me parvenait à travers une sorte de brume – quelquefois par intermittence seulement.

Le faisceau de ma lampe pénétrait à peine le gouffre de ténèbres, révélant par éclairs fantomatiques les murs gravés affreusement familiers, dégradés par l'action du temps. À l'endroit où s'était effondrée une partie considérable de la voûte, je dus escalader un énorme monceau de pierres qui rejoignait presque le plafond déchiqueté, grotesquement chargé de stalactites.

C'était bien là le comble du cauchemar, aggravé par ce maudit harcèlement des pseudo-souvenirs. La seule chose qui me parût insolite était ma propre taille, comparée à la monstrueuse construction. J'étais accablé du sentiment d'une petitesse inaccoutumée, comme si la vue de ces murs imposants eût été nouvelle et anormale pour un simple corps d'homme. Je ne cessais de jeter sur moi-même des regards inquiets, confusément troublé de me voir cette forme humaine.

Avançant dans la nuit profonde de l'abîme, je sautais, je plongeais, je chancelais – non sans beaucoup de chutes douloureuses, où je faillis une fois briser ma torche. Je connaissais chaque pierre, chaque angle de ce gouffre démoniaque, et je m'arrêtais plus d'une fois pour éclairer tel ou tel passage voûté obstrué et croulant, mais pourtant familier.

Certaines pièces étaient complètement effondrées, d'autres nues ou pleines de débris. Je vis dans quelques-unes des masses métalliques – tantôt presque intactes, tantôt rompues, enfoncées ou écrasées – dans lesquelles je reconnus les socles ou tables colossales de mes rêves. Ce qu'elles avaient été au juste, je n'osais y penser.

Je trouvai le plan incliné qui menait en bas et commençai à le descendre – mais je fus bientôt arrêté par une crevasse béante aux bords déchiquetés dont la partie la plus étroite n'avait pas moins de quatre pieds de large. À cet endroit, la maçonnerie s'était écroulée, révélant des profondeurs insondables d'un noir d'encre.

Je savais qu'il y avait encore deux étages souterrains dans cet édifice titanesque, et tremblai d'une nouvelle terreur en me rappelant la trappe bardée de fer au niveau le plus bas. Elle n'était plus gardée à présent – car ce qui était à l'affût dessous avait depuis longtemps accompli sa hideuse tâche et sombrait dans un long déclin. À l'époque de la race posthumaine des coléoptères, tout cela serait mort. Et pourtant, songeant aux légendes indigènes, je tremblai de nouveau.

Je dus fournir un effort terrible pour franchir l'ouverture béante, car le sol jonché de débris ne permettait pas de prendre de l'élan, mais la folie me porta. Je choisis un endroit près du mur de gauche – où la fissure était moins large et le point de chute à peu près dégagé de dangereux débris – et, après un moment d'angoisse, je me retrouvai sain et sauf de l'autre côté.

Enfin, parvenu au dernier sous-sol, je passai en trébuchant devant l'entrée de la chambre des machines, où de fantastiques ruines métalliques étaient à moitié enfouies sous la voûte effondrée. Tout était bien là où je le pensais, et je gravis avec confiance les tas qui barraient l'accès d'un vaste couloir transversal. Celui-ci, je m'en souvins, me conduirait aux archives centrales, sous la ville.

Des éternités semblèrent se dérouler tandis que je titubais, bondissais et me traînais le long de ce couloir encombré. Je distinguais ici et là des sculptures sur ces murs souillés par le temps – les unes familières, d'autres apparemment ajoutées depuis l'époque de mes rêves. Comme il s'agissait d'un passage souterrain reliant plusieurs bâtiments, il n'y avait de voûtes d'entrée qu'aux endroits où il traversait les étages inférieurs des différents immeubles.

À certaines de ces intersections, je tournai la tête pour jeter un coup d'œil dans des couloirs ou des salles que je connaissais bien. Je ne trouvai que deux fois des changements radicaux par rapport à ce que j'avais rêvé – et dans l'un de ces cas je pus repérer le contour de la voûte condamnée que je me rappelais.

Je sursautai violemment et ressentis le frein d'une étrange faiblesse en me frayant à contrecœur un passage à travers la crypte d'une de ces grandes tours aveugles, en ruine, dont la maçonnerie étrangère de basalte accusait la secrète et détestable origine.

Ce caveau primitif de forme circulaire mesurait bien deux cents pieds de diamètre, sans aucun motif gravé sur les parois de couleur sombre. Le sol était entièrement dégagé, sauf de poussière et de sable, et je vis les ouvertures qui menaient vers le haut et vers le bas. Il n'y avait ni escaliers ni plans inclinés – mes rêves montraient en effet que la fabuleuse Grand-Race avait laissé intactes ces antiques tours. Ceux qui les avaient construites n'avaient que faire de marches ni de plans inclinés.

Dans les rêves, l'ouverture donnant vers le bas était hermétiquement close et jalousement gardée. Laissée ouverte à présent, noire et béante, elle exhalait un courant d'air froid et humide. Je m'interdis de penser aux cavernes sans fin d'éternelle nuit qui pouvaient couver là-dessous.

Un peu plus loin, disputant chaque pas aux obstacles du couloir encombré, j'arrivai à un endroit où le plafond était entièrement défoncé. Les décombres s'accumulaient, telle une montagne, et l'escaladant je traversai un immense espace vide où ma lampe ne révéla ni murs ni voûte. Ce devait être, me dis-je, la cave de la maison des fournisseurs de métal, qui donnait sur la troisième place non loin des archives. Qu'était-elle devenue, impossible de le deviner.

Je retrouvai le couloir au-delà de la montagne de débris et de pierres, mais tombai presque aussitôt sur un endroit totalement obstrué où les décombres de la voûte rejoignaient presque le plafond qui menaçait ruine. Je ne sais comment je parvins à extirper assez de blocs pour me frayer un passage, ni comment j'osai déranger les fragments entassés alors que la moindre rupture d'équilibre pouvait précipiter les tonnes de maçonnerie superposées et me réduire à néant.

C'était une pure folie qui me poussait et me guidait – s'il est vrai que toute mon aventure souterraine n'ait pas été, comme je l'espère, une hallucination diabolique ou un épisode de rêve. Je me fis donc – à moins que je ne l'aie rêvé – un passage où je me faufilai. Et tout en rampant par-dessus les décombres – ma torche allumée enfoncée profondément dans ma bouche – je me déchirais aux fabuleuses stalactites du plafond déchiqueté au-dessus de moi.

J'étais près maintenant du grand centre souterrain d'archivage qui semblait être mon but. Glissant et dégringolant sur l'autre pente de l'obstacle, puis avançant avec précaution jusqu'au bout du couloir – ma torche électrique à la main, que j'allumai de temps à autre – je parvins finalement à une crypte circulaire voûtée, dans un merveilleux état de conservation et ouverte de tous côtés.

Les murs, ou ce que je pouvais en voir dans le champ de ma torche, étaient couverts de hiéroglyphes et gravés au ciseau de symboles curvilignes caractéristiques – dont certains étaient postérieurs à l'époque de mes rêves.

Me voyant arrivé à mon inévitable destination, je passai aussitôt, sur ma gauche, une porte qui m'était familière. Bizarrement, je savais à n'en pas douter qu'en montant et descendant le plan incliné j'accéderais sans difficulté à tous les étages qui subsistaient. Cet immense édifice à l'abri dans la terre, où étaient conservées les annales de tout le système solaire, avait été construit avec un savoir et une puissance suprêmes pour durer aussi longtemps que ce système lui-même. Des blocs de dimensions formidables, équilibrés avec un véritable génie mathématique et assemblés par des ciments d'une incroyable dureté, formaient un bloc aussi résistant que le noyau rocheux de la planète. Ici, après des éternités plus prodigieuses que je ne pouvais le concevoir, sa masse souterraine restait debout pour l'essentiel, ses vastes sols envahis de poussière à peine parsemée des déchets partout ailleurs si encombrants.

La relative liberté de mouvement qui m'était offerte à partir de là me monta curieusement à la tête. Toute l'ardeur frénétique jusqu'alors contrariée par les obstacles se donna libre cours en une sorte de hâte fébrile, et je me mis littéralement à courir dans les couloirs bas de plafond que je me rappelais avec une si terrible précision.

Je ne m'étonnais plus de reconnaître ainsi tout ce que je voyais. De tous côtés les grandes portes métalliques marquées de hiéroglyphes se dressaient menaçantes devant les rayonnages ; les unes toujours en place, d'autres grandes ouvertes et d'autres encore ployées et faussées sous les secousses géologiques du passé qui n'avaient pas été assez violentes pour ébranler la colossale maçonnerie.

Çà et là, un tas couvert de poussière sous un compartiment béant et vide semblait indiquer où les étuis métalliques avaient été projetés par les tremblements de terre. Sur des colonnes espacées, des signes et des lettres de grande taille annonçaient les catégories et les subdivisions des volumes.

Je m'arrêtai une fois devant un caveau ouvert où je vis quelques-uns des étuis habituels toujours à leur place parmi l'omniprésente poussière granuleuse. Levant le bras, je retirai non sans difficulté un des exemplaires les plus minces, et le posai sur le sol pour l'examiner. Il portait un titre en hiéroglyphes curvilignes courants, bien que je ne susse quoi dans la disposition des caractères parût un peu insolite.

Le curieux mécanisme du fermoir recourbé m'était tout à fait familier, et je relevai le couvercle, toujours aussi maniable et vierge de rouille, puis en tirai le livre qui y était rangé. Celui-ci, comme prévu, mesurait environ vingt pouces de haut sur quinze de large et deux d'épaisseur ; le mince étui de métal s'ouvrait par le haut.

Ses pages de robuste cellulose ne semblaient pas avoir souffert des ères innombrables qu'elles avaient vécues ; j'examinai les lettres du texte, tracées au pinceau et bizarrement colorées – signes aussi différents des habituels hiéroglyphes contournés que de n'importe lequel des alphabets connus chez les érudits humains – et je ressentis comme l'obsession d'un souvenir à demi réveillé.

Il me vint à l'idée que c'était la langue d'un esprit captif que j'avais vaguement connu dans mes rêves – un esprit venu d'un grand astéroïde sur lequel avait survécu beaucoup de la vie et des traditions archaïques de la planète primitive dont il était un fragment. Je me souvins au même moment que cet étage des archives était consacré aux volumes traitant des planètes de type non terrestre.

Abandonnant l'étude de cet extraordinaire document, je m'aperçus que la lumière de ma torche commençait à faiblir et je me hâtai d'y mettre la pile de rechange que je portais toujours sur moi. Puis, doté d'un rayonnement plus puissant, je repris ma course fiévreuse à travers l'enchevêtrement sans fin des allées et des couloirs – reconnaissant parfois au passage quelque rayonnage familier, et vaguement inquiet des effets acoustiques que produisait l'écho de mes pas, incongru dans ces catacombes.

L'empreinte même de mes chaussures, derrière moi dans la poussière intacte depuis des millénaires, me faisait frissonner. S'il y avait dans mes rêves fous une parcelle de vérité, jamais auparavant un pied humain n'avait foulé ces dalles vénérables.

Du but précis de ma course insensée, mon esprit conscient ne soupçonnait rien. Pourtant l'influence d'une puissance maléfique agissait sur ma volonté paralysée, mes souvenirs ensevelis, et je sentais obscurément que je ne courais pas au hasard.

Ayant trouvé un plan incliné, je le suivis jusqu'à de plus grandes profondeurs. Les étages défilaient devant moi à une vitesse folle, mais je ne m'arrêtais pas pour les explorer. Dans mon cerveau en proie au vertige, battait une pulsation qui faisait bouger ma main droite au même rythme. Je voulais ouvrir quelque chose et je connaissais toutes les rotations et pressions compliquées qu'il fallait effectuer pour cela. C'était comme la serrure à combinaison d'un coffre-fort moderne.

Rêve ou non, j'avais su cela autrefois et je le savais encore. Comment un songe ou quelque bribe de légende assimilée inconsciemment auraient-ils pu m'apprendre un détail si infime, si difficile et si complexe, je ne cherchais pas à me l'expliquer. J'étais incapable de toute pensée cohérente. Car toute cette aventure – cette révoltante familiarité avec un tas de ruines inconnues et cette coïncidence monstrueuse de tout ce qui m'entourait avec ce que seuls des rêves et des bribes de mythes avaient pu suggérer – n'était-ce pas une horreur qui passait la raison ?

Sans doute étais-je alors surtout convaincu – comme je le suis à présent dans mes moments de lucidité – que je dormais bel et bien, et que toute cette cité ensevelie n'avait été qu'un reste de délire né de la fièvre.

J'atteignis enfin le niveau le plus bas et me dirigeai vers la droite du plan incliné. J'essayai sans trop savoir pourquoi d'atténuer le bruit de mes pas, même au risque de me ralentir. Il y avait à ce dernier étage enfoui dans les profondeurs un endroit que je redoutais de traverser.

Je me souvins en approchant de quoi j'avais peur. C'était simplement de l'une des trappes bardées de fer et jalousement gardées. Il n'y aurait plus de gardes à présent et, à cette idée, je me mis à trembler, avançant sur la pointe des pieds comme je l'avais fait en traversant le noir caveau de basalte où restait béante une trappe semblable.

Je sentis comme alors un courant d'air froid et humide, et j'aurais voulu que mes pas prissent une autre direction. Pourquoi fallait-il suivre justement ce chemin-là, je l'ignorais.

Je trouvai en arrivant la trappe grande ouverte. Plus loin recommençaient les rayonnages, et j'aperçus sur le sol devant l'un d'eux, sous une très fine couche de poussière, un tas d'étuis récemment tombés. À l'instant, une nouvelle vague de terreur m'envahit, dont je ne pus d'abord discerner la cause.

Ces amas d'étuis renversés n'étaient pas rares, car depuis des temps infinis ce labyrinthe aveugle, secoué par les soulèvements de la terre, avait retenti du fracas assourdissant des objets qui dégringolaient. C'est seulement quand je fus à mi-chemin que je pris conscience de ce qui m'avait si violemment ému.

Plus que le tas, quelque chose m'avait inquiété dans la couche de poussière qui couvrait le sol. À la lumière de ma torche, elle ne semblait pas aussi unie qu'elle eût dû l'être – elle paraissait plus mince à certains endroits, comme si on l'eût foulée quelques mois auparavant. Ce n'était pas une certitude, car même là où la couche était le plus mince, la poussière ne manquait pas, pourtant une certaine apparence de régularité dans les inégalités imaginaires était extrêmement alarmante.

Lorsque j'éclairai de près ces points particuliers, ce que je vis ne me plut pas car l'illusion de régularité devenait très nette. On eût dit des suites uniformes d'empreintes composites qui allaient par trois, chacune mesurant à peine plus d'un pied carré et se composant de cinq marques à peu près circulaires de trois pouces, dont l'une précédait les quatre autres.

Ces lignes supposées d'empreintes d'un pied carré menaient apparemment dans deux directions, comme si on ne sait quoi était allé quelque part puis revenu. Elles étaient évidemment très peu marquées et auraient pu n'être qu'illusoires ou accidentelles, mais le chemin qu'elles me semblaient suivre m'inspira une confuse et insidieuse terreur. Car il y avait d'un côté le tas d'étuis tombés récemment avec fracas, et, à l'autre bout, la trappe menaçante d'où montait le vent humide et froid restait sans surveillance, ouverte sur des abîmes inimaginables.

8

Si profonde et irrésistible était l'étrange compulsion à laquelle j'obéissais qu'elle triompha de ma peur. Aucun motif rationnel n'aurait pu me faire avancer après cet affreux doute qui m'avait fait soupçonner des empreintes et ce qu'il ranimait de souvenirs oniriques envahissants. Cependant ma main droite, même si elle tremblait d'effroi, ne se contractait pas moins rythmiquement, dans sa hâte de manier une serrure qu'elle espérait trouver. Avant de m'en rendre compte, j'avais dépassé le tas d'emboîtages et m'élançais sur la pointe des pieds dans des allées de poussière intacte vers un but qu'apparemment je connaissais horriblement bien, sinistrement, pathologiquement bien.

Mon esprit se posait des questions dont je commençais à peine à deviner la source et la pertinence. Le rayonnage serait-il accessible à un corps humain ? Ma main d'homme viendrait-elle à bout de tous ces mécanismes de serrure inscrits dans une mémoire sans âge ? Cette serrure serait-elle en bon état et prête à fonctionner ? Que ferais-je – qu'oserais-je faire – de ce que, je commençais à le comprendre, j'espérais et craignais de trouver ? Serait-ce la preuve d'une réalité impressionnante, renversante pour l'esprit, celle de l'« extra-normal » ? Ou bien la simple constatation que je rêvais ?

Un instant plus tard, j'avais cessé ma course à pas feutrés et je regardais, immobile, une rangée de compartiments à hiéroglyphes d'une familiarité à me rendre fou. Ils étaient dans un état de conservation presque parfait et, à proximité, trois portes seulement avaient sauté.

Je ne saurais décrire les sentiments que j'éprouvai en les voyant – tant était totale et obsédante l'impression de vieille connaissance. Levant la tête je considérai un rayon près du sommet, tout à fait hors de portée, en me demandant comment je pourrais l'atteindre sans trop de mal. Une porte ouverte à quatre rangées du bas m'aiderait, et les serrures des portes fermées offriraient des prises pour les mains et les pieds. Je tiendrais la torche entre mes dents, pour le cas où les deux mains seraient nécessaires à la fois. Il fallait surtout ne faire aucun bruit.

Descendre ce que je voulais prendre ne serait pas facile, mais je pourrais probablement l'accrocher par son fermoir mobile au col de ma veste, et le porter comme un sac à dos. Je me demandais encore si la serrure fonctionnerait. Que je puisse répéter chacun des gestes connus, je n'en doutais pas une seconde. Mais j'espérais que l'objet ne craquerait ni ne grincerait et que ma main pourrait opérer normalement.

Tout en réfléchissant j'avais pris la torche dans ma bouche et commencé à grimper. Les serrures saillantes furent de peu de secours mais, comme je l'avais prévu, le compartiment ouvert m'aida beaucoup. Je me servis à la fois de la porte battante et du bord de l'ouverture elle-même dans mon ascension, et je réussis à éviter tout grincement bruyant.

En équilibre sur le bord supérieur de la porte, et en me penchant nettement à droite, j'atteignis de justesse la serrure que je cherchais. Mes doigts à demi engourdis par l'escalade furent d'abord très maladroits mais je vis bientôt que leur morphologie convenait à mon propos. Et la mémoire du rythme était très marquée en eux.

Par-delà de formidables abîmes de temps, les mouvements mystérieux et compliqués avaient, on ne sait comment, pénétré mon cerveau avec exactitude et dans tous les détails – si bien qu'au bout de cinq minutes à peine de tâtonnements il se produisit un déclic que je reconnus avec d'autant plus de surprise que je ne m'y attendais pas consciemment. Aussitôt après, la porte métallique s'ouvrit lentement avec à peine un très léger grincement.

Stupéfait je parcourus du regard la rangée d'étuis grisâtres ainsi mis au jour et me sentis envahi d'une terrible vague d'émotion tout à fait inexplicable. Juste à portée de ma main droite se trouvait un emboîtage dont les hiéroglyphes contournés me causèrent une angoisse infiniment plus complexe que celle de la simple frayeur. Encore tremblant, je réussis à le retirer dans un nuage de flocons poudreux, et à le faire glisser vers moi sans trop de bruit.

Comme l'autre étui que j'avais manipulé, il avait un peu plus de vingt pouces sur quinze, et portait en bas-relief des symboles mathématiques aux lignes courbes. Il avait un peu plus de trois pouces d'épaisseur.

Le bloquant de mon mieux entre moi-même et la paroi que je venais d'escalader, je fis jouer le fermoir et libérai le crochet. Puis je soulevai le couvercle, fis passer le pesant objet sur mon dos de manière qu'il s'accroche à mon col. Les mains libres à présent, je regagnai gauchement le sol poussiéreux et me préparai à examiner ma prise.

À genoux dans la poussière granuleuse, je fis pivoter l'étui et le posai devant moi. Mes mains tremblaient, et je redoutais de sortir le livre presque autant que je le désirais – et que je m'y sentais contraint. J'avais peu à peu compris ce que j'allais y trouver et cette constatation paralysait en quelque sorte mes facultés.

Si l'objet était bien là – et si je ne rêvais pas – les implications étaient telles qu'il n'était absolument pas possible à l'esprit humain de les supporter. Ce qui me tourmentait le plus, c'était pour l'instant mon incapacité de regarder comme un rêve tout ce qui m'entourait. Le sentiment de réalité était abominable et il le redevient quand je me rappelle le décor.

Enfin je tirai en tremblant le livre de sa boîte et, fasciné, je contemplai les hiéroglyphes bien connus de sa couverture. Il semblait en parfait état, et les caractères curvilignes du titre m'hypnotisaient comme si j'avais pu les lire. En vérité je ne jurerais pas que je ne les ai pas effectivement déchiffrés par un éphémère et terrible phénomène de mémoire anormale.

J'ignore combien de temps passa avant que j'ose soulever la mince feuille de métal. Je m'attardais à chercher des excuses. J'ôtai de ma bouche la torche électrique et l'éteignis pour ménager la pile. Puis dans le noir, rassemblant mon courage, je levai la couverture sans rallumer. Enfin je braquai vivement la lumière sur la page découverte – me blindant d'avance pour réprimer toute exclamation quoi qu'il arrive. Au premier coup d'œil je m'effondrai. Mais, les dents serrées, je gardai le silence. Je me laissai aller tout à fait sur le sol et portai la main à mon front dans les ténèbres dévorantes. Ce que je redoutais et attendais était là. Ou je rêvais, ou bien le temps et l'espace n'étaient plus que dérision.

Je devais rêver – mais je mettrais l'horreur à l'épreuve en rapportant cet objet pour le montrer à mon fils si c'était vraiment une réalité. La tête me tournait effroyablement, bien qu'il n'y eût rien de visible dans l'obscurité sans faille pour tournoyer autour de moi. Des idées et des images de la plus extrême terreur – nées des perspectives ouvertes par ce que j'avais entrevu – m'envahirent en foule et obnubilèrent mes sens.

Je songeai à ces empreintes supposées dans la poussière, tremblant au seul bruit de mon propre souffle. Une fois de plus j'éclairai la page et la regardai comme la victime d'un serpent peut regarder les yeux et les crocs de son bourreau.

Puis, dans le noir, je fermai le livre de mes doigts malhabiles –, le remis dans sa boîte, et rabattis le couvercle ainsi que le curieux fermoir à crochet. C'était cela qu'il fallait rapporter au monde extérieur si toutefois cela existait – si l'abîme existait vraiment – si moi, et le monde lui-même, existaient en réalité.

Je ne sais pas exactement quand, d'un pas mal assuré, je pris le chemin du retour. Je me souviens, chose curieuse – tant je me sentais coupé du monde normal –, que je ne consultai pas une seule fois ma montre pendant ces heures atroces vécues sous terre.

La torche à la main, et l'inquiétant étui sous un bras, je me retrouvai finalement sur la pointe des pieds en une sorte de panique silencieuse, pour dépasser l'abîme au courant d'air et ces vagues soupçons de pas. Je pris moins de précautions en gravissant les interminables plans inclinés, mais je ne pus me débarrasser d'une ombre d'inquiétude que je n'avais pas éprouvée pendant la descente.

Je craignais de retraverser la sombre crypte de basalte plus ancienne encore que la ville elle-même, où des souffles glacés montaient des profondeurs que ne gardaient plus les sentinelles.

Je songeais à ce que redoutait la Grand-Race et à ce qui – si faible et moribond qu'il soit – pouvait encore être à l'affût là-bas. Je songeais à ces empreintes aux cinq marques circulaires et à ce que mes rêves m'en avaient appris – aux vents extraordinaires et aux sifflements qui s'y associaient. Je songeais aux récits des indigènes d'aujourd'hui, qui reviennent sans cesse sur de grands vents et des ruines souterraines sans nom.

Je reconnus à un signe gravé sur le mur l'étage où je devais entrer et j'arrivai enfin – après avoir dépassé le premier livre que j'avais examiné – au grand espace circulaire d'où se ramifiaient les passages voûtés. Sur ma droite, je retrouvai aussitôt celui par lequel j'étais venu. Je le pris, en me disant que le reste du parcours serait plus pénible à cause des ruines des bâtiments, à part celui des archives. La charge supplémentaire de l'étui métallique me pesait, et il m'était de plus en plus difficile d'avancer sans bruit en trébuchant parmi les décombres et les débris de toutes sortes.

Je parvins ensuite à l'entassement qui rejoignait le plafond et où je m'étais frayé un si maigre passage. Je redoutais terriblement d'avoir à m'y faufiler de nouveau car la première fois j'avais fait quelque bruit, et – depuis que j'avais vu les traces suspectes – je craignais le bruit par-dessus tout. L'étui, en outre, rendait doublement hasardeuse la traversée de l'étroite crevasse.

Je gravis de mon mieux l'obstacle et poussai devant moi l'étui à travers l'ouverture. Puis la torche entre les dents, j'y rampai à mon tour – me déchirant cette fois encore le dos aux stalactites.

Au moment où j'essayai de saisir l'emboîtage, il tomba un peu plus loin sur la pente avec un fracas inquiétant dont les échos me donnèrent des sueurs froides. Je me précipitai et le rattrapai sans bruit – mais un instant plus tard des blocs, en glissant sous mes pieds, déchaînèrent un vacarme subit et sans précédent.

Ce vacarme me perdit. Car à tort ou à raison, je crus entendre une réponse effroyable qui venait de très loin derrière moi. Je crus entendre un sifflement, un son strident, qui ne ressemblait à aucun autre et défiait toute description. Si c'est cela, la suite est d'une sinistre ironie – puisque sans l'affolement de cette première alerte, le second incident ne se serait pas produit.

Quoi qu'il en soit, mon délire fut total et sans recours. Prenant ma torche d'une main et retenant l'étui comme je pouvais, je me mis à sauter et bondir comme un fou, n'ayant plus d'autre idée en tête qu'un désir éperdu de fuir ces ruines de cauchemar pour revenir au monde éveillé du désert et du clair de lune qui se trouvait si loin là-haut.

J'atteignis sans m'en rendre compte la montagne de décombres qui se dressait dans un océan de ténèbres au-delà du plafond défoncé, et je me meurtris et me blessai à plusieurs reprises en escaladant sa pente abrupte de blocs déchiquetés et d'éclats.

Puis ce fut le grand désastre. À l'instant où je franchissais le sommet en aveugle, sans m'attendre à la brutale déclivité qui lui succédait, je perdis pied et me retrouvai pris dans une avalanche meurtrière de maçonnerie déferlante, dont le tumulte de canonnade déchira l'air de la sombre caverne en une série assourdissante de fantastiques réverbérations.

Je ne me souviens pas comment j'émergeai de ce chaos, mais dans un éphémère moment de conscience, je me vois me précipiter, trébuchant, avançant tant bien que mal le long du couloir au milieu du tumulte – sans avoir lâché ni l'étui ni la torche.

Alors, comme j'approchais de cette crypte basaltique primitive que j'avais tant redoutée, la folie atteignit son comble. En effet, à mesure que s'éteignaient les échos de l'avalanche, se fit entendre à plusieurs reprises cet insolite et terrifiant sifflement que j'avais cru percevoir auparavant. Cette fois, il n'y avait pas de doute – et le pire, c'était qu'il venait d'un point situé non plus derrière mais *devant* moi.

J'ai dû pousser un hurlement. Je me vois vaguement traverser à toute allure l'infernal caveau basaltique des monstres d'autrefois, avec dans les oreilles ce maudit sifflement inhumain qui montait de la trappe ouverte sans surveillance sur les ténèbres infinies des profondeurs. Un vent soufflait aussi – non pas simplement un courant d'air froid et humide, mais une violente rafale, opiniâtre, que vomissait, sauvage et glaciale, l'abominable gouffre d'où venait l'indécent sifflet.

Il me reste le souvenir de bonds et d'écarts pardessus toutes sortes d'obstacles, dans ce torrent de vent et de stridences qui grandissait de minute en minute et semblait délibérément s'enrouler et serpenter autour de moi, en assauts malfaisants lancés par-derrière et d'en bas.

Bien qu'il soufflât dans mon dos, ce vent avait bizarrement pour effet de retarder mon avance au lieu de m'aider – comme aurait pu le faire un nœud coulant ou un lasso lancé pour m'entraver. Sans plus me soucier du bruit que je faisais, j'escaladai un grand barrage de blocs et me retrouvai dans la partie du bâtiment qui menait à la surface.

Je me rappelle avoir aperçu l'entrée de la chambre des machines et avoir réprimé un cri à la vue d'un plan incliné conduisant à l'une de ces infernales trappes qui devaient bâiller deux étages plus bas. Mais au lieu de crier, je me répétais tout bas que tout cela n'était qu'un rêve dont j'allais bientôt me réveiller. Peut-être étais-je au camp – ou peut-être chez moi à Arkham. Fort de cet espoir qui soutenait ma raison, je commençai à monter la rampe vers l'étage supérieur.

Je savais, bien sûr, que j'aurais à retraverser la crevasse large de quatre pieds, mais j'étais trop tourmenté d'autres craintes pour en saisir toute l'horreur avant d'y arriver. Au cours de ma descente, il avait été facile de sauter par-dessus – mais comment en viendrais-je à bout quand il s'agissait de remonter, freiné par la peur, l'épuisement, le poids de l'étui métallique, et le harcèlement de ce diable de vent derrière moi ? Je ne songeai à tout cela qu'au dernier moment, ainsi qu'aux présences innommables qui pouvaient rôder dans les noirs abîmes au fond de la crevasse.

La lueur vacillante de ma torche faiblissait mais un souvenir obscur m'avertit que la faille était proche. Les rafales glacées et les hideuses stridences derrière moi me furent un moment comme un opium bienfaisant car elles aveuglèrent mon imagination sur la menace du gouffre béant sous mes pas. Et puis je pris conscience de nouvelles rafales et d'autres sifflements, devant moi cette fois – monstrueuse marée déferlant à travers la crevasse elle-même depuis des profondeurs inconnues et inconnaissables.

Maintenant, le vrai cauchemar, dans son essence, me tenait en son pouvoir. Je perdis la raison et oubliant tout, sauf l'impulsion animale de fuite, je m'élançai tout simplement et m'escrimai à escalader les décombres de la rampe comme si le gouffre n'existait pas. Puis me voyant au bord du vide, je fis un bond frénétique où je mis tout ce que j'avais de force, et fus instantanément englouti dans un pandémonium vertigineux de sons détestables, une obscurité opaque et palpable.

Voilà la fin de mon aventure, du moins ce que je me rappelle. Toutes les impressions qui suivirent appartiennent au domaine du délire et de la fantasmagorie. Rêve, folie et souvenir se mêlent fébrilement en une série de fantasmes bizarres et décousus, sans rapport avec aucune réalité.

Il y eut une chute affreuse à travers d'incalculables lieues de ténèbres visqueuses et sensibles, un brouhaha de bruits totalement étrangers à tout ce que nous connaissons de la terre et de sa vie organique. Des sens en sommeil, rudimentaires, paraissaient reprendre vie en moi, révélant des fosses et des vides peuplés d'horreurs flottantes, menant à des sommets abrupts et des océans sans soleil, des villes grouillantes de tours basaltiques aveugles sur lesquelles jamais ne brille aucune lumière.

Les secrets de la planète primitive et de ses âges immémoriaux fulgurèrent dans mon cerveau sans le secours de la vue ou de l'ouïe, et je connus des choses que mes anciens rêves les plus fous n'avaient jamais suggérées. Pendant tout ce temps, des doigts glacés de vapeur humide s'accrochaient à moi et me harcelaient, tandis que cette maudite stridence se déchaînait diaboliquement, au-dessus de l'alternance de brouhaha et de silence, dans des tourbillons de ténèbres.

Vinrent ensuite les visions de la ville cyclopéenne de mes rêves – non plus en ruine, mais telle que je l'avais rêvée. J'avais réintégré mon corps conique non humain, et me mêlais à la foule de ceux de la Grand-Race et aux esprits captifs qui transportaient des livres de haut en bas des hautes galeries et des vastes rampes.

En surimpression, s'ajoutaient à ces images des bribes éphémères et terrifiantes de conscience non visuelle ; combats désespérés, contorsions pour se libérer des tentacules du vent siffleur, un vol démentiel, comme de chauve-souris, dans l'air épais, tâtonnements fiévreux à travers la nuit fouettée par le cyclone, assaut frénétique et trébuchant de décombres.

Il y eut une fois l'insolite intrusion d'un éclair entr'aperçu – un confus et faible soupçon de rayonnement bleuâtre loin au-dessus de ma tête. Puis vint un rêve d'escalade et de reptation, où je me faufilai, sous les rayons d'une lune sardonique, dans un fouillis de débris qui glissaient et dégringolaient derrière moi au milieu d'un ouragan furieux. Ce fut la pulsation hostile et monotone de ce clair de lune exaspérant qui m'apprit enfin le retour de ce que j'avais autrefois considéré comme le monde éveillé, objectif.

J'étais à plat ventre, les ongles dans le sable du désert australien, et autour de moi hurlait un vent si tumultueux que je n'en avais jamais entendu de pareil à la surface de notre planète. Mes vêtements étaient en loques, et tout mon corps n'était qu'égratignures et contusions.

Je ne repris pleinement conscience que très lentement, et je ne pus dire à aucun moment où finissait le rêve délirant et où commençaient les vrais souvenirs. Il semblait y avoir eu un amoncellement de blocs titanesques, un abîme en dessous, une monstrueuse révélation du passé, et pour finir une horreur cauchemardesque – mais qu'est-ce qui était réel dans tout cela ?

Ma torche électrique avait disparu et je ne retrouvai pas non plus d'étui métallique. Y avait-il eu un étui semblable – ou un abîme – ou un tas de ruines ? Levant la tête, je regardai derrière moi et je ne vis que les sables stériles et ondoyants du désert.

Le vent démoniaque tomba et la lune bouffie et fongoïde sombra en rougeoyant vers l'ouest. Je me relevai péniblement et pris en titubant la direction de l'est pour regagner le camp. Que m'était-il arrivé en réalité ? M'étais-je simplement effondré dans le désert, traînant un corps torturé par le rêve sur des miles de sable et de blocs enfouis ? Sinon, comment pouvais-je supporter de vivre plus longtemps ?

Car, avec cette nouvelle incertitude, tous les espoirs que j'avais fondés sur l'irréalité de visions nées du mythe s'évanouissaient une fois de plus dans les doutes infernaux du début. Si cet abîme était réel, alors la Grand-Race l'était aussi – ses incursions et ses captures impies dans tout le tourbillon cosmique du temps n'étaient ni des mythes ni des cauchemars, mais une terrible, atterrante réalité.

Avais-je vraiment vécu cette épreuve révoltante, d'être ramené à un monde préhumain vieux de cent cinquante millions d'années, pendant cette sinistre et déconcertante amnésie ? Mon corps actuel avait-il été le véhicule d'une effroyable conscience étrangère venue du fond des âges paléogènes ?

Esprit captif de ces horreurs à la démarche étrange, avais-je effectivement connu dans sa prospérité première cette maudite cité de pierre, et parcouru ces couloirs familiers en me contorsionnant sous la forme hideuse de mon ravisseur ? Ces rêves torturants de plus de vingt années étaient-ils le fruit de souvenirs monstrueux ?

M'étais-je jamais entretenu avec des esprits venus du fond de l'espace et du temps, avais-je appris les secrets de l'univers, ceux du passé et ceux de l'avenir, et rédigé les annales de mon propre monde pour les dossiers métalliques d'archives titanesques ? Et ces autres – ces Anciens d'une monstruosité révoltante, maîtres des vents furieux et des stridences démoniaques – étaient-ils bien une menace persistante, à l'affût dans leurs noirs abîmes, à attendre et à s'affaiblir peu à peu, tandis que de multiples formes de vie poursuivaient leur existence multimillénaire sur la face vieillie de la planète ?

Je ne sais pas. Si cet abîme et ce qu'il contenait était réel, alors il n'y a aucun espoir. Car tout aussi réellement, il pèse sur notre monde humain une ombre ironique et inconcevable, hors du temps. Mais par bonheur il n'y a aucune preuve que tout cela soit autre chose qu'un nouvel aspect de mes rêves mythiques. Je n'ai pas rapporté l'étui métallique qui eût été un indice, et jusqu'à présent ces couloirs souterrains n'ont pas été retrouvés.

Si les lois de l'univers sont clémentes, on ne les retrouvera jamais. Mais je dois dire à mon fils ce que j'ai vu ou cru voir, laissant à son jugement de psychologue le soin d'évaluer la réalité de mon expérience et de faire connaître ce témoignage.

J'ai dit que l'épouvantable vérité qui était à l'origine de mes années de rêves torturants repose entièrement sur la réalité de ce que j'ai cru voir dans ces ruines cyclopéennes ensevelies. Il m'a été pénible, je dois le dire, de mettre noir sur blanc cette révélation décisive, bien que le lecteur n'ait pu manquer de la deviner. Elle est dans le livre que contient l'étui de métal – cet étui que j'ai arraché à son repaire au milieu de la poussière d'un million de siècles.

Aucun œil n'avait vu, aucune main n'avait touché ce livre depuis la venue de l'homme sur cette planète.

Pourtant, lorsque je braquai ma torche sur lui dans ce terrifiant abîme, je vis que les caractères bizarrement colorés sur les pages de cellulose cassante et brunie par les âges n'étaient pas du tout de ces hiéroglyphes obscurs datant de la jeunesse de la terre. Non, c'étaient les lettres de notre alphabet familier, composant des mots anglais écrits de ma main.

Traduit par Jacques Papy et Simone Lamblin

4326

Achevé d'imprimer en Slovaquie
par Novoprint
le 10 février 2015.
EAN 9782290319055
1er dépot légal dans la collection : octobre 1996
L21EPGNJ01480C007

Éditions J'ai lu
87, quai Panhard-et-Levassor, 75013 Paris
Diffusion France et étranger : Flammarion